Herstellung: Books on Demand GmbH
ISBN 3-8311-4147-9

Titelfoto und Umschlaggestaltung: Michael Schwarz

(Thank you for the sun the one that shines on ev'ryone)

who

feels

love

Tattoo

„Probieren sie dieses hier mal an!"
Sie.
„Ich glaube, es könnte ihnen gefallen."
Ihnen. Er war verwundert bis irritiert. Sah er so alt aus? Zum ersten mal in seinem Leben passierte es, dass er von jemand gleichaltrigem gesiezt wurde. War über Nacht etwas passiert, das er nicht mitbekommen hatte? Wie er das wohl verstehen und einordnen sollte? Sie. So distanziert. Ihnen. So respektvoll. So ungewohnt. Bisher stand es immer außer Frage: du. Mit du und nicht anders redete er Gleichaltrige an, und mit du wurde auch er angeredet. Das war immer so, er kannte und erwartete es nicht anders. Warum war es jetzt nicht so wie immer?
„Geben sie mir mal ihre Jacke, ich halte sie kurz."
Mal die Jacke geben. Sonst sprach sie flapsig wie er es erwartet hatte. Warum also sie? Was war der Knackpunkt? Weil sie sie sagen mußte? Vielleicht. Immerhin war er Kunde und sie Verkäuferin. Doch bisher war ihm das noch in keinem Geschäft passiert, auch in diesem nicht.
Alle Verkäuferinnen, so kam es ihm vor, konnte man in eine von zwei Gruppen einteilen: Zum einen die etwas konservativen Damen zwischen vierzig und fünfzig. Die sagten sie, und das war ok. Zum anderen die Mädels um die zwanzig, und die sagten du. Punkt. Schluß. Aus. Amen. Fertig.
Gemein war den beiden Gruppen ihr Verhalten: Entweder lungerten sie gelangweilt in einer Ecke des Ladens rum, legten Pullis zusammen und beobachteten die Kunden, um abzuschätzen, ob sie das Pullizusammenlegen unterbrechen mußten. Oder sie sprachen einen gleich beim Eintreten an: „Kann ich ihnen/dir weiterhelfen?" Normalerweise war es ihm lieber, wenn sie Pullis zusammenlegten und ihn in Ruhe ließen, damit er sich alleine und ohne Druck umschauen konnte. Aber auch das war bei dieser Verkäuferin anders.
„Ich finde, es paßt auch sehr gut zu ihrer Lederjacke."
In aller Ruhe hatte er sich die Hemden angeschaut, mal eins vom Kleiderständer genommen und mitsamt Bügel vor seinen Oberkörper gehalten, sich im Spiegel betrachtet und dann das Hemd wieder zurückgehängt. Und plötzlich stand sie, aus dem Nichts kommend, vor ihm. Mit eben einem Hemd, das er anprobieren sollte.
„Ich finde, es sieht schön aus. Der Schnitt ist ganz ihr Stil, und die Größe paßt auch."
Sie hatte ihm die Knöpfe zugemacht und den Stoff glatt gestrichen. Ungeniert, fast schon selbstverständlich hatte sie ihn berührt. Gut fühlte er sich! Auch wenn er vielleicht ein wenig zu steif dastand, weil er nicht in einem gewöhnlichen Kleidergeschäft mit fremden Händen an seinem Körper gerechnet hatte. Da soll doch noch einmal einer über die Servicewüste Deutschland schimpfen! Das Gegenbeispiel stand vor ihm.

Üblicherweise wimmelte er jegliche Hilfeangebote von Verkäuferinnen ab, weil er sich gedrängt fühlte, etwas kaufen zu müssen. Diese hier drängte erfreulicherweise nicht. Es kam ihm vor, als ob es ihr egal war, ob er nun ein Hemd kaufte oder nicht. Außerdem hatte sie recht: Das Hemd, das sie ihm empfohlen hatte, gefiel ihm wirklich sehr gut. Ohne sie hätte er es nie gesehen.

„Ziehen sie mal die Jacke drüber. Dann schauen wir mal, wie das wirkt." Wie sie sich um ihn bemühte! Ob sie zu allen Kunden so war? Nein, denn der Mann, der mit der Frage wo denn die Strümpfe wären unterbrochen hatte, wurde zwar höflich, aber knapp drei Regalreihen weitergeschickt. Sogar als er mit einer zweiten Frage wiederkam, wurde er an eine Kollegin verwiesen. Warum kam er in den Genuß dieses Privilegs? Ob sie auf ihn stand?

„Zeigen sie sich mal von der Seite. Perfekt!"

Auf alle Fälle lag ihr wohl sehr viel daran, dass er gut aussah. Fast kam es ihm vor, als ob sie nicht eine Verkäuferin war, die ihren Job macht, sondern eine Freundin, darauf bedacht, dass ihr Freund eine gute Figur abgibt. Wenn es nun stimmte, dass sie auf ihn stand, wie sollte er sich verhalten? Er war in der Kundenrolle, sie in der Verkäuferinnenrolle. Dem Gespräch waren leider enge Grenzen gesteckt. So oder so, er prägte sich den Namen, der auf ihrem glitzernden Schildchen stand, ein. Auch wenn er wußte, dass er mit diesem Wissen nichts anfangen würde.

„Wir haben dieses Hemd auch mit kurzen Armen. Möchten sie... Ach, einen kleinen Augenblick, ich hol's kurz!"

Sie war so natürlich, so zuvorkommend! An der Uni hatte er solche Frauen noch nicht kennen gelernt. Die waren zumeist verschlossener, zurückhaltender oder gar abweisender. Warum konnte so eine wie diese Verkäuferin nicht neben ihm im Mathetutorium sitzen? Oder bildete er sich zu viel ein? Schließlich war es ihr Job Kunden zu beraten und freundlich zu sein. Ein positiv verlaufendes Kundengespräch, nicht mehr? Er wußte es nicht. Immerhin sagte sie sie und nicht du, das erzeugte beziehungsweise bewahrte Distanz. Eine Distanz, die sie aufrechterhalten und nicht aufgeben wollte? Dieselbe Distanz, die sich die Frauen an der Uni auf andere Weise bewahrten? Wäre er jetzt derjenige, der Signale falsch verstünde, wenn er sie fragte, was sie nach Feierabend machen würde? Ginge das zu weit?

„Tut mir leid, aber die Kurzärmligen sind in ihrer Größe nicht mehr da!"

Da stand sie wieder vor ihm, sympathisch, warmherzig und kurz vor bezaubernd. Wie sie sich um ihn gekümmert hatte, das war doch mehr als das übliche. Wenn er ihr aber gefiel, warum sagte sie dann nicht du, so wie man es auch ganz selbstverständlich auf einer Party machen würde?

„Ich nehm' das hier. Mit den langen Armen "

Soeben hatte er beschlossen, die Situation, diesen überraschenden, kurzen Flirt zu genießen, aber es dabei zu belassen. Alles, was ihm einfiel, war er sagen könnte, gefiel ihm nicht, weil er es zu aufdringlich fand. Das Mädel wollte ja schließlich seine Arbeit machen und bestimmt nicht von der Kundschaft angegraben werden. Das unterstellte er ihr, dementsprechend

6

verhielt er sich denn auch. Brav ging er mit ihr an die Kasse, ließ sich das Hemd einpacken und bezahlte.

„Danke. Ich wünsch' dir noch einen schönen Tag. Ciao."

Weshalb sie ihn gesiezt hatte, wußte er nicht. Das hieß aber noch lange nicht, dass er sich daran halten mußte. Schließlich war er Student, und die sagen untereinander du. Das wollte er sich bewahren.

„Danke. Dir auch."

Geht doch! Da war er, dieser eine kleine Triumph. Sie hatte ihn also doch noch geduzt. Zufrieden verließ er den Laden. Zufrieden, weil er die Distanz, die das Sie erzeugt hatte, überwinden konnte. Zwar nur in der Verabschiedung, aber immerhin. Ein wenig ärgerte er sich, dass ihm auf der Straße die schönsten Worte einfielen, die er wenige Augenblicke zuvor vermißt hatte. Ob er sich denn mit einem Kaffee für den guten Service bedanken dürfe? Nett und edel fand er diese Variante. Allerdings fand er es dämlich, jetzt noch einmal umzudrehen. Ob er sich morgen wieder ein Hemd kaufen sollte?

Me and my brother were talking to each other
'bout what makes a man a man.
Was it brain or brawn or the month he was born?
We just couldn't understand.

Breaking into heaven

Auch wenn man nicht wie Brad Pitt oder George Clooney aussieht, so hätte man dennoch gerne deren Wirkung auf Frauen. Einfach, um stärker beachtet zu werden. Nicht unbedingt ständig, das wäre bestimmt nervig. Wenn man vor lauter Verehrerinnen nicht mehr wüßte, wo einem der Kopf steht oder man gar davor Angst haben müßte, auf die Straße zu gehen, weil man erkannt werden könnte! Nein, das wäre bestimmt des Guten zuviel. Aber ab und zu täte ein wenig mehr Sex-Appeal doch ganz gut, dieses eine Quäntchen, das den Unterschied zwischen Erfolg und Mißerfolg ausmacht. Oder das darüber entscheidet, ob man nun selbst derjenige ist, über den die Frauen vom Nebentisch im Cafe entzückt tuscheln, oder doch wieder einer der Typen von der Leinwand, während sie den Eislöffel eine Sekunde länger im Mund lassen.

„...und dann sind wir doch noch zu ihr gegangen!"

Jan brüstete sich stolz mit seinem Erfolg von letzter Nacht, und Matthias durfte mal wieder über dieses entscheidende Quäntchen grübeln. Gut, Tanja, um die es gerade ging, war jetzt nicht die Art von Mädchen gewesen, die er gerne für sich gewonnen hätte. Aber einfach die Tatsache, dass Jan mal wieder etwas bekommen hatte, das er wollte, und er selbst immer noch darauf wartete, dass ihm ähnliches passierte, wurmte ihn. Das schien nicht gerecht zu sein. Vor drei Wochen erst hatte sich Jan von seiner vorherigen Freundin getrennt. Doch irgendwie schien es mit dem Glück nicht so zu sein, dass diejenigen, die schon länger warten, früher bedient werden. Ironischerweise hatte er selbst bei Tanja und Jan noch den Stein ins Rollen gebracht. Nach einer kleineren Kneipentour landeten sie letztendlich im Babylon, der besten Disko der Stadt. Und Matthias hatte dort eben besagte Tanja wiedergetroffen, mit der er ein paar Monate in einer Telefonzentrale zusammengearbeitet hatte. Irgendwann ging sie nach Münster, weil sie Abi gemacht hatte und jetzt dort studieren wollte, und jetzt war sie mal wieder für ein Wochenende da. Nachdem sie alle Neuigkeiten, die sie sich erzählen wollten, ausgetauscht hatten, machte er sie mit seinem WG-Mitbewohner bekannt. Wie es sich eben so gehört. Aber keine fünf Minuten später war er nur noch Zuschauer gewesen. Jan hier, Jan dort, Tanja hier, Tanja dort! Kaum war er mit ihr oder ihm kurz allein, wurde er erbarmungslos ausgequetscht. Wer ist denn das? Woher kennst du sie/ihn? Was macht sie/er? Und so weiter und so fort.

Nachdem er seine Vermittlerdienste geleistet hatte, stand er etwas ausgeschlossen daneben, und spätestens als die beiden zu knutschen angefangen hatten, war ihm klar, dass er nicht mehr gebraucht werden würde: Der Mohr hat seine Schuldigkeit getan, der Mohr kann gehen. Und soeben hatte er erfahren, wie es weitergegangen war, nachdem er sich dann diskret verdrückt hatte. Sieg auf der ganzen Linie für Jan, und nachher würde er sie wieder treffen. Na schön.

Jan war passend zum Frühstück heimgekommen, schnappte sich die Zeitung und lehnte sich genüßlich zurück. Dem war die Welt gerade sehr genehm,

während sich Matthias drauf und dran war mit dem Schicksal zu hadern.
Sicher, es war schwer, als Student hier in Karlsruhe eine Freundin zu finden. Durch die technische Ausrichtung der Universität war es nun einmal so, dass sich 14.000 Männer auf 3.000 Frauen verteilten. Matthias kam es vor, als ob man etwas ganz außergewöhnliches sein mußte, um zum Zuge zu kommen. 14 zu 3, oder 4,7 zu 1, das bedeutete, man mußte im Schnitt besser und interessanter sein als 3,7 andere Typen.

„Jetzt hör dir das an: Unternehmungslustige Sie, Ende 30, will einen Mann für schöne Stunden. Ich glaube, das ist eine alte Hexe, die auf den Geschmack gekommen ist."

Aus Jan sprach die Arroganz des Erfolges. Gut, die beiden hatten sich schon immer gelegentlich bei Langeweile gegenseitig die merkwürdigen Formulierungen der Kontaktanzeigen vorgelesen. Jetzt aber machte Jans Tonfall deutlich: Er gehörte zu den Siegern, und die, die hier drinstehen, das sind die Verlierer.

„Und ihre biologische Uhr tickt. Ganz laut."

Um nicht zu den Verlierern zu zählen, mußte Matthias mitmachen. Ebenfalls Sprüche reißen, sich von den Menschen, die Kontaktanzeigen aufgeben, distanzieren und sich darüber lustig machen. Jan lächelte kurz, wirkte in sich bestätigt und suchte weiter nach verbalen Sensationen.

Eine Anzeige aufgeben. Hatte Matthias darüber schon einmal nachgedacht? Noch nie wirklich, denn er war überzeugt, dass es unter den genannten Umständen sowieso keine gute Partie nötig hatte, per Inserat zu ihrem Glück zu finden. Und wer würde in dieser Stadt auf eine Anzeige mit den Merkmalen männlich und Anfang 20 antworten? Höchstens Mauerblümchen, Fallobst, oder solche, die sich daraus einen Spaß machen würden. Und verarscht werden wollte er nicht.

„Oder hier: ...gutsituierter Akademiker... Da glaubt wohl so ein weltfremder Techniktyp, er könnte durch sein Geld attraktiv wirken!"

Mit einem leicht hörbarem Grinsen signalisierte Matthias Zustimmung. Aber das Problem wurde ihm bewußt: Selbst wenn man eine Anzeige aufgab, wie sollte man sich beschreiben? Entweder, es hörte sich alles nichtssagend gleich an, oder es wirkte übertrieben beziehungsweise volksbelustigend. Sicher, er war kein schlechter Mensch. Durchschnittlich groß, sportliche Figur, eher ein bißchen schlank, aber nicht schmächtig. Angenehme, weiche Gesichtszüge, bernsteinfarbene Augen, Brille und kurzes dunkelblondes Haar. Normal eben, doch wen reißt das so vom Hocker, um ihm ernsthaft zu schreiben? Seine ab und zu auftretenden Pickel hatte er dazu noch verschwiegen.

„Es gibt schon kranke Leute: Da bezeichnet sich tatsächlich eine als vernachlässigte Ehefrau!"

Nach einem erneuten privaten Heiterkeitsanfall wollte Jan auch diesmal seine Freude teilen, und nachdem er sich soweit gefaßt hatte, dass er sprechen konnte, hatte er vorgelesen. Aber es gab sie anscheinend doch, die Frauen, die auch suchten. Leider nur nicht im entsprechenden Alter.

„Im nächsten Leben werd' ich Milchmann."

„Oder Briefträger."

Es gefiel Jan, wie Matthias auf seine Kommentare einstieg. Aber der überlegte weiter. Wäre er überhaupt, so mal grundsätzlich gefragt, in der Lage, einen Text, der ihn treffend beschrieb, zu formulieren? Vielleicht ging das besser, wenn er seine Vorlieben nannte. Bekanntlich sollen Menschen, die dieselben Dinge mögen, auf einer Wellenlänge liegen. Sein Lieblingsbuch? Zu Schulzeiten war es Hesses „Steppenwolf" gewesen, inzwischen hatte er sich von dieser Art Weltschmerz getrennt und großen Gefallen an „High Fidelity" von Nick Hornby oder Paul Watzlawicks „Anleitung zum Unglücklichsein", trotz ces pessimistischen Titels ein äußerst amüsantes Werk, gefunden. Lieblingsfilm? Schon schwerer. Er war kein ausgesprochener Filmliebhaber, und es gab viele, die er nur gut fand. Die Monty-Python-Euphorie hatte er ebenfalls mit dem Abitur in der Schule gelassen, und von „Pulp Fiction" war er auch nicht so überzeugt wie andere. Spontan dachte er an „Sprachlos" mit Geena Davis und Michael Keaton. Ihm war bewußt, dass es nicht der Überfilm war, doch er hatte ihm einmal an einem verdorbenen Tag ein versöhnliches Ende beschert. Alles war beschissen gewesen, vor dem Einschlafen hatte er noch kurz durchgezappt und war hängengeblieben. Und wehren konnte er sich gegen diese temporeiche, rührende Geschichte nicht, sie hatte ihn erfaßt und zufrieden ins Reich der Träume geschickt. Ein amerikanisches Märchen.

„Tanzen und reisen, tanzen und reisen. Immer das gleiche, was die als Hobbys angeben."

Jan fand es irgendwie einfallslos, was geschrieben wurde. Mit einem kurzen Ja hatte Matthias zugestimmt, aber sofort selbst in diese Richtung zu denken begonnen. Was machte er eigentlich in seiner Freizeit? Wenn er ehrlich war, hauptsächlich Fußball spielen, Fußball gucken und über Fußball reden. Gelegentlich ließ er sich noch aktiv und passiv für andere Sportarten begeistern, weiterhin war er ein passabler Skatspieler und konnte eine Zechtour auch schon mal bis morgens um acht durchhalten. Falls er den entsprechenden Zeitschriften Glauben schenken sollte, kamen diese Eigenschaften beim anderen Geschlecht nicht so gut an. Ach ja, er hatte eine Gitarre und übte fleißig, mehr als die Lagerfeuerversionen bekannter Lieder waren jedoch noch nicht drin, und dazu singen, das konnte er nun wirklich nicht.

Das Spiel ging weiter. Jan fand etwas, was er für lustig befand, gab einen Kommentar ab, und Matthias bewies sich mit einem guten Konter. Parallel dazu dachte er aber nach.

Vielleicht sollte er seine Kleidung für sich sprechen lassen, denn darauf achtete er sehr. Die optische Selbstdarstellung der Persönlichkeit. Leger und bequem, weder spießig noch schlampig, meistens gute Jeans mit farblich passendem Hemd, Ärmel grundsätzlich hochgekrämpelt, darüber seinen Stolz, eine braune Wildlederjacke, die er in der Carnaby Street in London gekauft hatte und immer trug. Und dazu gute Schuhe, verdammt noch mal gute Schuhe. Sie waren das wichtigste, denn die zog man jeden Tag an. Er hatte sein Vertrauen in Marken der Independentszene gesetzt, halbhohe schwarze Docs und Chucks, ebenfalls schwarz, zur Auswahl. Wenigstens hatte er davon Abstand genommen, sich über seinen Musikgeschmack zu definieren. Das hatten irgendwie alle in der Mittelstufe gemacht, die Mädels mit ihren ach so süßen Schmalztypen aus der Bravo, und die Jungs mit Metal, möglichst hart, schnell, laut und aggressiv. Dämliche Klischees, denen er entwachsen war. Die Frage „Was hörst du denn?" war schon lange nicht mehr entscheidend, ob man mit einem anderen Menschen warm werden wollte. Nun gut, er mochte die Stone Roses, The Who und Nirvana, auch wenn man es ihm nicht unbedingt ansah. Oder sollte er schreiben, wie er sich seine mögliche Freundin vorstellte? Vorzeigbar sollte sie sein, ihm gewisse Dinge auch mal nachsehen. Selbständig sein und nicht klammern, damit er sich nicht eingeengt fühlte, intelligent sein und seinen Humor teilen. Dazu noch unkompliziert, natürlich und, selbstredend, gut im Bett, denn das schien schon alleine der Zeitgeist zu verlangen, und wer kann sich dem widersetzen? Jetzt hatte er sich fast eine viertel Stunde lang über Kontaktanzeigen Gedanken gemacht, aber kein Ergebnis gefunden, wie er diese vielen möglichen und nötigen Informationen so in vier Zeilen Samstagszeitung packen könnte, ohne etwas entscheidendes wegzulassen, und dennoch so interessant zu wirken, dass gute Angebote kamen. Zudem waren da noch seine Kumpels, und Jan hatte ihm ja gerade deutlich gemacht, was man von Leuten, die Anzeigen aufgaben, halten sollte. Wenn es dann rauskäme, dass er eine aufgegeben hätte! Nein, diese Schmach wollte er sich ersparen. Andere Leute schafften es schließlich auch, trotz der technischen Universität, und sein Selbstwertgefühl sagte ihm, dass er eigentlich nicht zu dem 3,7-er-Rest gehörte. Dafür sorgten solche Erlebnisse wie das mit der zuvorkommenden Verkäuferin. Er räumte sein Geschirr weg, fing eine Made, die sich aus unerfindlichen Gründen auf ihren Küchentisch verirrt hatte, ein, wünschte Jan einen schönen Tag, er solle nachher noch Tanja einen schönen Gruß ausrichten. Es mußte doch noch andere Wege geben!

Listen up sweet child of mine
Have I got news for you
Nobody leaves this place alive
They'll die and join the queue
Sing it
I-I'm I'm gonna break into heaven
I can't wait anymore.

Baba O'Riley

Matthias war ein anständig wirkender Mensch Anfang zwanzig, der das aber ändern wollte. Wenn er jetzt, Anfang 1998, sich selbst zwei Jahre jünger betrachtete, er mußte mindestens schmunzeln. Viel hatte er an sich gearbeitet und sich verändert, und der erste Schritt auf diesem Weg war die WG mit Jan. Jan war deutlich älter als er, in allen Belangen erfahrener und, als er ihn kennen gelernt hatte, ziemlich kraß drauf. Mittlerweile hatte Jan beschlossen, ein wenig der ganzen Action aus seinem Leben zu nehmen, um es vielleicht doch noch etwas zu erreichen. Er studierte auch nicht, sondern hangelte sich von Job zu Job, ob das nun Kellnern oder Lieferwagen fahren war. Jedenfalls wäre kein normal denkender Mensch auf die Idee gekommen, dass sich diese beiden grundverschiedenen Typen eine Wohnung teilten.

Dementsprechend abgefahren ist auch die Geschichte, wie sich diese Konstellation ergeben hatte. Matthias wollte in Karlsruhe sein Studium beginnen, weil er früher schon einmal hier gewohnt hatte, noch ein paar Freunde hatte und nicht zu vergessen begeisterter KSC-Fan war. An der Uni hatte er sich an den schwarzen Brettern die Aushänge angeschaut und gelangte so an die Telefonnummern, die Wohnraum versprachen. Als er das erste Mal in den Altbau kam, in dem er jetzt wohnte, hatte er sich schon mehrere WG-Zimmer angeschaut. Immer die gleiche Prozedur: Die WG saß am Küchentisch, einer zeigte die Wohnung und erklärte den Putzplan, wie die gemeinsame Haushaltskasse geführt wurde, wer wann Klopapier kaufen mußte und wie toll das WG-Klima sei. Der Rest musterte ihn von oben bis unten, quetschte ihn aus und irgendwann meinte einer, dass man eigentlich keine Erstsemesterstudenten in der Wohnung haben möchte und sich noch weitere Kandidaten anschauen wollte. Er kam sich jedesmal wie in der mündlichen Abiprüfung vor, mit dem einzigen Unterschied, dass er diese bestanden hatte. Man würde ihn anrufen.

Studenten hatte er sich anders vorgestellt. Nicht so korrekt, mehr mit Leck-mich-Einstellung. Grundsätzlich links und bedingungslos gegen das Establishment. Das jedenfalls waren die Stereotypen, die in seiner Familie gepflegt wurden. Alle möglichen Onkels, Tanten, Großcousins und sonstige Typen wußte bei den offiziellen Feiern immer mit verruchten Geschichten aus der Studentenzeit aufzuwarten. Hatten sich die Zeiten etwa geändert? Hier schien überall alles perfekt geplant und organisiert zu sein: Putzen, einkaufen, kochen, Müll wegbringen, vielleicht gab es irgendwo noch eine WG, die diktierte, wer in welchem Zeitfenster Zähne putzen durfte. Nirgends hatte er Che Guevara an der Wand gesehen, wahrscheinlich dachten die meisten bei diesem Namen sowieso nur an ein französisches Spezialitätenrestaurant: Chez Guevara. Dafür hätte er nicht zu Hause ausziehen müssen. Wo war die Freiheit, die er sich mit dem Studentenleben versprochen hatte, und wegen der er auch von zu Hause ausziehen wollte?

Von WG zu WG wurde er abgeklärter und lernte, was man von einem potenziellen Mitbewohner hören wollte und was nicht. Den Traum, eine coole „Kommunen-WG" zu finden hatte er schon begraben, und der Druck, eine Bleibe zu finden, wurde immer größer. Jedenfalls dachte er, es sei nichts als ein weiterer Versuch bei einer 90er-typischen Studenten-WG, als er die schwere Hoftür im Ausländer-Rentner-Studenten-Viertel aufstieß. Dachgeschoß, rechts hatte eine am Telefon gesagt. Südstadt-Zimmer an Nichtraucher zu vermieten, keine Informatiker!!! (die waren anscheinend nirgendwo beliebt), 14 Quadratmeter für 380 Mark warm. Das stand auf dem Zettel vom schwarzen Brett. Er keuchte die vier Stockwerke hoch, durch das Treppenhaus, das wohl irgendwann einmal nobel gewesen war, bewunderte den Marmor an der Wand, der allerdings kräftig am Abplatzen war, und die triste Fassade des Hinterhauses. Die Erscheinung erinnerte ihn an die Bilder, die im Booklet von Quadrophenia zu sehen waren. Ganz oben war das Treppenhaus noch schmuddeliger als in den unteren Stockwerken, die Stromleitungen waren über dem Putz verlegt, Strom- und Gaszähler hingen offen an der Wand. Vor der linken Wohnung sammelten sich mehrere Einkaufstüten leerer Sixpackflaschen, ekligstes Billigpils im übrigen, und diverse Holzteile. Es hätte bestimmt sehr viel Geschick erfordert, sich hier einen Weg zu bahnen. Aber Matthias wollte in die rechte Wohnung. Eine junge Frau machte auf, er schätzte sie auf Mitte zwanzig.

„Du bist wegen dem Zimmer hier? Komm rein!"

Er stellte sich artig vor, sie hieß Magdalene, beide gingen durch die Wohnung und er schaute sich um. Was ihm gerade erzählt wurde, beachtete er nicht großartig. Er hätte es sich eh nicht merken können, weil er schon zu viele Vorträge ertragen mußte und sowieso schon zuviel durcheinander brachte. Dusche in der Küche, Klo im Treppenhaus wird mit der gegenüberliegenden Wohnung geteilt (deshalb die Türen auf halber Etage!), schönes helles Zimmer mit Südseite, ohne Möbel, gepflegter Teppichboden, moderne Halogenstrahler an der Decke, Designerlampen in Küche und Flur, alles pikobello sauber. Nett. Recht hübsch. Ganz ok. Jetzt schaute er sich seine potentielle Mitbewohnerin genauer an. Nett? Recht hübsch. Ganz ok? Ein bißchen zu sehr geschminkt. Aufgetakelt. Etepetete? Rund um das Waschbecken stand jedenfalls so viel Schminkzeug, dass gerade mal noch eine weitere Zahnbürste hingepaßt hätte. Die Markennamen des ganzen Krams hatte er noch nie gehört, aber die Fläschchen und Tuben sahen so edel aus, als ob pures Gold darin aufbewahrt wurde. Der Küchenboden war sauberer als bei seiner Mutter, nur der IKEA-Tisch ließ auf mittelständische studentische Behauser schließen.

„Was machst du eigentlich?"

Matthias begann Fragen zu stellen, um seinem Interesse an dem Zimmer Nachdruck zu verleihen.

„Architektur. Aber in drei Monaten bin ich fertig."

Architektur. Sie sagte es mit einem Tonfall, als ob es ihr ins Gesicht geschrieben war und er es eigentlich hätte wissen müssen, was sie studierte. Architektur. Kleines Bürschchen, soll ich dir die Welt erklären? Schau mich an, gibt es denn etwas anderes, was eine Frau wie ich machen könnte? Architektur. Das ist gut genug. Ob sie das mit dem Lippenstift normalerweise auf die Stirn schrieb, heute aber vergessen hatte? Aber in drei Monaten bin ich fertig. Das hatte etwas Ersehnliches in sich, so als ob dann ein gefängnisähnlicher Zustand aufhörte.

„Was heißt das?"

„Ich ziehe dann aus und gehe nach Mailand. Dort kann ich bei einem Freund von meinem Papi arbeiten. Du kannst dir dann jemanden suchen, mit dem du zusammen wohnen willst."

Mailand. Das sollte wohl das gelobte Land sein. Jedenfalls für Menschen, die nur mit Gucci und Prada zufriedenzustellen sind. 501 und Adidas, das ist für alle. Opium fürs Volk. Mailand, und ich bin da, wo ich hingehöre.

Matthias hatte keine Lust auf dieses Kindchen aus besserem Hause. Wer weiß, welche Macken dieser Zicke in ihrer Kindheit so alles anerzogen worden waren. Auch wenn es nur für drei Monate wäre. Und dann hätte er den Streß mit Mitbewohner finden. Leider drängte die Zeit, noch drei Wochen waren es bis Semesterbeginn. Sachzwänge nannten Politiker solche Umstände, in einen sauren Apfel würde er wohl beißen müssen.

„Was für Leute wohnen sonst noch im Haus?'

„Weiß ich ehrlich gesagt gar nicht so. Es ist auf alle Fälle sehr ruhig hier."

Ironie des Schicksals, Magdalene wurde Lügen gestraft: Im selben Moment drang durch die Wand der Lärm einer E-Gitarre. Matthias kannte das Riff nicht, es hörte nach einer Mischung aus „You really got me" und „Acquiesce" an.

„Bis auf diesen Idioten nebenan."

Sie sprach deutlich lauter, schrie fast, aber ihre zarten Stimme, die wohl noch nie hatte schreien müssen, kam nur schwer gegen den Verstärker, der mühelos die Wand durchdrang, an.

„Seit einem halben Jahr wohnt der da. Jan Schreiber. Mein Papi hat schon zwei Briefe an die Hausverwaltung geschrieben, aber die machen dann doch nichts."

„Weshalb Idiot?"

„Der unerträgliche Krach, der Müll vor der Tür, er pinkelt in Stehen und putzt das Klo unregelmäßig, ein typischer Prolet eben."

Jetzt wurde die E-Gitarre von einem lauten an die Tür Hämmern unterstützt. Es war zwar die Tür zur anderen Wohnung, aber Matthias und Magdalene konnten es genau hören.

„Hey Alter! Jan, mach auf. Du Arsch, ich steh hier nicht ewig rum!"

Magdalene ging zur Wohnungstür und riß sie auf. Matthias ging ihr nach, stand nicht mal einen halben Meter hinter ihr und schaute über ihre Schulter. Gucci oder Prada, einer von beiden, biß ihn penetrant in die Nase. Vor ihnen drehte sich ein Typ in etwa ihrem Alter um, stieß dabei an eine der Tüten mit Leergut, welche prompt umfiel. Nach und nach kullerten mehrere kleine grüne Fläschchen aus der Tüte, rollten scheppernd und klirrend die Treppe runter und gingen kaputt. Mittlerweile war auch die E-Gitarre verstummt, ein Mensch mit gebräuntem nackten Oberkörper und abgeschnittener Jogginghose machte die Tür der anderen Wohnung auf.

„Ah, der Fred."

Als ob nichts in der Welt passiert wäre, begrüßte er seinen Kumpel. Handschlag, aber in der Haltung, in der man normalerweise Armdrücken macht. Hart, aber herzlich, und Wiedersehen macht Freude.

„Das geht zu weit! Machen sie auf der Stelle diese Sauerei weg, oder ich gehe zur Hausverwaltung! Es ist unerträglich, neben ihnen wohnen zu müssen. Und wenn ich meine Mietminderung durchkriege, dann holt sich das der Vermieter wieder von ihnen zurück!"

Magdalene keifte. Der Mensch, der eben noch eine Seelenruhe ausstrahlte, explodierte:

„Du dumme Schnepfe! Ich hasse dein spießiges Gehabe und dein Denuntiantentum! Ich habe Gott verdammt noch mal Grundrechte, ob's dir paßt oder nicht! Die Scherben mache ich weg, und zwar wann ich es will. Und auf eines kannst du Gift nehmen: Heute Abend, bis elf, rate mal, was ich da mache? Meinen Verstärker quälen, bis der nicht mehr kann!"

Magdalene schrie zurück, sie siezte, er duzte. Sie schimpfte, er schimpfte. Erbärmliches Subjekt gegen schnöselige Dumpfbacke, Parasit gegen Hauspolizei, später dann Arschloch gegen dumme Votze.

Matthias konnte sich während des ganzen das Grinsen nicht verkneifen. Allein dieser Show wegen hatten sich die vier Stockwerke Treppen steigen gelohnt. Der Unglücksrabe, der mit seiner ungeschickten Drehung die Flaschen und den Stein des Anstoßes ins Rollen gebracht hatte, blieb ruhig. Er sah mit seiner extremen schwarzen Körperbehaarung, die ihm aus dem Kragen quoll, einem Schimpansen noch ähnlicher als Pete Sampras.

„Was hast denn du mit der zu schaffen?"

Der Schimpanse, der offensichtlich Fred hieß, sprach ihn an. Matthias schob sich an dem Rohrspatz vorbei.

„Ich hab mir nur ein Zimmer in der Wohnung angeschaut."

„Willst du da einziehen?"

„Ich überleg's mir noch."

Matthias benutzte das Grinsen, das sagt, dass man über den Dingen steht.

„Alter, willst du ein Bier?"

Es war unter der Woche und drei Uhr Nachmittag. Matthias hatte noch nie so früh am Tag Bier getrunken, nicht einmal nach seinem Abi. Aber er wollte sich ja ändern.

„Ja."

„Komm rein, üblicherweise schreien die sich länger an."

Die beiden Jungs stiegen behutsam über die Tüten und das Holz und verschwanden hinter Jan in dessen Wohnung. Diese war das totale Gegenteil der anderen. Als ob die Flaschen im Treppenhaus nicht genug wären, standen hier noch dutzendweise weitere rum. In irgendwelchen Ecken, auf dem Schreibtisch, im Schuhregal. Auf dem Küchentisch stapelte sich das dreckige Geschirr, weil in der Spüle kein Platz mehr war. Der Fußboden war voll mit Socken, Zeitschriften und Müll, Pizzadienst, Kippenpackungen und Chipstüten, irgendwo dazwischen ein BH. Auf den Regalen, den Lichtschaltern, Steckdosen, einfach überall türmte sich eine Staubschicht auf. An der Wand hingen verschiedene Plakate (Bierwerbung,

KSC-Poster, Jethro Tull, Miss April) und diverse Zeitungsartikel, zumeist verbale Fehlleistungen der Bildzeitung. Auerbachs Keller, und er war dabei!

So hatte er sich eine Studentenwohnung vorgestellt, und dann wohnten hier nicht einmal welche, wie sich später herausstellen sollte.

Fred bediente sich am Kühlschrank und warf Matthias eine Dose Becks zu. Sie setzten sich in Jans Zimmer in ein paar Kissen gesenkt auf den Boden.

„Dass die da drüben immer so einen Streß machen muss! Alter, ich sag's dir, die spinnt total."

„Nur weil sie hysterisch rumschreit?"

„Nicht nur. Hat sie dir gesagt, wie das mit dem Putzen abgeht?"

„Ja. Abwechselnd."

„Schon, aber wenn sie dran ist, läßt sie eine Putze kommen."

Das war Magdalene ohne weiteres zuzutrauen.

„Ach, leck mich doch!"

Rums! Eine Tür wurde zugeschlagen. Jemand schnaubte wütend Luft aus.

„Es ist nicht zu fassen."

Jan stiefelte in die Küche, riß die Kühlschranktür auf, schnappte sich ein Bier, kam in sein Zimmer und schaute Matthias stirnrunzelnd an.

„Warst du nicht eben noch bei der?"

Matthias erklärte, wie und warum er hier hergekommen war.

„Du suchst ein Zimmer? Bei mir ist auch noch eins frei, hab mich aber noch um nichts gekümmert."

Jan erzählte von einem Kumpel, der sich bis vor kurzem bei ihm vor der Bundeswehr versteckt hatte, inzwischen aber auf einem Frachter nach Kanada wäre. Matthias schaute sich das Zimmer an. Die Wände waren vergilbt, an ein paar Stellen hatte sich die Rauhfaser abgelöst und der Teppichboden hatte das eine oder andere Mal beim Rotwein mitgetrunken. Who cares?

„Ich nehm das Zimmer."

„Weißt du, auf was du dich da einläßt?"

„Wegen der Nachbarin?"

„Nein, wegen hier!"

Das ist sie, die Geschichte. Er hatte den bis dahin mutigsten Schritt in seinem Leben gemacht und war in diese verkommene Wohnung gezogen, halb aus nackter Existenzangst, keine Bleibe zu finden, halb aus Abenteuerlust und nach und nach immer mehr aus freien Stücken. Jan entpuppte sich als sehr umgänglicher, friedfertiger Zeitgenosse. Er hatte die Schule abgebrochen, schlug sich gerade so durch, und vor fünf Jahren hätte Matthias Menschen wie ihn verachtet. Weil solche Typen nicht sahen, welche Chancen ein guter Schulabschluß bot. Weil sie sich nicht an die Regeln hielten. Weil sie rauchten, soffen, viel zu ungebildet waren, und auf Kosten ihrer Zukunft lebten. Und wenn diese aufgebraucht war, auf Kosten der Gesellschaft. So ähnlich hatte man es ihm beigebracht.

Jetzt wohnte er mit einem dieser Subjekte zusammen, und mit Fred hatte er gleich den zweiten an der Hand. Jans bester Freund, ähnliche Karriere, ähnliche Aussichten. Was ihn faszinierte: Er konnte von den beiden lernen.

Wie man das Bier mit dem Feuerzeug aufmachte, was eine Gitarre so alles kann, wie man Gespräche anfängt und in Gang hält. Er schaute zu, wie sie mit ihren Affären umgingen, beobachtete und merkte sich das eine oder andere. Das waren die Menschen, die mehr Ausstrahlung, Erfahrung und soziale Kompetenz hatten. Die lockereren Typen. Sie waren die besseren Musiker, sie hatten mehr auf dem Kerbholz, und er war bereit, sich mit ihnen auseinanderzusetzen. Er trennte sich von dem Weltbild, das seine Eltern für ihn ausgesucht hatten, zwar nicht ganz, ergänzte es jedoch um weitere Facetten. Erschütternd: All das Mißtrauen, das er anfänglich in sich hatte, stieß überhaupt nicht auf Gegenseitigkeit. Sowohl Jan als auch Fred akzeptierten ihn so, wie er war. Keine verpflichtenden Putzpläne. Jeder ißt, wann er Bock hat. Den Müll nimmt der mit, den er mehr stört. Alle Menschen sind gleich. Und von Zeit zu Zeit überlegte sogar Jan, ob es nicht mal sinnvoll wäre, eine Ausbildung zu Ende zu machen. Sag ja zu elektrischen Dosenöffnern.

Put out the fire and don't look past my shoulder.
The exodus is here; the happy ones are near.
Let's get together before we get much older.
Teenage wasteland; it's only teenage wasteland!

I'm One

Er war mit großen Plänen nach Karlsruhe gekommen. Zuallererst raus aus der engstirnigen Provinz, in der er sich nie so recht wohlfühlen konnte! Dann Leute kennen lernen, mit denen er etwas anfangen konnte, und die auch mit ihm etwas anfangen konnten. Und dann gab es auch noch das andere Geschlecht.

Die ersten beiden Punkte hatte er schon abhaken können. Er war in einer Stadt mit beachtlicher Größe, und mit Jan und Fred an zwei Leute geraten, die sehr viel Aufregung versprachen. Als er schließlich seine Möbel und den sonstigen Krempel hergefahren hatte, ließ er sich von niemandem helfen. Zum einen wollte er es alleine durchziehen, zum anderen hätten seine Eltern die Hände über dem Kopf zusammengeschlagen, wenn sie den Zustand der Wohnung und seine neuen Freunde gesehen hätten: Ein Dreckloch und langhaarige Taugenichtse, war das der richtige Umgang für ihn? Stundenlange Versuche, ihm ins Gewissen zu reden, wären vorprogrammiert gewesen. Wahrscheinlich in Kombination mit regelmäßigen Kontrollbesuchen. Statt dessen sagte er ihnen immer, es ginge ihm gut und es gäbe keinen Grund zur Sorge.

Der Anfang war verheißungsvoll, doch die Ernüchterung ließ nicht lange auf sich warten. Zu Beginn des Semesters wurde für ihn und die anderen neuen Studenten eine sogenannte Orientierungsphase abgehalten. Keiner der höheren Semester hatte lange um den heißen Brei herumgeredet. In Karlsruhe herrsche gravierender Frauenmangel, und das war fast immer und überall das Hauptgesprächsthema. Alles hörte sich ziemlich wehleidig an, und er hatte keine Lust, mit den anderen Studenten Trübsal zu blasen.

Matthias zog es daher vor, abends mit Jan und Fred loszuziehen, die hatten immer irgendwas am laufen. Ziemlich schnell hatte er festgestellt, dass er möglichst viel seiner Freizeit nicht mit den Leuten von der Uni verbringen sollte. Mit Jan und Fred abzuhängen war eine ziemlich coole Angelegenheit, denn die beiden kannten die halbe Stadt, außerdem redeten sie nicht über irgendwelche Investmentfonds, bessere Lehrbücher, Mobilfunkverträge oder Auslandssemester, sondern über Fußball, Frauen, Filme, Musik. Also über Dinge, die im Leben der Menschen Anfang 20 wirklich interessant sind.

Natürlich redeten die Typen von der Uni auch über Frauen, doch sie beschwerten sich darüber, dass sie fehlten. Wie ein Rohstoff, der knapp ist. Bei Jan und Fred waren sie im Alltag da und sie mußten sich mit ihnen auseinandersetzen. Matthias hatte beschlossen, den beiden zuzuschauen, um herauszubekommen, was ihr Erfolgsrezept war, was sie denn anders machten als er. Noch war er nicht dahinter gekommen. Allerdings waren ihm ihre Geschichten auch ein wenig zu arg, für sich selbst hätte er gerne etwas anderes gehabt. Nichts aus der Rubrik „Haifischbecken und mal schauen, wer wen zuerst verläßt". Denn so kam es ihm bei den beiden und ihrer Umgebung vor. Im Prinzip ging es fast nur um Sex mit einem Wettrennen, wer von wem zuerst gelangweilt wurde. So sehr wollte er sich dann auch wieder nicht verändern.

18

Dafür hatte er sich an der Uni bereits eines ernsthaften Angriffs erwehren müssen. Natürlich tut es gut, wenn ein Mädel hinter einem her ist, doch bei ihm war es niemand anderes als die dicke Maren. Und sie war so unattraktiv, dass sie sogar unter den eingangs genannten Umständen leer ausgegangen war. Bevor sie ihn auserkoren hatte, hatte sie ihr Glück bei ein paar anderen Typen versucht, erfolglos. Dann war er dran, und es lief nach dem bekannten Schema ab: In der Vorlesung setzte sie sich regelmäßig neben ihn, fing Gespräche an, in der Mensa setzte sie sich dazu, um irgendwann langsam zuschnappen zu können: „Lust auf Kino oder so?"
Sie konnte sich die besten Filme aussuchen, bisher hatte noch keiner zugesagt, auch Matthias nicht. Grundsätzlich wollte er nicht nur eine Nummer auf der Liste sein, die irgendwann einmal abgearbeitet wird, und zusätzlich fand er sie zwar als Mensch ok, als Frau aber abstoßend. Weil er aber sah, wie schwer sie es hatte, ihre nachvollziehbaren Wünsche zu verwirklichen, tat sie ihm leid, denn in gewisser Weise erging es ihm ähnlich, und er wollte ihr nicht noch zusätzlich weh tun. Sie schien schon genug zu leiden, und das machte es ihm sehr schwer. Wie sagt man einem häßlichen Entlein, dass man es nicht liebt, aber sie trotzdem bitte nicht verzweifeln soll? Ohne sie vor den anderen bloßzustellen, und gleichzeitig nicht zu viel Sympathie zeigen? Er hatte nichts böses getan und wurde dennoch zum Mitgrund für ihre Depression. Alles nur, weil er zu Anfang nett war und mit ihr geredet hatte. Reichte das schon aus, dass sie sich Hoffnungen machte? Offenbar ja. Besonders unter Druck gesetzt fühlte er sich, als sie zu seinem Geburtstag ein übertriebenes Geschenk aus dem Hut gezaubert hatte. Zum einen hatte sie auf dem Umweg über dritte herausbekommen, wann er hatte, und zum anderen mit dem Geschenk genau seinen Geschmack getroffen. Sie hatte die Urban Hymns von The Verve besorgt, in der Vorlesung neben ihm sitzend ihn angestupft:
„Alles Gute zum Geburtstag!"
Um die Gratulation entgegenzunehmen hatte er ihr die Hand hingestreckt, bevor sie eine Geste machen konnte. So kam er immerhin um das sonst übliche Küßchen auf die Wange und die Drückerei rum. Sie hatte seine Hand genommen, geschüttelt und ihm die CD übergeben, schön mit einer Schleife umwickelt. Und er hatte die Urban Hymns noch nicht, dennoch:
„Das kann ich nicht annehmen. Ich meine, wie gut kennen wir uns eigentlich? Außerdem habe ich die schon!"
„Willst du sie gegen eine andere umtauschen?"
Er fühlte sich unter Druck gesetzt, von ihren enttäuschten und traurigen Augen. Aber Mitleid ist beileibe keine Basis für eine Beziehung. Sie hatte sich Gedanken über ihn gemacht, vielleicht zig Menschen über ihn ausgefragt, recherchiert, geträumt und gehofft, aber er scherte sich im Prinzip einen feuchten Kehricht um sie. Gute Erziehung und gesellschaftliche Konventionen sorgten für einen gemäßigten Ton.
„Ich will nicht, dass du so viel Geld für mich ausgibst."
„Warum?"
„Weil du mir egal bist! Und jetzt laß mich in Ruhe!"

Das hatte er nicht gesagt, obwohl es der Wahrheit entsprochen hätte. Statt dessen:
„Ich habe Geburtstag, richtig. Ich freue mich auch, wenn man an mich denkt. Aber was glaubst du, was die anderen denken, wenn mir alle gratulieren, und du die einzige bist, die mir ein Geschenk macht, noch dazu ein so teures?"
Ganz ruhig und sachlich hatte er es gesagt, so war er der Situation einigermaßen entronnen, obwohl es ihm dabei nicht besonders gutging. Nein zu sagen fällt schwer, gerade wenn man es wirklich meint. Den Mensabesuch hatte er an jenem Tag ausfallen lassen, nur um Maren nicht zu begegnen. Endgültig hatte sie es gecheckt, als sie (selbstverständlich hintenrum) herausgefunden hatte, dass er doch eine Party gemacht, aber sie nicht eingeladen hatte. Er war sehr froh, dass er ihr das nicht ins Gesicht sagen mußte. Wie es mit ihr weiterging, interessierte ihn nicht besonders, er war froh, dass sie sein Leben nicht mehr kreuzte und ihr Glück nicht von ihm abhängig machte. Nur noch einmal hatte er sich wegen ihr schlecht gefühlt. Das war auf einer Party, und irgendwann kam der Song „Alles aus Liebe" von den Toten Hosen. Sie saß alleine in einer Ecke, sang mit und schaute in seine Richtung, er bewußt woanders hin. Er hätte dem Blick nicht standhalten können. Liebe kann weh tun, auch wenn man sie nicht empfindet.

Inzwischen war Matthias kurz vor dem vierten Semester, noch nannte sich dieser Zustand vorlesungsfreie Zeit. Sein Vordiplom war in greifbare Nähe gerückt, obwohl er in Physik demnächst die Wiederholerklausur schreiben mußte. Außer Maren hatte sich noch keine weitere Frau für ihn interessiert, auch der Fundus von Jans und Freds weiblichen Bekannten gab nichts für ihn her, die waren ihm alle entweder eine Nummer zu groß oder zu abgefucked. Im Gegenteil, gewissermaßen hatte Jan seine derzeitige Flamme ihm zu verdanken. Er selbst war deutlich toleranter geworden, nicht mehr der strebsame Spießer, zu dem er gemacht werden sollte. Weiterhin hatte er in Jörg und Chris gute Freunde. Jörg kannte er schon von Kindesbeinen an, weil ihre Väter zusammen studiert hatten und auch danach noch regelmäßigen Kontakt gehalten haben. Chris hatte er über Jan und Fred kennengelernt, ihre Freundschaft hatte sich über Fußball spielen, gucken und darüber reden aufgebaut und deutlich darüber hinaus entwickelt.
Und sogar an der Uni hatte er Leute entdeckt, mit denen etwas anzufangen war: Mark, der die gleiche Fachrichtung studierte, aber ein Jahr später begonnen hatte, und Susi aus seinem Semester. Er hatte keinerlei Ambitionen bei ihr, und vielleicht war es deshalb so einfach, mit ihr auszukommen. Sie lebte mit ihrem Freund zusammen, der derzeit allerdings im Ausland ein Praktikum machte, und es war angenehm, ab und zu eine weibliche Begleiterin fürs Kino oder Essen gehen zu haben, auf rein freundschaftlicher und auf Gegenseitigkeit beruhender Basis. Die Voraussetzungen stimmten, er war mit sich zufrieden, dennoch fehlte etwas

in seinem Leben. Noch.

Ev'ry year is the same,
I feel it again
I'm a loser, no chance to win.
Leaves start falling
Come down is calling
Loneliness starts sinking in.

But I'm One, I'm One.
And I can see, that this is me
And I will be
You'll all see I'm the One.

Water

Inzwischen hatte sein Alltag konkrete Formen angenommen. Morgens ausschlafen, zum ersten oder zweiten Frühstück in die Mensa gehen, nachmittags ein bißchen lernen oder arbeiten gehen, dann zu Hause eine Tiefkühlpizza vertilgen und später am Abend mit seinen Freunden etwas unternehmen. Heute stand ein Tresenabend mit Chris auf dem Programm. Er saß im Oasis an der Theke und hatte sich den „Spiegel" geholt. Chris war wie üblich noch nicht da, und Matthias brauchte eine Beschäftigung. Er konnte nicht damit umgehen, am Tresen zu sitzen und nichts zu tun zu haben. Er kam sich dann beobachtet vor und deshalb war ihm unwohl. Oft schon hatte er sich überlegt, ob das der Grund war, weshalb so viele Menschen rauchten. Wenn man raucht, ist man mit etwas beschäftigt, auch wenn man eigentlich nichts zu tun hat. Es stört auch nicht, wenn man dann wiederum etwas zu tun hat, oder man kann rumspielen und die nervösen Finger haben etwas zu tun. Außerdem kann man ganz einfach und ungezwungen Gespräche beginnen, nach Feuer fragen beispielsweise, und schon hat man einen Menschen kennengelernt, mit dem man etwas gemeinsam hat. Aber er hatte beschlossen, es auch ohne zu schaffen. Wieso sollte er etwas probieren, das den meisten beim ersten Mal Übelkeit bereitet, erst durch die Gewohnheit angenehm wird und als lästige Sucht endet? Also bestellte er sich ein Pils und suchte den Zeitschriftenstapel auf. Das Heft hatte er schon gestern durchgeblättert, den Hohlspiegel, die Kulturmeldungen und den Fußballbericht gelesen, heute war wohl der mehrseitige Bosnienartikel dran. Der politischen Bildung wegen. Nein, der Langeweile wegen!

Eigentlich war die Kneipe zu cool für ihn. Für so krasse Leute wie Jan, Fred oder Chris. Wäre er nicht mit diesen anfänglich hierher mitgeschleift worden, er hätte es keine fünf Minuten ausgehalten. Alle machten etwas aufregendes, waren Künstler, spielten in Bands, hatten aufregende Jobs oder zeichneten sich dadurch aus, dass sie gar nichts machten. Die Szene eben. Selbsternannt, aber darauf bedacht, sich abzugrenzen. Entsprechend waren die Auswahlkriterien und die Mauer, auf die man zu Anfang stieß. Er als angehender Ingenieur war viel zu konform, verglichen mit dem Rest. Vielleicht war es das, was ihn inzwischen so an diesem Laden faszinierte. Dann war da noch der Altersunterschied von etwa fünf Jahren. Niemand wollte, dass das Oasis zum Teenie-Treff wurde. Dank der Hilfe von Fred, den eigenen Skatkünsten und seiner Ahnung von Fußball hatte er sich bei einigen Anerkennung verschaffen können und war dadurch auch als gesicherte Existenz und Anfang-Twen aufgenommen worden. Seine akzeptierte Anwesenheit bei den schillernden Personen schmeichelte ihm und gab ihm ebenfalls das Gefühl, etwas besonderes zu sein. Nicht wie an der Uni, wo er einfach nur einer von vielen gleichen war.

Dann gab es noch Leute, die nur ab und zu herkamen. Diese hatten keinen besonderen Anspruch an das Oasis. Erwähnen sollte man auch noch die alten Helden, die bereits mindestens auf die Vierzig zusteuerten und irgendwann hängengeblieben waren. Die verbrachten ihre Zeit damit, am Tresen sitzend in ihr Glas zu schauen, mit niemandem zu reden, außer vielleicht ganz spät am Abend, da überkam sie das Bedürfnis von ihren besseren Tagen zu erzählen. Geschichten, die keiner hören wollte. Insgesamt eine recht bunte Mischung aus fragwürdigen Idolen, komischen Käuzen und Bombenlegergestalten, aber gerade deshalb eine Gesellschaft, in der man sich Anfang Zwanzig wohlfühlen konnte. Außerdem, hier gab es kaum Leute von der Uni. Jene beschwerten sich, dass in dieser Stadt nichts passierte. Hier waren die, die etwas passieren ließen. Matthias war diesbezüglich ein Tourist, aber das war zu verkraften.

„'n Abend Matt! Alles klar?"

Alles klar! Chris war gekommen, hatte ihm die Hand auf die Schulter gelegt und ihn vom Balkan zurück in eine deutsche Kneipe geholt. Er nannte Matthias Matt, englisch ausgesprochen, und das gefiel ihm. Matthias hießen so viele Leute, und Matt hörte sich auch einfach besser an. Alles klar. An dieser Floskel war Chris zu erkennen. Er benutzte sie als Frage, als Aussage und als Ersatz für ein schlichtes Ja. Sonst war er ein wenig pummelig und hatte so wohlgeformte runde Backen wie das Kind auf der Zwiebackpackung, ohne allerdings wie ein Kind zu wirken. Dafür sorgten seine meist auf neun Millimeter heruntergeschorenen Haare und der regelmäßige Dreitagebart. Vielleicht machte ihn gerade diese Kombination aus süß und verwegen bei den Frauen so begehrt. Außerdem hatte er eine Radiostimme, tief, deutlich und immer entspannt, und doch bestimmt. Auch seine aktuelle Tätigkeit als Praktikant in einer kleinen Werbeagentur konnte er sehr gewinnend einsetzen. Fakt war, dass er noch nie eine Frau, hinter der er her war, nicht bekommen hatte.

„Hi. Schon gehört, der Buchwald soll gegen Lautern spielen."

Der Abend begann wie immer. Einstiegsthema: Fußball. Der KSC, seine Spieler, wer angeblich geht, wer angeblich kommen soll, und später dann, zu melancholischer Bierlaune, was für eine gute Mannschaft das jetzt wäre, wenn alle hätten gehalten werden können: Kahn - Bilic, Nowotny, Kreuzer - Fink, Tarnat, Nyarko, Häßler, Scholl - Dundee, Kirjakov.

Die letzten beiden bitte ohne Formtief beziehungsweise Verletzung. Deutscher Meister 2000? Möglich wäre es, mit diesen Namen... Statt dessen Mittelmaß, kleine Brötchen, unzufriedene Fans und erst am vergangenen Freitag eine bittere Heimniederlage gegen Dortmund. Aber sie waren sich sicher: Der Verein kriegt noch die Kurve, bisher war viel Pech dabei, das wird sich auf Dauer schon ausgleichen, und mit ganz viel Glück konnte man noch sechster werden.

„Soll er das? Kommt das Spiel auf Premiere?"

„Glaub schon. Ist immerhin ein Derby, Freitagsspiel. Und die Rückkehr eines Weltmeisters."

„Ich bin skeptisch. Das ist doch ein alter Mann! Für die Japaner mag es vielleicht gereicht haben, aber in der Bundesliga weht ein anderer Wind."

Alles wie gehabt.

„Was bekommst du denn?"

Sympatische Augen, die schon strahlend auf die Welt gekommen sein mußten, schauten Chris an. Das war nun der wirkliche Grund, weshalb das Oasis ihre Lieblingskneipe war. Die überaus hübschen Bedienungen. Heute schmissen Ines und Moni den Laden. Tom, seines Zeichens Wirt, stellte sich nur am Wochenende hinter die Theke. Chris und Matt genossen es, von seinen Augenweiden angestrahlt zu werden, auch wenn es vorwiegend rein geschäftlich war. Besonders Matt hatte keinen weiteren Kontakt zu ihnen. Chris hingegen war mit der einen oder anderen auf der Schule beziehungsweise schon im Bett gewesen. Wie gesagt, er war auf diesem Gebiet sehr erfolgreich.

Die Jungs ließen sich noch ein Pils zapfen, von Moni. Sie nutzen die Zeit, die sie am Zapfhahn verbrachte, für eine Kurvendiskussion der etwas andern Art.

„Heute bauchfrei, nicht schlecht!"

„Das Teil, was sie letzte Woche anhatte, gefiel mir besser."

„Du meinst, die Schnüre am Rücken?"

„Genau die. Ich konnte meinen Spieltrieb gerade noch so zurückhalten. Aber ich war kurz davor, daran zu ziehen."

„Da war implizit ein Schild dran: Bitte kräftig ziehen!"

„Aber guck' mal, die kriegt Speckröllchen!"

„Ich steh' eh drauf, wenn's ein bißchen mehr ist. Halb so wild."

„Alles klar."

Matt hatte gut reden. Jede der Bedienungen war eine Klasse für sich, außerhalb seiner Kragenweite, und das wußte er. Dennoch gehörte es zum guten Ton, nach einem Haar in der Suppe zu suchen. So als ob ein Mantafahrer stänkert, wenn bei einem Ferrari die Reifen abgefahren sind oder ein Kratzer im Armaturenbrett ist. Und um den Vergleich weiterzuspinnen, er hatte nicht einmal den Manta.

Vielleicht um seine Unerfahrenheit etwas zu kaschieren, zog er bei diesen Sprüchen mit. Zwar bezweifelte er, mitziehen zu müssen, um akzeptiert zu werden, doch es wirkte, um mal ab und zu die Lacher auf seiner Seite zu haben. Außerdem, so waren sie alle beide überzeugt, wenn sich die Mädels schon dementsprechend aufreizend anzogen, so wollten sie doch bestimmt auch, dass es bemerkt würde. Also guckten sie hin, redeten darüber, ließen sich ihr Thema aber nicht anmerken und bedankten sich immer artig fürs Bier.

Sie wechselten das Thema, und tauschten die Geschichtchen der letzten Tage aus. Jeder war der Entertainer des anderen. Zeitvertreib und Smalltalk. Trotzdem oder gerade deshalb Freunde. Chris begann. Er war mit ein paar Leuten, mit denen er auf der Schule war, im Stadtpark gesessen, und es ging darum, wie ein Mann eine Frau ansprechen soll. Einer sagte, er traut sich nicht, direkt zu werden, weil er Angst hat, eine gescheuert zu bekommen. Ein Mädel meinte daraufhin, es bedarf schon sehr viel, dass sich eine Frau traut, einem Typen eine zu kleben. Kurz und gut, man einigte sich auf einen Feldversuch, verbunden mit einer Wette um eine Kiste Bier: Zwei Jungs gehen zu zwei Mädels hin und haben fünf Minuten Zeit, sich

24

durch Verbalitäten eine Ohrfeige einzuhandeln. Bekommen sie die, bekommen sie auch das Bier. Sonst müssen sie die Kiste springen lassen. Zwei gingen zu irgendwelchen hin, nahmen allen Mut zusammen, benutzten Wörter, die sie sonst nur in Tagträumen zu sich sagten, aber es tat sich nichts. Grund: Die Damen waren Ausländerinnen, aus Frankreich, und konnten weder Deutsch noch Englisch. Pech gehabt, Jungs, Bier her!

Matts Geschichte war aus zweiter Hand. Stefan, einer aus seinem Semester, hatte neulich während der Vorlesung Druck auf seinen Schließmuskel bekommen und war dem Ruf der Natur gefolgt. Allerdings auf das Klo, was uniweit als Schwulentreff bekannt ist. Er saß auf der Schüssel, in der Kabine neben ihm tat sich was. Der Typ fing an, durch eines der gebohrten Löcher durch die Wand zu starren, und Stefan schlug gegen die Wand, Scheiß Schwule und so.

„Überleg' mal, du sitzt da, willst nur kacken, und dann hängt einer seinen Schwanz durch die Wand unter deine Nase. Ich meine, was machst du da?"

„Den Lümmel mit Klebeband an der Wand festkleben und abhauen. Glaubst du, der traut sich, um Hilfe zu schreien? Und losgekommen ist der immer noch nicht!"

Geschweige denn, dass einer der beiden immer Klebeband dabei hatte, war es das übliche Tresengelaber, also in erster Linie lustig.

„Da fällt mir auch noch was ein: Du kennst doch den Herbert, so einen alten Kumpel vom Fred."

„Der, der jetzt in Saarbrücken Jura studiert?"

„Genau der. Neulich war er mal wieder pleite, und kam auf die glorreiche Idee, eine Anzeige aufzugeben. Brauche Geld, putze nackt! Hat gehofft, es melden sich attraktive vernachlässigte Ehefrauen. Aber Pustekuchen. Der erste Auftritt war bei einer Schwuchtel. Herbert putzt, wie gesagt nackt, der Typ sitzt auf dem Sofa, holt sich einen 'runter und meint: Dreh dich um, ich will dich von vorne sehen... Der Schuß ging nach hinten los, Herbert hat erst mal für eine Woche die Stadt verlassen."

„Schuß ist gut!"

Eigentlich hatten weder Matt noch Chris etwas gegen Homosexuelle, sie wollten nur nicht mit ihnen in Verbindung gebracht werden, um womöglich noch selbst für schwul gehalten zu werden. Besonders Matt hatte diese Angst, da er noch nie eine Freundin gehabt hatte. Unangenehm war ihm deshalb auch ein Friseurbesuch, als er von einem bedient worden war. Jedenfalls hatte er geglaubt, dass der Typ schwul war, er hat ja so komisch geredet und mit den Armen 'rumgefuchtelt.

„Moni, noch zwei Pils bitte!"

„Hast du gesehen, wie sie gelächelt hat?"

„Ja."

„Ob die mich mag?"

„Auf jeden Fall gibst du immer gut Trinkgeld."

„So ein Lächeln kann nicht falsch sein."

Matt spielte etwas romantische Hingerissenheit, wohl wissend dass ihm die Betreffende ein paar Nummern zu groß war.

„Sie ist eben ganz professionell. Auf dem Gebiet."

Es war wie ein Film, den sie sich anschauten. Bestimmt schon zum tausendsten Mal, aber immer wieder gut. Sie philosophierten wieder darüber, wie man die Bedienung 'rumkriegen könnte. Feststellung Nummer eins: Ihr fester Freund steht im Weg. Feststellung Nummer zwei: Der Typ ist sowieso ein Hampelmann, weil die dümmsten Bauern eh die größten Kartoffeln kriegen, und Unfälle können passieren. Das wußte man spätestens, seit Monty Python in einer Kaserne Schutzgeld erpressen wollten. Sie strengten ihre Kreativität an, was denn einem jungen Mann zufällig alles für schreckliche Dinge passieren könnten. Dann, noch ein Pils später, wurde Chris neugierig und verließ das Feld der Phantasie.

„Was geht denn eigentlich mit dir und der Susi?"

„Nichts. Wieso fragst du? Wie kommst du darauf?"

„Man sieht euch in letzter Zeit immer häufiger zusammen. Deshalb."

„Ihr Freund ist ein halbes Jahr in Amerika, und wir machen ab und zu was zusammen."

„Nicht mehr?"

„Nicht mehr."

„Du willst nicht - zufällig - mehr von ihr?"

„Nein."

„Und sie von dir?"

„Ich glaube auch nicht."

„Bist du dir sicher?"

„Chris, ich mag sie, wir machen ab und zu was zusammen, das war's. Völlig harmlos."

„Ich erinnere mich nur ans Unifest, als sie zu späterer Stunde in deinen Armen lag..."

„Jetzt hör doch auf. Ich war besoffen, sie war besoffen, und wir haben ein bißchen Scheiß gemacht, 'rumgealbert, that's it."

Chris hob verständnislos die Augenbrauen und schüttelte den Kopf und seufzte.

„Vielleicht hast du ja doch recht."

Matt hatte sich kurz die letzte Woche durch den Kopf gehen lassen und war an einem Ereignis hängengeblieben.

„Jetzt am Wochenende, wir haben erst gekocht, dann Physik gelernt und dann noch mit den anderen Jungs aus der WG Siedler gespielt."

„Ooooh, Siedler gespielt, das hört sich heiß an. Wir kommen der Sache näher!"

„Laß' mich halt ausreden. Wir haben also gezockt, war ein netter Abend, und so langsam Zeit für die letzte Straßenbahn, und ich mußte irgendwie heimkommen. Es war wirklich schade, dass ich schon gehen mußte, und dann hat sie mir angeboten, dass ich bei ihr übernachten könnte."

„Hast du?"

„Nein, natürlich nicht."

„Du bist so dumm! Da bietet dir eine ihr Bett an, und du gehst heim!"

„Sie hat doch einen Freund."

„Und wo war der an dem Abend? Sag es mir!"

„Austin, Texas."

„Austin, Texas! Prima. Dass ihr gewisse Dinge fehlen könnten, darauf kommst du wohl nicht?"

„Meinst du, das war so gemeint?"

„Denk' mal drüber nach."

Matt suchte die Fakten zusammen. Erstens, sie hatte angeboten, dass er bei ihr schlafen könnte. Zweitens, es gab keine Couch, die man ihm hätte anbieten können, denn das Zimmer ihres Freundes war an einen Zwischenmieter vergeben. Drittens, sie hatten sich beim Unifest wirklich sehr oft umarmt. Viertens, sie hatte früher mal erzählt, dass sie nicht wüßte, wie lange es mit ihrem Freund noch gehen würde. Aber sie hatte sich noch nicht offiziell als Single geoutet.

„Könntest recht haben. Beim nächsten Mal..."

„Das kannst du vergessen. Da wird es kein nächstes Mal geben. Das war eine Jetzt-oder-nie-Angelegenheit! Wenn dich eine fragt, ob du bei ihr übernachten willst, ist das kein Gutschein, den du zwei Wochen später einlösen kannst. Sie denkt jetzt, dass du nichts von ihr willst, und sie wird den Teufel tun, nochmal so was zu sagen."

„Und wenn ich in die Offensive gehe?"

„Matt, gewöhn dich daran: Es gibt Fragen, die werden nur einmal gestellt."

Das schien wohl eine verpaßte Gelegenheit zu sein. Dennoch fühlte er sich geschmeichelt, immerhin war er der Auserwählte, und Susi war um Klassen besser als Maren. Leider hatte er sich nie für sie als Frau interessiert, vielleicht hätte dann sein Leben einen anderen Verlauf genommen. Oder aber er wäre nie so nahe an sie herangekommen. Er hatte sie als vergeben kennengelernt und immer so behandelt, war es das, was sie an ihm schätzte? Dass er im Vergleich zu den anderen Typen von der Uni überhaupt nicht aufdringlich war. Das hatte er beibehalten, nur, wann hätte er die Kurve kriegen müssen?

„Weißt du, ich glaube, wenn ich wirklich an ihr interessiert gewesen wäre, hätte ich es gepeilt. Ich habe auch nie in die Richtung gedacht, bei ihr. Außerdem, es ist doch langweilig, wenn man eine haben kann. Der Reiz ist weg. Es ist kein Verlangen da. Und ich kann einer durchschnittlichen Frau auch nichts Überdurchschnittliches sagen."

Er versuchte seine Inaktivität zu rechtfertigen.

„Mir geht es genauso, nur breche ich das ganze drei bis vier Wochen später ab."

War das der einzige Unterschied zwischen Matt und Chris?

„Nochmal zwei Pils, bitte!"

Zum Ausklang versuchten sie sich wieder mit fußballerischem Fachwissen zu überbieten. Weißt du, wie viele Tore Edgar Schmitt im UEFA-Cup geschossen hat? (Leichte Frage, es waren acht: Eins gegen Eindhoven, eins in Valencia, vier zu Hause gegen Valencia und zwei zu Hause gegen Bordeaux) Wer hat die meisten Bundesligaspiele für den KSC gemacht? (Gunter Metz) Wie viele Millionen hat Bayern in den Neunzigern an den

KSC für Spieler überwiesen, wer war Schiedsrichter, als Möller seine Schwalbe fabrizierte, wann hat der KSC das einzige Mal in Stuttgart gewonnen,... Um hier professionell mithalten zu können, war ausgiebiges Studium der anerkannten Fachliteratur notwendig. Matt hatte auch in den letzten Wochen bestimmt mehr in der Bibel (Kicker-Sonderheft zur Bundesligasaison) als in seinem Physikskript zur anstehenden Klausur gelesen. Dann zahlten sie und verabschiedeten sich brav von der Bedienung. Hinter ihrem Rücken hatten sie ihre Titten und ihren Arsch bewertet (auf der Skala von eins bis zehn bekam sie Werte um acht), über ihre Gelenkigkeit philosophiert und überlegt, ob sie eher laut oder leise kommen würde, ob sie bläst und schluckt. Jetzt gingen sie und sagten nichts weiter als „Tschüß!" Ihnen war klar: Plump sein, das sollten sie besser anderen überlassen. Den grauen Eminenzen etwa, die ohne Freunde an der Theke aufgestützt hingen und sich am Bier festhielten. Sich später dann trauten, das Blaue vom Himmel 'runterzulügen und bei den Bedienungen nur ein müdes Lächeln ernteten? Sie waren anders.

A-gimme gimme gimme some water
Gimme good water
Please don't refuse me, Mister
I've seen your daughter at the Oasis
And I'm beginning to blister.

We need water
Wow yeah, good water
Ooh, we need water
And maybe somebody's daughter.

The world has turned and left me here

„Matt, schon was vor, heute Abend?"
Jan machte ein Gesicht, als ob er der Weihnachtsmann persönlich sei, dann verzog er angewidert den Mund. Eine Made hatte sich auf seinem Teller niedergelassen und robbte neben seinem Wurstbrot rum.
„Möchte nur wissen, wo die Viecher herkommen!"
„Was geht denn? Ich hab sie nicht eingeladen."
Matt schaute zu, wie Jan den kleinen gelblichen Wurm mit der Messerspitze von seinem Teller entfernte und durch den Spalt des gekippten Fensters nach draußen beförderte.
„Der Fred fährt nach Frankfurt und will uns mitnehmen. Rotlichtsightseeing. Er meint, hier in Karlsruhe ist das viel zu popelig. In Frankfurt ist was los. Bist du dabei?"
„Weiß nicht so recht. Was soll das bringen?"
„Ha, Oben-ohne-Bars, Pornokinos, Puff, alles, was das Herz begehrt! Und zuckersüße Mädchen. Fred hat gemeint, es gäbe welche, die es gar nicht nötig hätten, auf den Strich zu gehen, so schön wären sie! Dir werden die Augen ausfallen! Und uns kennt dort kein Schwein."
„Ist ja spannend."
Matt war noch nicht so recht von der Aktion überzeugt.
„Komm schon, Alter. In einer halben Stunde geht´s los. Nicht kaufen, nur gucken. Wird bestimmt witzig. Wir saufen uns im Auto einen an, sehen mal was anderes und fahren wieder heim."
Matt willigte ein, mehr, weil er kein Spielverderber sein wollte, denn aus Interesse.
Fred kam vorbei, sie zwängten sich in seinen kleinen Japaner, Jan und Matt gingen den beiden Bierpacks an den Kragen. Sie kamen flott voran, Fred auf der Straße und die anderen beiden mit den Flaschen. Die Stimmung wurde immer bierseeliger, sie sangen lauter die Songs im Radio mit und beschimpften die anderen Autofahrer immer heftiger.
Kurz vor der Ausfahrt machte Fred das Radio leiser und erzählte, was sie denn zu erwarten hätten.
„Die Mädels haben da ihre Zimmer. Entweder die Tür ist auf, oder die Tür ist zu. Unten sind die Deutschen, und je weiter du nach oben gehst, desto exotischer wird`s. Polinnen, Thailänderinnen, Afrikanerinnen. Und alle haben maximal 20 Gramm Stoff am Körper, es sein denn, es ist Leder."
„Warst du schon mal bei einer drin?"
„Ne ne, ich war auch nur zum Gucken da. Aber der Herbert hat schon seine Erfahrungen gemacht."
„Ah, unser Nacktputzer. Wieviel? Und wie war`s?"
„`n Fuffi. Beim ersten Mal fand er's Scheiße, aber als wir das zweite mal hier waren, war er voll begeistert. Ist dann strahlend ´rausgerannt und hat allen erzählt, dass sie danach noch seinen Schwanz gewaschen hat."
„Frisch gewaschener Lümmel!"
Jan äffte Herbert nach, er kannte die Geschichte schon.

„Genau."

Matt beschloß, sich nur aufs Gucken zu beschränken.

„Und ganz oben gibt es eine Schwarze, die hat eine Preisliste an ihrer Tür hängen. Aber Alter, die macht die widerlichsten Sachen, sag ich dir!"

„Anpinkeln?"

„Auch."

Ein halbes Six-Pack später waren sie da. Frankfurt, Stadtmitte. Fred hatte es sogar geschafft, einen Parkplatz zu ergattern. Sie stiegen aus und jeder bediente sich noch am letzten Six-Pack.

Matt war noch nie in Frankfurt gewesen, jedenfalls noch nie außerhalb von Bahnhof, Flughafen und Festhalle zwecks Oasiskonzert. Er suchte die Bankentürme, sah sie auch ab und an zwischen den Häuserzeilen durchscheinen. Auch achtete er, ob ihm vielleicht der eine oder andere Straßenzug aus „Ein Fall für zwei" bekannt vorkam. Erschrocken war er über die vielen Verpackungen, in denen mal Spritzen waren, die auf dem Boden lagen. Stellenweise war die Straße so voll davon und weiß, als ob es geschneit hätte. Ab und zu kochten in irgendwelchen Hauseingängen ein paar Junkies ihr Süppchen auf.

Dann kam ihnen einer entgegen, der den Deckel einer Schuhschachtel wie einen Bauchladen vor sich her trug. Er hatte schon ein wenig Kleingeld gesammelt.

„Habt ihr vielleicht noch ein paar Groschen übrig?"

Eine zitternde, abgemagerte Gestalt stand vor ihnen. Die Pupillen waren so klein wie ein Stecknadelkopf, das T-Shirt verwaschen und mit Blut bespritzt, Schuhe und Hose reihten sich in das Bild ein. Die Unterarme waren übersät mit Einstichlöchern, mit einem Wort, der Typ war fertig. Matt war angeekelt, er hatte so etwas noch nie live gesehen.

Fred gab ihm ein paar Münzen, die er in seiner Hosentasche hatte. Der Junkie dankte artig und zog weiter.

„Mach dir einen schönen Tag!"

Matt war froh, dass er abgezogen war, weil er sich ein wenig bedroht gefühlt hatte.

„Hey Alter, laß diese Scherze!"

Fred sah ihn verärgert an.

„Der Typ ist am Ende, total fix und fertig! Das letzte, was der gebrauchen kann, ist dein dummes Gelaber. Und wenn wir nachher im Puff sind: Paß' auf, was du sagst! Da gibt's Leute, die verstehen bei manchen Dingen keinen Spaß!"

„Das war doch wirklich nicht schlimm!"

„Der ist kurz vorm Krepieren, und du wünscht ihm einen schönen Tag. Mit deinem zynischen Unterton!"

Matt sah es zwar nicht ganz ein, dass er etwas falsch gemacht haben sollte, doch er signalisierte, dass auf ihn Verlaß sei. Ein Stück weit vertraute er Fred in diesen Belangen, und er ließ sich, wenngleich mürrisch, belehren.

„Was glaubst du, warum ich ein bißchen Kleingeld offen in der Hosentasche trage? Der nächste von denen sammelt vielleicht nicht mit der

Schuhschachtel, sondern mit einem Messer oder seiner letzten Spritze. Dann will ich sehen, wie du dem einen schönen Tag wünschst! Dem werf' ich die Kohle hin und sage, ich hab nicht mehr. Die haben doch auch Schiß. Nur brauchen sie die Kohle für den nächsten Schuß, und wenn sie was bekommen, ziehen sie weiter. Bring sie aber bloß nicht in eine Extremsituation, in der sie durchdrehen könnten!"

Sie liefen weiter, Matt hatte ein wenig Respekt bekommen, und er schaute sich gelegentlich um, nach Junkies. Dann waren sie da angekommen, wo sie hinwollten. Von außen ein unscheinbarer Altbau, neben dem Eingang ein Schild, dass Frauen keinen Zutritt hatten und ein durchgestrichener Fotoapparat. Ganz offiziell hieß der Laden „Laufsteg". Sie tranken ihr Bier leer, stellten die Flaschen irgendwo ins Eck und gingen rein.

Matt schaute sich die anderen Besucher an. Ein paar zielstrebige Geschäftsleute im Anzug, schmierige Mittfünfziger, ein paar Cliquen Halbstarker, die wohl alle gestern 18 geworden sein mußten. Und das Wachpersonal. Danach sahen jedenfalls diese Gorillas aus, die im Fitneßstudio und Solarium die Jahreskarte hatten, sich mit Gold behängt hatten und böse durch die Gegend starrten. Alle, die hier ´rumliefen, schauten aneinander vorbei.

Der Rest war so, wie Fred es gesagt hatte. In den unteren Stockwerken die Deutschen, und nach oben hin wurde es immer dunkler. Und noch etwas fiel auf: Je höher sie kamen, desto aufdringlicher wurden die Damen. Die Deutschen beschränkten sich darauf, auf ihrem Bett zu sitzen und die Vorbeigehenden anzulächeln. Die Osteuropäerinnen standen immerhin schon an ihrer Tür, die Thailänderinnen sprachen sie sogar an, und die Afrikanerinnen faßten auch schon mal zu. Doch die drei wehrten sich erfolgreich dagegen, nicht in eines der Zimmer gezerrt zu werden.

Mit der Zeit wurden sie auch routinierter, und Matt und Jan konnten sich ab und zu den einen oder anderen Kommentar nicht verkneifen.

„Nein, ich versauf' mein Geld lieber!"

„Ich habe Frau und vier Kinder."

„Tut mir leid, ich hab ´ne feste Verabredung."

Das Bier wirkte, sie hatten ihre Unbeschwertheit wiedergefunden. Auch Matts Bedenken, die er vor dem ersten Bier gehabt hatte, erwiesen sich als falsch. Er hatte gedacht, dass es eine ziemlich sterile Atmosphäre sein müsse, doch das Lächeln der Damen war überzeugend. So, als freuten sie sich wirklich, wenn jemand mit ihnen ins Geschäft kam. Das ganze Elend, das den Medien nach hinter dieser Branche stecken sollte, war nicht einmal zu erahnen. Jede schien gerne hier zu stehen. Ob es nun so war, oder nur die Oberfläche so wirkte, konnte er nicht beurteilen. Fest stand, dass sie viel Spaß hatten, hier durch die Gänge zu laufen und dabei rumzukaspern.

Dann kam eine, die mehr machte, als nur zu versuchen, einen der drei in ihr Zimmer zu zerren. Sie riß Matt die Brille herunter, rannte los und legte sich auf ihr Bett, die Brille fest in beiden Händen haltend. So dreist waren doch sonst nur Berberaffen im Freigehege! Hielt man denen in der rechten Hand ein Stück Popcorn hin, dann klauten sie einem meist aus der Linken gleich die ganze Tüte. Von den kleinen Tierchen konnte man solch unverschämtes Verhalten jedoch erwarten, hier hatte Matt nicht damit gerechnet und deshalb nun ein ernstes Problem. Ihm blieb nichts anderes übrig, als ihr in ihr Zimmer zu folgen. Er setzte sich zu ihr aufs Bett und bat um seine Brille. Sie grinste ihn nur an.

„Fuck me! Nur fünfzig Mark."

„Ich will nicht ficken, ich will meine Brille."

„First: Fuck!"

Er kam sich ziemlich hilflos vor. Dummerweise war auch noch die Tür zugefallen, und so saß er nun mitten in Frankfurt auf dem Bett einer schwarzen Nutte, die ihm die Brille geklaut hatte.

„Bitte, gib mir meine Brille zurück! Ich will nichts von dir."

Er atmete tief durch, konnte nicht verbergen, dass er der Situation nicht gewachsen war. Wo war Josef Matula, Retter aller zu unrecht Verdächtigter, der sagt „Schätzchen, laß den Kleinen in Ruhe, der wollte doch nur gucken!" Das hier war doch sein Revier.

„Nein!"

Sie schaute ihn verführerisch an und begann, ihm die Eier zu kraulen. Die Brille hielt sie noch immer, in der Hand zwischen sich und der Wand, so dass er nicht herankommen konnte.

„Schöner Mann."

Mag ja so sein, dachte sich Matt, aber ich will hier 'raus! Er nahm ihre Hand von seinen Eiern weg, hatte aber das Gefühl, noch ewig 'rumsitzen zu müssen. Er versuchte vorsichtig, ihr die Brille aus der Hand zu nehmen. Sie zog ihre Hand an den Körper heran.

„Fuck!"

Beim Optiker hätte ihn eine neue 200 Mark gekostet, hier gab´s die alte zum Schnäppchenpreis von 50, inklusive waschen und legen.

Dann kam ihm der rettende Gedanke. Wenn es mit Worten und sanfter Gewalt nicht ging, mußte er sie anders entwaffnen. Er fing an sie zu kitzeln, sie lachte auf, schrie und gluckste, und ihre Muskulatur lockerte sich. Ein paar Sekunden später hatte er seine Brille wieder, stand triumphierend auf und lief eilig auf die Tür zu. Sie lag noch immer kichernd und glucksend auf dem Bett.

„Bleib hier! Nur fünfzig Mark."

Er beachtete sie nicht, war froh, den Hals aus der Schlinge gezogen zu haben und ging raus, zurück auf den Flur. Hinter der nächsten Ecke traf er Fred und Jan.

„Ihr seid mir schöne Freunde! Laßt mich mit der penetranten Tussi allein. Helft mir das nächste Mal gefälligst!"

„Was war denn los? Wir dachten, du schiebst jetzt eine gepflegte Nummer." Jan grinste breit. Matt erzählte, was passiert war. Jetzt konnte auch er darüber lachen.

Sie liefen weiter, ließen sich anreden und anschauen, wechselten das Stockwerk. Nach unten, wo es nicht so heiß herging.

„Gefällt dir denn eine hier?" fragte Jan.

Matt überlegte kurz.

„Na ja, die eine Blonde da hinten. Vielleicht."

„Laß uns noch mal vorbeigehen."

Die drei drehten um.

„Hier wäre sie."

Matt deutete auf eine Tür, die gerade zu war. Auf einem Schild stand Nathalie.

„Ist das die kleine süße Maus mit dem roten Zeug und den dicken Dingern?"

„Ja."

„Ah, der Herr ist Feinschmecker. Du läßt dich auch nicht lumpen."

„Wenn schon Auswahl da ist."

„Nimm sie halt!"

„Ach, nein."

„Sie gefällt dir doch."

„Schon."

„Wo ist das Problem?"

Warum mußten Jan und Fred auch immer so überzeugend sein! Sie belaberten Matt, malten ihm aus, wie geil sie wohl wäre, und dass er sich zu Hause ärgern würde, es nicht getan zu haben. Sie machten es sehr geschickt. Nicht dieses „Du hast doch noch nie und jetzt ist die Gelegenheit"-Getue, auch kein Appell an die männliche Ehre, nur allgemein, dass er sich doch schon des öfteren im Nachhinein geärgert, etwas nicht gesagt oder getan zu haben. Aber es wäre noch immer seine Entscheidung, sie hielten sich raus. Sagten sie, taten es aber nicht:

„Du kannst zumindest reingehen und fragen, was es kostet. Dann kannst du es dir immer noch anders überlegen. Und 'nen Fuffi mußt du auch in der Disco anlegen, um eine aufzureißen. Und da gibt's nicht mal 'ne Garantie."

Matt überlegte kurz. Für Sex bezahlen, für die natürlichste Sache der Welt, die doch so sehr auf Zuneigung und Vertrauen basiert, hatte er sich nie vorstellen können. Doch jetzt, als er hier bei den Liebesdienerinnen war, hatte es doch irgendwie das Verkrampfte, das er in seiner Vorstellung der Sache zugeschrieben hatte, verloren. Sex mit äußerst attraktiven Frauen war möglich, ganz schnell und ganz unkompliziert. Dazu auch noch diskret, denn niemand kannte ihn. Und auf Jan und Fred war Verlaß, wenn es um Geheimnisse ging. Matt wußte nicht, ob es der sanfte Vorwurf der Feigheit, den er abwehren wollte, oder doch die Lust war, die ihn zu einem Kompromiß veranlaßten.

„Ok, wir drehen hier noch eine Runde. Wenn wir zurückkommen und die Tür auf ist, gehe ich rein. Ansonsten ziehen wir weiter."

Natürlich hoffte er, dass sie dann noch immer geschlossen war, denn dann mußte er nichts tun. Doch sein geheimes Flehen blieb unerhört. Ein Japaner kam gerade raus, hatte Matts feiger Natur einen Strich durch die Rechnung gemacht, und Nathalie saß mit verschränkten Beinen, rauchend, mit Blick Richtung Gang auf ihrem frisch gemachten Bett. Sie sah Matt auf sich zukommen und lächelte ihn an.

„Wir warten da vorne, auf der Fensterbank im Treppenhaus."

„Laß dir Zeit!"

„Mach's gut!"

Flugs hatten sich Jan und Fred verabschiedet und verdrückt, ihn alleine stehen lassen. Nun war er gefangen. Folgte er ihnen so sah Nathalie, dass er Schiß hatte. Mit ein wenig Mut und gewillt, das Ding durchzuziehen, trat er ein.

„Wieviel?"

„Fünfzig."

Matt machte die Tür zu und setzte sich zu ihr aufs Bett. Nervös schaute er sich in ihrem Zimmer um. An der Wand hingen diverse perverse Ledergegenstände, auf ihrem Nachttisch standen mehrere Dildos, und um das Waschbecken stand ein halber Drogeriemarkt.

„Die Kohle. Und zieh dich aus."

Verschüchtert schaute er zum Fenster. Es stand auf, der Vorhang war nicht zugezogen und man hatte freien Blick auf das Haus gegenüber. Hinter einigen Fenstern brannte Licht.

„Laß dich davon nicht stören. Da drüben interessiert sich keiner für das, was hier passiert."

Matt gab ihr den Schein, sie steckte ihn schnell weg, er begann sich auszuziehen. Sie nahm den Aschenbecher vom Bett. Teilnahmslos zog sie ihm ein Kondom über und legte ein vibrierendes elektrisches Gerät mit großer Gummifläche an seinen Schwanz.

„Was soll denn das?"

Er wußte nicht, wie ihm geschah. Ficken wollte er die Kleine, und nicht von der Technik abgespeist werden. Überrascht unterbrach sie ihre Arbeit.

„Glaubst du, ich mache für 50 Mark die Beine breit? Schau dich um, dann ahnst du vielleicht, was ich sonst noch alles mache. Und das kostet entsprechend."

Sie bewegte kurz ihren Kopf zu dem Lederkram.

„Aber..."

Sie fiel ihm ins Wort:

„Für 50 ist höchstens eine Handmassage drin."

In ihren Worten steckte viel Kälte und Verachtung. Ihm war die Lust vergangen. Er zog sich an und stieß ein paar Flüche aus.

„Du glaubst aber wohl nicht im Ernst, dass du deine Kohle wieder kriegst."

Sie saß seelenruhig da. Sie hatte ihn beschissen, vielleicht sogar mehr als das. Womöglich befriedigte sie die Genugtuung, jemandem, der meinte, sie kaufen zu können, eine reinzuwürgen. Wie konnte er aber auch nur so naiv sein, zu glauben, dass alles so einfach wie im Supermarkt ablaufen würde. Streß machen war nicht drin, draußen gab es die parteiische Schutzstaffel aus dem Sonnenstudio. Er bezweifelte, mit diesen Jungs diskutieren zu können.

Hektisch suchte er seine Sachen, zog sich an und verließ erbost ihr Zimmer. Er unterließ es aber, die Tür zuzuschlagen, rannte dafür fast einen Anzugheini um und lief. Weg von diesem Ort der Schmach.

34

Fred und Jan waren an ihrem Platz. Sie merkten sofort, dass etwas schiefgelaufen war und unterließen jegliche unqualifizierten Kommentare. Matt wollte raus. Ganz schnell raus. Auf der Straße erzählte er. „Ok, dass es so läuft, konnte keiner ahnen. Plan B: Wir fahren nach Karlsruhe und machen im Oasis die Tom-Aktion."
Fred fiel immer etwas ein, auch wenn es verheerend sein konnte.

The world has turned and left me here
Just where I was before you appeared
And in your place an empty space
Has filled the void behind my face.

Doctor Jimmy

Die Rückfahrt verlief sehr schweigsam. Matt war wieder fast nüchtern, vor allem aber ernüchtert. Fred und Jan bemühten sich nicht großartig, ihn aufzuheitern. Was hätten sie aber auch sagen sollen? Entschuldigung, dass wir dich da 'reingeschickt haben? Schwarze Schafe gibt es überall? Hätte jedem passieren können? Sie hüllten sich alle in angemessenes Schweigen. Als sie ins Oasis kamen, war es gerade mal kurz nach elf. Matt blickte sich um. Nein, niemand da, den er hätte grüßen müssen. Das hätte er nun gar nicht gebrauchen können: Irgendso dahergelaufene Typen, die ihn als Kumpel betrachteten und mit dem Müll, den sie seit der letzten Zusammentreffen erlebt hatten, zutexteten, weil sie Publikum für ihre Geschichten brauchten.

„Also, der Tom macht für Stammgäste Sonderaktionen. Eine davon: Du mußt drei von ihm gemixte Drinks in einer halben Stunde getrunken haben. Für jeden, den du danach schaffst, bekommst du einen Abend Freibier. Ich glaube, das ist das Beste, was du heute noch machen kannst. Ich lade dich auch ein, denn er nimmt, Stammgast hin oder her, einen Zwanziger dafür."

Fred hatte die Spielregeln erklärt, Matt war einverstanden, und sie gingen an die Theke, hinter der Tom thronte. Untypisch für einen Kneipenwirt war, dass Tom ab und an zynische Züge zeigte und meist recht mürrisch mit seinen Mitmenschen umging. Er war eben etwas eigenbrötlerisch, und es wurmte ihn ein wenig, dass ihn einige seiner Gäste gleich als ihren besten Freund betrachteten. Das waren meist irgendwelche Angeber, die es chic fanden, mit ihrem guten Draht zum Wirt einer angesagten Szenekneipe zu prahlen. Demnach war es nicht verwunderlich, dass Fred ein wenig Überzeugungsarbeit leisten mußte, um Matt in den Genuß des Stammgastangebotes kommen zu lassen. Zwar hatten die drei schon das eine oder andere mal einen Skat geklopft, doch nach wie vor wollte er selbst entscheiden, wem er seine Sonderaktionen zuteil kommen ließ, und sich das nicht von anderen vorschreiben lassen. Doch dann begann er zu mischen, auch, weil Fred behauptet hatte, dass Matt den bisherigen Rekord erreichen könnte. Ein wenig versöhnlich lächelnd suchte Tom die Zutaten zusammen: Wodka, Sekt, Tequila und ein wenig O-Saft. Mit dieser Mischung wurden drei 0,3er-Gläser aufgefüllt, Tom steckte noch überall einen Strohhalm 'rein und stellte sie vor Matts Nase auf die Theke.

„Um halb zwölf sind die Dinger leer. Und du trinkst allein! Ich paß auf. Wenn du kotzt, hast du verloren. Viel Erfolg!"

Matt signalisierte, dass er verstanden hatte, nahm die Gläser an den Tisch, den Jan belegt hatte und versuchte, die Wirkung der Mischung abzuschätzen. Dann nahm er alle Strohhalme aus den Gläsern und legte sie beiseite. Er setzte das erste Glas an und probierte vorsichtig. Es schmeckte zwar nicht überwältigend, doch auch nicht so schlecht, als das er sich hätte überwinden müssen.

„Und?"

Jan und Fred blickten ihn interessiert an. Er antwortete, indem er exte, sich mit dem Handrücken den Mund abwischte und ein erleichterndes, langgezogenes „Ah!" von sich gab. Dann knallte er das Glas theatralisch auf den Tisch. Seine Freunde grinsten, tranken ihrerseits ihr Bier und waren erleichtert. Er schien das Erlebnis verdaut zu haben, mindestens war er auf dem besten Wege dazu. Fred und Jan stellten fest, dass sie diesmal in Frankfurt die Wichskabinen ausgelassen hatten, stiegen um auf eine ernsthafte Diskussion über Pornos, beantworteten sich gegenseitig die Frage, ob sie es sich vorstellen könnten, selbst in einem mitzuspielen und malten sich die gesellschaftlichen Folgen im weiteren und engeren Sinne aus. Matt war froh, dass sie von ihm nicht verlangten, mitzureden. Er setzte sich quer auf seinen Stuhl, so dass er den Rücken gegen die Wand lehnen konnte. Für ihn ein angenehmer Zustand: Ein Platz im Eck, einen guten Blick durch die ganze Kneipe, damit er Leute beobachten konnte und ein Endlosgespräch am Tisch, bei dem er jederzeit, wenn ihm danach sein sollte, einsteigen konnte.

Doch vorerst wollte er es mit den anderen beiden Drinks aufnehmen. Nach dem ersten hatte sich sein Magen unangenehm aufgebläht, er gab der Kohlensäure des Sektes die Schuld. Er nahm einen der Strohhalme und begann, Kohlensäure 'rauszurühren. Auf geht's! Noch eine Viertelstunde. Runter damit. Ging auch fast ganz runter, etwa ein Drittel mußte er zurücklassen und noch mal abstellen. Mit dem zweiten Ansatz war dann auch das nächste Glas leer, blieb noch Nummer drei. Er hatte schneller getrunken als der Alkohol seinen Körper erobern konnte. Erst jetzt entfaltete sich der erste Drink. Er spürte, wie seine Gesichtshaut und seine Hände wärmer wurden, fühlte, dass seine spärlichen Bewegungen ungenauer wurden und er nicht mehr ganz dem Gelaber von Jan und Fred folgen konnte, aber das wollte er auch nicht unbedingt. Der dritte. Noch blieben ihm gut fünf Minuten. Wie eben: Kohlensäure raus, und dann weg damit! Aber so einfach ging es nicht mehr. Sein Bauch war voll mit Flüssigkeit, und unter normalen Umständen und mit einer Portion gesundem Menschenverstand hätte er jetzt aufgehört. Doch er wollte sich einen gewissen Ruf erwerben. Fred hatte ihn bei Tom in die Pflicht gebracht, und dieser traute ihm wohl nicht besonders viel zu. Matt wollte ihm beweisen, dass er sehr wohl in jeglicher Beziehung ernst zu nehmen war, und der eine oder andere Abend Freibier waren auch noch ein Argument. Zudem brauchte er dringend so etwas wie ein Erfolgserlebnis. Also weg damit! Im letzten Glas war jetzt noch so viel drin, dass er es innerhalb einer Sekunde hätte 'runter bringen können. Tom kam an den Tisch.

„Sieht gar nicht so schlecht aus, mein Lieber!"

Matt stürzte den letzten Rest hinunter. Ihm war übel, weil sich der Magen in alle Richtungen ausdehnte, drückte und gluckste. Dennoch bemühte er sich, so entspannt wie möglich auszusehen.

„Den nächsten bitte!"

Ja, nun wollte er sich das Freibier verdienen. Und Tom zeigen, wie viel er verträgt. Damit Fred sich das nächste Mal nicht so mürrisch anschnauzen lassen mußte. Ohne Rücksicht auf Verluste.

„Ich sag dir doch, der schafft das!"

Auch Fred war beruhigt, dass Matt die Vorgabe erfüllt und ihn nicht im Stich gelassen hatte.

„Wie viele hast du eigentlich geschafft?"

„Vier. Mehr ging bei mir nicht. Du bist saugut dabei. Ehrlich."

Tom verdrehte die Augen ein wenig, so als ob er es nicht ganz glauben konnte, dass Matt gerade eben so mir nichts dir nichts drei seiner Mördercocktails gekillt hatte. Er brachte den vierten.

„Wenn du den hast, bist du genauso gut wie ich."

Erstmal mußte er aber aufs Klo. Die Flüssigkeit hatte sich weiter vorgearbeitet, und das Bier von der Autofahrt an das Blasenende geschoben. Beim Aufrichten wurde sein Kopf schwerer und schwerer, zog ihn beinahe wieder auf den Stuhl zurück. Doch sein Zustand fiel nicht besonders auf, da er sich mit den Händen geschickt - sofern man dieses Wort für die patschigen Bewegungen eines Besoffenen verwenden darf - abstützte. Nicht einmal Jan oder Fred bemerkten seine Ungeschicklichkeit, erstens, weil sie über „Excuse-Me" eins bis sieben redeten und zweitens, weil es wieder so eng war, dass man ohnehin hier und dort anstoßen mußte, wollte man sich fortbewegen. Matt bahnte sich einen Weg durch die umherstehenden Gäste. Auf der Toilette angekommen (eigentlich ist dieses Wort ein gelogenes Kompliment für die sanitären Anlagen im Oasis), atmete er tief durch. Er inhalierte den Duft aus Essigreiniger und Harnsteindampf, ohne dass ihm das Unangenehme daran auffiel. Dann torkelte er in eine Kabine hinein. Normalerweise waren die Kabinen zwei Typen von Mensch vorbehalten. Den Ich-kann-nicht-wenn-mir-einer-zuschaut-Pinklern und denen, die wirklich dringend scheißen müssen. Da die erste Gruppe, wenn sie dann doch kann, einen Strahl wie eine Gießkanne hat, waren die Kabinen eine ziemlich versiffte Angelegenheit. Er gehörte zu keiner der beiden Gruppen, mußte sich aber dringend abstützen. Natürlich wollte er in einer so jämmerlichen Haltung nicht gesehen werden, also zog er ausnahmsweise die Kabine vor: Hose auf, Lümmel raus, mit einer Hand zielen, mit der anderen das Gewicht an der Wand abstützen, laufen lassen. Wenn möglich, die Schüssel oder zumindest den Boden treffen. Geschafft! Nochmal tief Luft holen, möglichst viel Alk ausatmen, und dann zurück zu den anderen.

„Kannst du mir einen Gefallen tun, und die Who's Next laufen lassen? Die hab ich hier schon haufenweise gehört und jetzt würde ich mich sehr freuen!"

Matt war an der Theke hängengeblieben und hatte das tiefe Bedürfnis, Tom noch zu zeigen, dass er zusätzlich zu seinen Schluckspechtqualitäten auch noch einen sehr guten Musikgeschmack hatte. Tom war beschäftigt und ignorierte ihn. Matt wurde penetranter, beugte sich über den Tresen und zog Tom, der gerade Gläser spülte, am Ärmel. Dadurch wurde Toms Hand so abgelenkt, dass dieser ein gerade gespültes Weizenglas am Wasserhahn zerbrach. Genervt unterbrach er seine Arbeit und blickte Matt entnervt an.

„Mach mal bitte die Who's Next 'rein!"

„Jaja."

Matt spürte, dass es dieses Leck-mich-am-Arsch-Jaja war und kam sich unterbeachtet vor, beschloß aber, sich zufriedenzugeben und keinen weiteren Ärger heraufzubeschwören. Immerhin war er Schuld daran, dass ein Glas kaputt gegangen war. Er trollte sich, weil er Tom nicht noch weiter über Gebühr strapazieren wollte. Der hatte in seiner vollen Kneipe an einem Freitag Abend zur Prime Time durchaus dringenderes zu tun, als den Musikwunsch eines besoffenen Halbstarken zu erfüllen.

Matt ging zu Jan und Fred und war der Ansicht, dass es viel cooler sei, sich auf den Tisch zu setzen, mit der Seite an die Wand gelehnt und die Füße auf den Stuhl gestützt. Er nahm sein viertes Glas in die Hand, stieß mit seinen Kumpels an und trank weiter. Trinken. Lange hatte er gebraucht, um festzustellen, wie einfach und primitiv es eigentlich ist, Menschen zu beeindrucken. Man mußte nur im Rudel dabeisein, mittrinken, und der, der ein wenig mehr als die anderen verträgt, dem gebührt der meiste Respekt. Matt hatte viel zu lange in seinem Leben versucht, etwas anderes zu finden, um sich Anerkennung zu verschaffen. Besondere Aussagen, gute Leistungen wo auch immer oder intelligente Gedanken, das alles wollte keiner jemals wirklich hören und sehen. Jetzt war er einfach dabei und akzeptiert, weil er soff wie ein Loch und jeden einfach sein ließ. Aber es hatte auch seine gute Seite. Er war selbst auch nicht verpflichtet, besonderes zu tun, um dabeizusein. Sauf dich zu und wir sehen, du bist einer von uns! Aber es machte Spaß. Er hatte schon des öfteren mit Jan und Fred abgefahrene Situationen durchlebt, alle unter Alkoholeinfluß. Ein gutes Wochenende mit den beiden gab so viel Gesprächsstoff wie früher ein ganzer Monat. Und da hatte er die Geschichten meist nur aus zweiter Hand erfahren, nun saß er direkt an der Quelle. Sein Leben war aufregender geworden, seit er sie kannte. Auch war er das eine oder andere Mal schon über sich selbst hinaus gewachsen, nachdem er sich Mut angetrunken hatte. Also trank er mit.

Dennoch meldete sich ein letzes Mal sein Verstand. Noch schien es möglich zu sein aufzuhören, ohne morgen allzu üble Kopfschmerzen zu haben. Letzte Ausfahrt: Gesundheit. Auf der anderen Seite Jan und Fred, die seine zweifelhafte Tapferkeit bewunderten, und dann auch noch Tom, der begann, die Welt nicht mehr zu verstehen. Es war wie auf der Autobahn: Auf der linken Spur fahrend sah er das Schild, kam aber nicht mehr rechtzeitig rüber. Ausfahrt verpaßt, 'runter mit dem Zeug, weitermachen.

Wie der Abend von nun an weiterging, entzog sich Matts genauerer Kenntnis. Das letzte, was er bewußt getan hatte, war, dass er die Hälfte des fünften Drinks unbemerkt unter den Tisch geschüttet hatte. Dann kreuzte noch eine von Freds unzähligen Exfreundinnen auf, die begeistert von ihren absurden Zukunftsplänen als Ferienclubanimateurin erzählte und Fred ebenso begeistert zuhörte, weil ihm wie immer fast die Eier platzten, und sie, wie gesagt, die Wichskabinen ausgelassen hatten und er daher unter besonderem Druck zu stehen schien. Die Einsicht, dass Animateur unter keinen Umständen ein Beruf für ihn wäre, war der allerletzte Gedanke, an den sich Matt ohne fremde Hilfe am nächsten Tag erinnern konnte, bevor dann die Stimmen um ihn herum immer lauter wurden und einen undurchdringlichen Klangteppich bildeten, und der Raum begann, sich in ihn hinein zu drehen. Dem Hörensagen nach soll er später noch mal aufs Klo gegangen sein, wo dann er angeblich eingeschlafen sein soll. Fred und Jan hätten ihn dort aufgelesen, in die Mitte genommen und zum Taxi getragen. Tom habe ihm noch einen Maßkrug voll Spülwasser über seine Rübe geleert, irgend etwas von Rekord gebrüllt, und er hätte den Gesichtsausdrucks eines erschöpften, aber siegreichen Boxers gehabt, der wie ein solcher in den Seilen in den Armen seiner Freunde hing. Nun gut. Tatsächlich waren seine Kleider, in denen er am nächsten Morgen aufwachte, patschnaß, stanken aber nicht nach Urin. Seine Hose hatte um die Knie herum dunkle Flecken, er mußte sich also wirklich auf dem versifften Boden 'rumgedrückt haben. Dann fiel ihm noch auf, dass er auf seinem Fußboden lag und Fred, der es nicht mehr zu sich nach Hause geschafft hatte, friedlich mit der Animateurin in seinem Bett schlummerte. Er roch, dass sie in seinem Zimmer auch geraucht haben mußten, obwohl er das Jan und Fred schon oft verboten hatte. Es gibt Dinge, die passieren. Und er hatte Kopfweh wie noch nie.

What is it? I'll take it.
Who is she? I'll rape it.
Gotta bet there? I'll meet it.
Getting high? You can't beat it.
Doctor Jimmy and Mister Jim
When I'm pilled you don't notice him
He only comes out when I drink my gin.

Alabama Song

Er zog seine nassen Sachen aus und stellte sich unter die Dusche. Danach sah er nicht mehr ganz so zerknittert aus, die aufgedunsenen Augen und das Kopfweh blieben. Weiter im Anti-Kater-Programm: Möglichst viel Wasser trinken, Zwieback essen, raus an die frische Luft und die anderen weiter schlafen lassen. Die frische Luft war diesmal das Stadion, Gladbach kam. Er hatte eine Dauerkarte und ging immer hin. Trotz der mäßigen Leistungen in letzter Zeit. Trotz des beschissenen Wetters ab und an. Wie heute. Er war spät dran, war nicht wie sonst vor dem Spiel bei Chris vorbeigegangen, mußte also alleine im Block ausharren. Was ihm geboten wurde, war nicht sonderlich erbaulich: Zwei Mannschaften, die bessere Tage gesehen hatten, hektisch zur Sache gingen, und dann stimmte nicht einmal das Ergebnis. Fünf zu zwei verloren, daheim, gegen Gladbach! Und es pißte. Schwamm drüber, noch war nichts verloren, arbeiten gehen.

Matt arbeitete aushilfsweise für einen Telekommunikationsnetzanbieter an der Servicehotline. Obwohl er all diese aufgeblasenen Handyfuzzies, besonders in seiner Generation, verachtete, war er zum Geld verdienen in dieser Branche gelandet. Die Kohle stimmte, er hatte nette Kollegen, die Arbeitszeiten waren einigermaßen flexibel, und außerdem war es auch eine Art Bildung für ihn: Sich das ungute Gefühl beim Telefonieren abgewöhnen, denn er hatte Schwierigkeiten mit Leuten zu reden, die er nicht sehen konnte. Geschäftlich ging es inzwischen ganz gut.

Für heute hatte er sich zur Spätschicht gemeldet, von halb sieben bis Mitternacht. Er betete für einen ruhigen Abend, denn seine Stimme war noch immer nicht so ganz auf der Höhe. Bestimmt fragte sich der eine oder andere Anrufer, warum die einen im Stimmbruch ans Telefon setzten. Am liebsten wäre er nicht arbeiten gegangen, doch er hatte sich eingetragen. Da mußte er nun durch.

Er kam durch, und um halb eins nachts nach Hause. Jan hatte mal wieder kurzfristig zum Haschen eingeladen. Schon im Treppenhaus hatte Matt Bob Marley hören können, und als er die Tür aufmachte, stieg der gewisse Duft in seine Nase, dazu war das Licht sehr gedämmt. Relaxed. Diesmal beschränkte sich der Kreis auf vier Leute: Jan, seine Freundin Tanja, Fred und Margit. Margit war eine weitere von Freds Ex-Freundinnen, die mal mit der Punkszene sympathisiert hatte. Im Alter von siebzehn Jahren etwa fand sie es wie viele andere ziemlich cool, gegen etwas zu sein, weil es einen anders machte, aber dennoch ein Gemeinschaftsgefühl vermittelte. Weil man gemeinsam gegen dieses etwas war. Ihr weiterer Werdegang sah dann so aus, dass sie zweigleisig fuhr. Schule mußte sein, für die Zukunft und so, nachmittags, abends und am Wochenende war sie dann Teilzeitpunk. In dieser Phase war es ein Kinderspiel für Fred, sie von sich zu faszinieren. Er war damals Vollpunk gewesen, aber auch mehr wegen der Party, die sich unter den politischen Vorzeichen ergeben hatte. Dennoch hatte er alle Parolen drauf, dazu konnte er sie auch noch sehr überzeugend verkaufen, und wenn er redete, mußte man ihm einfach zuhören, weil er alles mit einem ungeheuren Enthusiasmus vertrat. Selbstverständlich hielt die Beziehung nicht lange an. Fred war allerdings noch ein Meister darin, sich ohne böses Blut zu trennen. Er schaffte es, dass sich die Frauen schuldig fühlten, dass es nicht so recht auf Dauer geklappt hatte und es auseinander ging. Die Trennung erfolgte dann im Guten, und ab und an beschwor man dann die alten Zeiten herauf. Was bedeutete, dass er, auch wenn er mal solo war, abwechselnd Sex mit der einen oder anderen Ex praktizierte. Scheinbar war es wieder so weit. Inzwischen hatte Margit der Punkszene den Rücken gekehrt, zum einen, weil Papi drohte, den Geldhahn zu verschließen, wenn sie sich weiterhin mit „diesen Spinnern" abgab, zum andern, weil sie im tiefsten Inneren doch zum Mittelstand gehörte. Ihren Hund, ein sehr liebes Tier, hatte sie noch immer. Nicht mal zu ihren Punkzeiten hatte die Töle Flöhe gehabt, und war regelmäßig entwurmt.

Jan stand sogar auf, um Matt zu begrüßen. Zu froh war er, ihn lebend zu sehen, zu groß das schlechte Gewissen, ihn gestern doch noch ins Verderben geschickt zu haben. Er drückte ihn an sich.

„Der Matt!"

Er drückte ihn und klopfte ihm auf die Schulter.

„Wir haben uns schon Sorgen gemacht. Wo warst du den ganzen Tag?"

„KSC, und dann noch täglich Brot verdienen."

„Fünf zu zwei, ich hab's im Fernsehen gesehen."

„Du warst arbeiten? In deinem Zustand? Alter, dir kann es doch gar nicht gutgegangen sein! Wir haben dich hier hoch getragen."

Fred schaltete sich ein.

„Ich habe mich schon letzte Woche für heute eingetragen, ich mußte hingehen."

„Warum hast du nicht krank gemacht?"

„Weil ich denke, wer saufen kann, kann auch arbeiten."

„Also, ich wäre daheim geblieben!"

„Fred hat schon recht. Du warst wirklich nicht fit, und keiner kann von dir verlangen, so zur Arbeit zu gehen. Jeder Arzt hätte dich nach Hause geschickt."

„Meiner hat mich schon wegen weit weniger schlimmen Sachen krank geschrieben."

„Ich finde es aber Scheiße, mich zu besaufen, dann nicht zum Schaffen zu gehen, und andere müssen für mich mitarbeiten."

„Steck' dir dein schlechtes Gewissen endlich mal woanders hin! Du hast dich sinnlos besoffen, ja gut. Aber du hattest schließlich auch allen Grund dazu!"

Matt schaute die beiden an. Er war zusammengezuckt, und hatte ein wenig Schiß. Er wollte nicht, dass die Frankfurt-Geschichte angesprochen wurde. Nicht vor Frauen! Zu frisch war es noch, zu wenig Abstand hatte er dazu. Margit hatte noch gar nichts gesagt, sie kannte ihn kaum. Auch Tanja war bisher still geblieben.

„Es ist ja nicht so, dass man dir überhaupt nichts nachsieht."

„Ich weiß, aber ich will es nicht ausreizen."

„Außerdem, wenn mal einer ausfällt, dann soll der Betrieb dafür sorgen, dass es trotzdem läuft. Ist doch nicht dein Problem, wenn die zu wenig Leute einstellen. Und wenn du mal fehlst, kannst du auch ein Zeichen setzen. Dann fällt vielleicht mal auf, dass ihr unterbesetzt seid. Dann sagen die anderen auch mal was."

Intuitiv fühlte sich Matt im Recht, denn er hatte einen Arbeitsvertrag unterschrieben, ein Leistungsangebot seinerseits gegeben, und das wollte er erfüllen. Sein Geld wurde schließlich auch immer zuverlässig überwiesen. Wenn er aber etwas in den letzten Jahren gelernt hatte, dann unter anderem, dass es im Leben in den seltensten Fällen darauf ankam, Recht zu haben. Denn es kann durchaus sehr langwierig sein, andere von der Wirklichkeit zu überzeugen, und bis es dann soweit ist, hat man alle Sympathien verloren. Beispiel gefällig?

Wer beispielsweise in Bayern sagt, das Kreuz sei ein Folterinstrument, und darf daher nicht von Staats wegen in Schulräumen aufgehängt werden, hat zwar recht. Sagt zumindest das als Autorität bekannte und akzeptierte Bundesverfassungsgericht. Hat aber der, der das sagt, viele Freunde? In Bayern?

Deshalb ließ sich Matt jetzt auf keine längere Diskussion ein. Er holte sich eine Flasche Sprudel, erzählte Tanja die neuesten Stories von der ehemals gemeinsamen Arbeit, bis sich Fred ein wenig abgeregt hatte. Dann ließ er sich den vergangenen Abend erzählen. Nach und nach präsentierten Jan und Fred neue Puzzlesteine, und irgendwann war das Bild komplett. Quintessenz: Alle fanden es ziemlich cool, was er gemacht hatte, ihm standen drei Abende Freibier im Oasis zu, zudem war er Rekordhalter.

Dann passierte etwas, was Matt noch nie erlebt hatte: Fred bekam einen Korb! Margit hatte er versprochen, sie später heimzufahren. Sein Plan sah so aus: So viel zu trinken, dass er nicht mehr Auto fahren konnte, und sie folglich bei ihm (er wohnte nur zwei Straßen weiter) bleiben mußte. Leider war sie konsequent genug, seinem nett gemeinten Angebot, bei ihm bleiben zu können, zu widersprechen. Andere kochen also auch nur mit Wasser. Doch warum hatte es Jan neulich wie aus dem Nichts geschafft, Tanja für sich zu gewinnen? Matt fiel nichts ein.

Well, show me the way to the next whiskey bar
Oh, don't ask why
Oh, don't ask why
For if we don't find the next whiskey bar,
I tell you we must die
I tell you we must die
I tell you, I tell you I tell you we must die.

Standing there

Matt schob den Ordner beiseite, stellte den 0,4er-Stadionbecher auf den Schreibtisch, goß zu einem Drittel Teachers ein und füllte den Rest mit Cola auf. Genug gelernt für heute, er konnte nicht mehr. Vordiplom hin oder her, der Kopf war voll. Voll mit Zahlen, Formeln und Schaubildern. Er hatte den Tag über hart gearbeitet und wollte eigentlich nur noch ins Bett. Und seit dem Absturz letzte Woche hatte er auch ein schlechtes Gewissen, schon wieder auf Sauftour zu gehen. Das ganze Wochenende war nur Kopfweh angesagt gewesen und er hatte nichts auf die Reihe gekriegt, sich nicht konzentrieren können, und morgen brauchte er wieder alle Sinne. Doch er hatte Jörg schon vor längerem zugesagt, mal wieder mit ihm um die Häuser zu ziehen. Bis zur Straßenbahn war es noch eine Viertelstunde, und er beschloß, sich aus Kostengründen schon mal daheim warm zu trinken. Jörg war bestimmt schon länger im Oasis, und Matt konnte im nüchternen Zustand den Humor angetrunkener Altersgenossen nur bedingt ertragen. Also wollte er für gleiche Verhältnisse sorgen. Nebenbei machte er sich fertig. Frisches T-Shirt, prüfender Blick in den Spiegel, skeptischer Blick auf zwei kleine Pickel in Stadium zwei, Lösung der Schuhfrage. Docs? Chucks? Oder die schwarzen Lederschleicher? Er entschied sich für die bequemen und robusten Docs, streifte sich die Wildlederjacke über, trank den Becher aus und machte sich auf den Weg.

Er kam ins Oasis, stellte fest, dass es schon wieder so voll war, dass die meisten stehen mußten und die Bedienungen kaum noch durchkamen. Matt drückte sich an ein paar Leuten vorbei und schaute sich suchend um. Er entdeckte Jörg an einem Tisch, ging auf diesen zu, und bevor er ihn erreicht hatte, hatte auch Jörg ihn gesehen.
„Ah, Matt, endlich sehen wir uns mal wieder!"
Er vervollständigte die Begrüßungszeremonie, und stellte gleich erfreut fest, dass bei Jörg am Tisch zwei Mädels saßen. Er schätzte beide auf höchstens Zwanzig, eine hatte sehr angenehme, weibliche Gesichtszüge, braune Rehaugen und aktuelle H&M-Klamotten an, die andere trug ein langärmliges schwarzes etwas und darüber ein grünes Batikkleid, hatte eine freche Stupsnase und einen fetten Schmollmund. Die eine hieß Julia, die andere Heike. Er stufte sie so ein: Julia war zwar hübscher, machte aber insgesamt einen eher nichtssagenden Eindruck. Vielleicht, weil alles an ihr so glatt und unauffällig aussah. Heike, nach ihr hätte er sich auf der Straße wohl nicht unbedingt umgedreht, aber so von Angesicht zu Angesicht schien sie etwas besonderes zu haben. Er kannte sie noch keine zwei Sekunden, doch sein Interesse, mehr über sie zu erfahren, war geweckt.
„Und das ist Matt", komplettierte Jörg seine Vorstellungsrunde.
„Unsere Väter haben zusammen studiert, wir kennen uns von klein auf."
„Seit wir etwa so sind."
Matt zeigte mit der Hand die Größe eines Säuglings an. Er schien von den beiden als Gesellschaft für den Abend akzeptiert worden zu sein, setzte sich

auf den noch freien Stuhl, und startete mit den Gegenfragen. Woher sie denn den Jörg kannten, das übliche wir-haben-einen-gemeinsamen-Bekannten und warum-lernen-wir-uns-erst-jetzt-kennen-Gerede eben.

„Wer will noch was zu trinken? Ich geh' bestellen."

Jörg war schon aufgestanden und blickte alle fragend an.

Heike wollte noch einen Milchkaffee, Julia einen Martini.

„Und ich trinke Pils."

„Gut, dass du es sagst! Ich hätte dir sonst eine Fanta mitgebracht."

Jörg verschwand, und Matt versuchte, das Gespräch am laufen zu halten.

„Was machst du, wenn du dir nicht gerade von Jörg Martini an den Platz bringen läßt?"

Julia lachte kurz.

„Dann gehe ich meistens zur Schule. Nächsten Sommer mache ich Abi."

„Und du?"

Er schaute Heike an.

„FSJ. Im Schülerhort."

„Und? Macht es Spaß?"

„Absolut. Es wird jedenfalls nie langweilig. Ich lerne immer wieder unanständige Wörter. Und vor allem, was sie so alles bedeuten."

Matt lächelte ein wenig, weil er in Kindergarten und Grundschultagen auch einige Begriffe aufgeschnappt und souverän verwendet hatte, deren eigentliche Bedeutung ihm unbekannt war.

„Aber du bist geduldig und gütig mit den Kleinen? Hoffe ich doch."

„Na hör mal! Was für einen Eindruck hast du denn von mir? Ich bin doch ganz lieb."

Dieses „Ganz lieb" hatte sie sehr übertreiben betont. Kam da etwa ein Flirt in Gang?

„Jörg war im Kindergartenalter auch ein ganz schlimmer. Hat er euch schon erzählt, was er mal beim Bäcker gebracht hat?"

Matt schaute aber nur Heike fragend an.

„Nein. Jedenfalls nichts, was mir im Gedächtnis geblieben wäre."

„Das hättest du dir bestimmt gemerkt!"

Er war sich sicher, in der nächsten Minute alle Sympathien zu haben. Sie schien kleine Kinder und deren Schandtaten zu mögen. Selbst hatte er wenig Schwänke vorzuweisen - oder seinen Eltern war es zu peinlich, ihm davon zu erzählen - aber Jörgs Geschichte hatte noch jeden hinter dem Ofen vorgelockt, außerdem war sie wohl in ihrem Lieblingsgenre anzusiedeln.

„Also, Jörg war ungefähr vier oder fünf, und seine Mutter im achten Monat schwanger. Die ganze Familie war beim Bäcker. Die Eltern sagen, was sie wollen, und Jörg sagt auf einmal: Papa, du alter Ficker!"

Die Rechnung ging auf. Heike war sehr amüsiert, und Matt stolz, sie zum Lachen gebracht zu haben.

„Und es geht noch weiter. Die Mutter ist natürlich leuchtrot angelaufen: Nun ja, sie müssen entschuldigen er ist gerade in den Kindergarten gekommen... Aber der Vater ganz cool: ...doch das meiste konnten sie ihm schon abgewöhnen!"

Mitten im letzten Satz kam Jörg mit den Getränken wieder und war neugierig, welche Pointe er verpaßt hatte.

„Matt, was erzählst du schon wieder?"

„Nur deine Meisterleistung beim Bäcker."

„Oh ja!"

Bei Jörg vermischten sich auch Verlegenheit und Stolz. Aber das Eis war endgültig gebrochen. Und es ging auch weiter, als Jörg von ein paar anderen Jungs zum Kickern abkommandiert wurde. Wieder war er unter vier plus zwei Augen, und auch sie schien sich gerne mit ihm zu unterhalten.

„Bereit für ein Psycho-Spiel?"

Heike führte die Unterhaltung, und er hatte nichts dagegen. Er wollte mehr. Er hätte alles mitgemacht, allein, um Heike am Tisch zu behalten. Nein, nicht wirklich alles, aber ein Psycho-Spiel, warum nicht?

„Nenn mir das Gewässer, an dem du jetzt gerne wärst, ein Tier, das du gerne wärst, und eine Farbe."

„Warum?"

„Einfach nur so. Ist das Spiel."

Sie sah ihn fordernd an. Grüne, aufgeweckte, aber auch energische Augen. Mit leichtem Stich ins Grau.

„Gibt es da auch eine Auflösung?"

„Gibt es. Aber erst das Gewässer."

„Wie, ein Gewässer?"

„Irgendwas mit Wasser. Kein bestimmtes. Entweder See, Fluß oder Meer, so zum Beispiel."

Matt überlegte kurz, und sagte dann „Meer."

„Und jetzt ein Tier und eine Farbe."

„Warum denn überhaupt?"

„Sag ich dir später. Also, Tier und Farbe!"

Die Bestimmtheit und der Nachdruck in Heikes Stimme gefielen ihm. Er überlegte, was ihm die Gelegenheit gab, sie genau anzuschauen. Schwarz getönte, vielleicht schulterlange hochgesteckte Haare. Schwarz lackierte Fingernägel. Ziemlich helle, weiche, aber nicht kalte Haut. Dann war er soweit.

„Karnickel."

Bewußt hielt er die Farbe noch zurück, er wollte die Situation verlängern um die Spannung zu genießen. Aber es genügte schon ein fordernder Blick, um ihn zum Weiterreden zu bringen.

„So ein bestimmtes Blau."

„Was für ein Blau?"

„Kennst du die Trikots von Manchester City? So ein Blau. Krieg ich jetzt die Auflösung?"

„Gleich. Jetzt mußt du noch mit je fünf Adjektiven begründen, warum du was gewählt hast."

„Betrug! Das geht ja noch weiter!"

Matt legte etwas künstliche Aufregung in seine Worte.

„Mach schon!"

Die beiden schauten ihn gespannt an.

„Das Meer... weil es alles sein kann! Mal ruhig und entspannend, dann wieder aufbrausend und stürmisch, tosend, aufregend, manchmal sogar gefährlich. Meistens aber beruhigen die rhythmischen Wellen."

Er untermalte seine Worte mit deutlichen Gesten, besonders die wilden Adjektive sprach er mehr mit den Händen.

„Hab' ich was falsches gesagt?"

Er war etwas irritiert, weil Heike und Julia in lautes Lachen ausgebrochen waren, aber ihn nicht direkt auslachten. Mehr so, als ob er gerade einen genialen Witz erzählt hätte.

„Nein nein, ehrlich nicht! Mach weiter!"

Sie waren noch gespannter auf das, was er wohl als nächstes sagen würde und beugten sich näher zu ihm hin.

„Dieses Blau, weil es so beruhigend ist. Aber auch majestätisch und edel. Müssen es wirklich fünf sein? Mir fällt nichts mehr ein."

„Reicht schon. Jetzt noch das Karnickel."

„Alle, die ich kenne, liegen den ganzen Tag auf der faulen Haut, fressen und lassen sich streicheln, knuddeln und verwöhnen. Reicht das auch?"

Es schien zu reichen, Heike und Julia grinsten sich noch ein wenig an, machten aber keinerlei Anstalten, wofür das jetzt gut gewesen sein sollte. Matt mußte ein wenig quengeln, um die Auflösung zu hören.

„Also gut. Das Gewässer steht für deine sexuellen Phantasien. Und das war deutlich. Deine energischen Handbewegungen waren sehr aufschlußreich!"

Bingo! Jetzt weißt du ja, was du von mir zu erwarten hast, dachte er. Er kannte sie kaum eine halbe Stunde, und hatte schon über Sex gesprochen, ohne rot zu werden. Bemerkenswert deshalb, weil ihm das sonst nie so richtig mit einer gelang, die ihm gefiel. Und Heike gefiel ihm sehr gut.

„Die Farbe drückt deine Grundstimmung aus, das Tier, das du gerne wärst, deine Bedürfnisse. Hast du auch deutlich gesagt. Fressen, faul sein und gestreichelt werden. Zufrieden?"

Er fühlte sich ganz gut beschrieben und wollte ihre Antworten wissen. See, schwarz und Katze bei Heike. Was das denn so alles zu bedeuten hatte? Ein See ist eher etwas ruhig, schwarz dagegen kann eine sehr edle Farbe sein, und eine Katze ist bekanntlich ein sehr eigenwilliges Tier. Alles in allem eine interessante Kombination?

Julia hatte irgend etwas mit Elefant gesagt, aber das war ihm nicht wichtig. Er holte zum Gegenschlag aus.

„Ich kenn' da auch was."

Er nahm einen Bierdeckel, kritzelte hinter vorgehaltener Hand etwas darauf, drehte ihn um und malte fünf Zeilen von Einsen untereinander. Eine in der ersten, zwei in der zweiten und so weiter. Er legte Heike das fertige Ergebnis hin.

„Ließ mal die Zahlen vor, die da stehen."

„Kenn ich schon!", platze es aus ihr heraus. „Rot und Hammer!"

In der Tat war das das, was er auf die Rückseite des Bierdeckels geschrieben hatte.

Sie war ihm über, und das faszinierte ihn. Er ließ nichts unversucht, sie an ihre Grenzen zu bringen, aber er schaffte es einfach nicht. Eigentlich hätte sie die stupide Aufgabe erfüllen sollen, die monotonen Zahlen vorzulesen, eine Farbe und ein Werkzeug nennen und wie alle anderen rot und Hammer sagen sollen. Er hätte dann triumphierend gezeigt, dass er es schon davor gewußt hatte. Beim Pokern hätte er spätestens jetzt aussteigen müssen. Sie wußte alles vor ihm, durchschaute alles, war durch kaum etwas zu verblüffen, geschweige denn aus der Fassung zu bringen. Zum Glück kam Jörg wieder und so konnte er das Thema wechseln, ohne in diesem Spiel ganz das Gesicht verloren zu haben. Er war mitgegangen, sie hatte erhöht, seine Karten waren Scheiße, und bluffen konnte er nicht besonders gut.

Früher oder später müssen Frauen aufs Klo, und wenn es soweit ist, gehen sie zu zweit. Er wollte bei dieser Gelegenheit Jörg über Heike ausfragen. „Was hat es mit den beiden auf sich?"

„Bei der einen bin ich gerade am Arbeiten."

„So, bei welcher denn?"

Jörg schien nicht die Bedeutung, die diese Frage für Matt hatte, zu erkennen. Er vermutete reine Neugier unter Freunden dahinter, und nicht die eventuelle Befürchtung, einem seiner besten Freund Konkurrenz machen zu müssen.

„Bei der Julia."

Uff, wenigstens mußte er sich nicht mit einem Freund um eine Frau streiten. Dennoch war er schwer gefordert, an sie heranzukommen. Überfordert? Er hatte sehr große Sympathien für sie. Das erste Mal, dass er nicht von Äußerlichkeiten begeistert war. Da sah er alles durch die berühmte rosarote Brille. Die kleine Lücke zwischen den beiden mittleren oberen Schneidezähnen? Egal. Das pfenniggroße violettblaue Muttermal auf dem Rücken ihrer linken Hand? Na und? Der Po, der anscheinend nicht komplett nur aus Muskeln bestehen zu schien? Unwichtig.

Da waren ihre Gesten, ihre Handbewegungen, ihr Augenzwinkern, und das, was eine sagte und wie sie es sagte. Schlagfertig und intelligent, ihm deutlich überlegen. Eine, die geradeaus und offensiv war, genau das, was er wollte. Trotz dieser Überlegenheit kam sie ihm nicht völlig unerreichbar vor. Sie gab ziemlich viel auf den Feminismus, hatte den „Frauen"- Kalender dabei, ließ ein paar Sprüche gegen die Männerwelt ab, die allerdings weit von den Emanzenklischees entfernt waren. Und das sah er als seine Chance. Eine Frau, die sich nicht mit dem alten Rollenbild einverstanden fühlte, aber trotzdem weiblich war. Eine, die dem sonst üblichen Gebuhle der Blendertypen nicht aufsitzen würde.

Genau so eine wollte er. Er war schließlich so, wie er glaubte, dass besonnene Feministinnen Männer haben wollten. Damals, in seiner Jugendzeit, fehlten ihm die Ansprechpartner, mit denen er sich über Mädchen und Frauen hätte unterhalten können. Seine Bildung auf diesem Sektor hatte er sich also im Fernsehen angeeignet. Da wollten die Frauen aus den Talkshows immer tolerante, rücksichtsvolle und zärtliche Männer haben. Solche, die nicht sexuell belästigen, die Frauen eine Karriere zugestehen, die sich im Haushalt nützlich machen. Diesen Wunsch haben sie in politisch korrekt formulierte Sätze gepackt, und von nachmittags bis abends durch den Äther geschickt. Also hatte er sich vorgenommen, genau so einer zu werden. Schließlich, so dachte er, kann es ja nur die eigenen Chancen erhöhen, wenn man dem gewünschten Idealbild entspricht. Das erste Mal fühlte er sich dem Emanzipationsschwindel aufgesessen, als eine aus seiner Klasse zum dritten Mal auf einen Machotyp 'reingefallen war, und sich dann beschwerte, dass immer ihr so was passieren müßte. Natürlich hatten ihre Freundinnen sie gewarnt gehabt, aber sie hatte nicht hören wollen. Ihm war aufgefallen, dass er zu sehr darauf geachtet hatte, was Frauen sagten, und zu wenig auf das, was sie taten. In einer anderen Talkshow hatte es so ein Psycho-Heini auf den Punkt gebracht: „Menschen wollen keine Lösungen, sie wollen Spiele. Auch wenn sie diese Spiele verlieren, spielen sie sie immer wieder." War sogar in einem ziemlich intellektuellen Rahmen, eine Sendung ohne Schmuddelimage, ohne Titten im Trailer, folglich glaubwürdig.

Jetzt hatte er eine vor sich, die genau das sagte, was all diese Frauen im Fernsehen auch gesagt hatten. Heike traute er ohne Bedenken zu, dass sie intelligent genug war, nicht auf einen falschen Typen 'reinzufallen. Er traute ihr zu, seine Stärken zu erkennen und so zu sein, wie sie es von sich behauptete.

Sie machte einen gefestigten, selbstbewußten Eindruck. War sie wirklich anders? War sie das, was er suchte?

Dann wurden sie so langsam 'rausgekehrt, die letzte Bestellung war schon vorbei und die Bedienungen hatten angefangen, die Tische abzuwischen Die Zeit drängte etwas zu tun, wenn er es nicht bei diesem netten Plauderabend belassen wollte. Matt überwand seine Hemmungen und fragte, ob er sie mal anrufen dürfte. Er durfte, und sie schrieb ihm ihre Nummer auf den Bierdeckel zu den Einsen. Alle bezahlten, und sie liefen noch gemeinsam zur Straßenbahnhaltestelle. Heike und Julia mußten in die entgegengesetzte Richtung fahren. Als ihre Bahn kam, wurde er aufgeregter. Wie sollte er sich verabschieden? Bescheiden die Hand geben? Ihr um den Hals fallen? Wie schaffte er es, sie wiederzusehen? Wollte sie das überhaupt? Immerhin hatte er die Nummer, das war ein gutes Zeichen.

Julia kam ihm zu Hilfe. Sie hatte sich soeben mit Küßchen links, Küßchen rechts von Jörg verabschiedet, und machte mit ihm das gleiche. Jetzt durfte er bei Heike ebenfalls so vorgehen, und es gab sogar noch einen Extraschmatz auf die Backe. Die zwei stiegen in ihre Bahn und fuhren davon. Matt verabschiedete sich von Jörg und lief nach Hause. Er summte ein paar Melodien vor sich hin und hatte einen schwebenden Schritt. Eine Mischung aus Alkohol und Glücksgefühlen. Auf dem Boden liegende Dosen kickte er durch die Gegend. Es war mitten in der Nacht und er machte einen Höllenlärm, aber er war sich sicher, er durfte das. Dem Zustand der leichten angenehmen Verwirrung entsprechend mischte er verschiedene Lieder. Die Leichtigkeit (Live forever) wurde in einer Sekunde von Zweifeln (Can't

reach you) abgelöst, um dann über Hoffnung (Breakfast at Tiffany's) wieder
zur Leichtigkeit zurückzukehren.
Verliebt? Auf jeden Fall verguckt.

I'm standing on a hilltop
A hundred miles from home
I can see light surrounds me
I want you to show me around.
I'm standing there
I really don't think you could know that
I'm in heaven when you smile.

Waterfall

Drei Tage hatte er gewartet, bis er Heike anrief. Drei Tage, in denen er sich immer wieder Sätze zurechtlegte und wieder verwarf. Drei lange Tage, während denen er den Alltag kaum wahrnehmen und seine Physikunterlagen nur minutenweise bearbeiteten konnte. Nur als Susi mal zum Lernen da war, hatte er es geschafft, ein wenig länger konzentriert zu arbeiten. Sonst: Aufrecht hinsetzen, Stift in die Hand nehmen, losrechnen, nachdenken, und ... Heike! Es ließ sich nicht vermeiden, an sie zu denken. Wie begeisternd sie war! Wie klug und aufgeweckt! Wie intensiv er sich mit ihr und sie sich mit ihm unterhalten hatte! Und wie angenehm es erst war, sie zum Abschied kurz umarmen zu dürfen!

Dann dachte er, es sei der richtige Zeitpunkt. Nach drei Tagen. Nicht zu bald nach dem Kennenlernen, und auch nicht zu spät, als dass sie ihn vergessen haben könnte. Die richtige Mischung aus unaufdringlichem, diskretem Abstand (schließlich sollte sie ja nicht wissen, dass sie ihn derart begeistert und praktisch fast schon in der Hand hatte), und nachdrücklichem Interesse. Er lag auf seinem Bett und hatte das Telefon neben sich stehen. Den Bierdeckel mit den Einsen und der Nummer hatte er bestimmt länger als seine Gitarre in der Hand gehabt. Das hatte insofern etwas zu bedeuten, als dass er diese immer in den Händen hatte, wenn er sonst nichts tat. Seit einer Dreiviertelstunde nun nahm er den Hörer ab und legte ihn wieder auf. Manchmal wählte er sogar die ersten Ziffern, nur um dann den Bruchteil einer Sekunde später wieder aufzulegen. Er war nervös. Und wie! Ging sie selbst ran? Die Eltern? Oder eine neugierige kleine Schwester? War sie überhaupt da? Und was sollte er sagen? Tja, was sollte er sagen. Etwas besonderes sollte es schon sein, schließlich war sie ja etwas besonderes. Wo waren die Sätze, die er sich bis heute Nachmittag noch zurecht gelegt hatte? Er kam nicht mehr an sie heran. Warum hatte er sie nicht aufgeschrieben? Was sollte er sagen? Herzlichen Glückwunsch, du hast es geschafft, dass ich mich in dich verguckt habe, jetzt nimm mich gefälligst? Wer A sagt, muss auch B sagen? Zu direkt. Ähm, ja hallo, neulich Abend war es doch so nett, und wäre doch schön, wenn wir alle zusammen mal wieder ein bißchen plaudern könnte... Zu ungenau, zu undeutlich, zu nichtssagend.

Er atmete tief durch und wählte mit dem gewissen Jetzt-oder-nie-Gedanken die gesamte Nummer. Nochmal aufs Klo? Dreimal war er in dieser letzten Dreiviertelstunde. Nochmal einen Schluck Wasser? Um nochmal aufs Klo zu können? Raus aus dem Teufelskreis. Tuut. Nicht besetzt. Zum Auflegen zu spät. Tuut. Bestimmt würde sie es wissen, dass er es war, wenn er später doch noch anrufen würde. Hallo kleiner Feigling, hast wohl vorhin das große Flattern gekriegt? Tuut. Nein, er mußte da durch. Dass er schwitzte, war zum Glück nicht zu sehen. Das Herzklopfen? Tuut. Bevor er sich darüber Gedanken machen konnte, meldete sie sich. Teilerfolg Nummer eins. Sie war da und sogar selbst rangegangen.

„Hallo Heike, Matt hier, wir haben uns kürzlich kennengelernt. Weißt du noch, wer ich bin?"

Der erste Satz war gesprochen, und er fühlte sich leichter. Bestimmt hatte sie aber bemerkt, wie aufgeregt er war.

„Ja, ich weiß, wer du bist."

Sie klang nicht so, als ob sein Anruf für sie aus heiterem Himmel kam. Eher so, als ob sie damit gerechnet hatte, wie man damit rechnet, dass der Postbote kommt, und nun war es soweit.

„Schön! Wie geht's dir so?"

„Gut."

100 Punkte. Für diese dämliche Frage. Wie geht's dir so? Sehr geistreich. Was sollte sie schon anderes sagen als gut?

„Hast du Lust, am Wochenende 'was zu unternehmen? Kino oder so?"

„Wart 'mal einen Moment."

Sie sagte das mit einem recht ernsten Tonfall. Aus dem Hörer kam ein Surren wie von einem gezogen werdender Kabel, offenbar trug sie das Telefon in ein anderes Zimmer, dann machte sie eine Tür hinter sich zu.

„Hör mal."

Dieser ernste Tonfall, als ob sie einem kleinen Jungen etwas erklären müßte, verhieß nichts Gutes.

„Als ich mich von dir verabschiedet habe, war ich vielleicht etwas zu anhänglich. Tut mir leid, wenn ich dir da falsche Hoffnungen gemacht haben sollte. Du bist ja ganz nett, aber mehr auch nicht."

Das war's wohl! War das ein endgültiges nein, dass er für immer akzeptieren mußte? Er stammelte noch ein wenig 'rum, wollte noch ein paar andere Vorschläge machen, vielleicht wäre Kino keine gute Idee, aber sie servierte ihn ab. Nicht beleidigend oder erniedrigend, aber deutlich. Jeder Satz ein direkter Nadelstich ins Herz. Ihm war nicht bewußt, was er hätte anders machen können. Er war so, wie er war, aber es reichte nicht. Seine Tränensäcke füllten sich, doch er bemühte sich, mit Haltung aus der Nummer 'rauszukommen. Am Schluß brachte er noch ein kraftloses Tschüß in den Hörer hinein. Sie hatte das Gespräch diktiert. Wie vor drei Tagen, als er sie kennengelernt hatte. Nur war ihr nicht mehr danach, das Spielzeug war langweilig geworden.

Ganz nett. Der schlimmste Ausdruck, den eine Frau für einen Mann verwenden kann. Nett! Das sagte auch Paul Newman zu Tom Cruise in „Die Farbe des Geldes": Vince, laß das T-Shirt an, das sieht nett aus! Newman wollte, dass Cruise unterschätzt und nicht für voll genommen wurde. Im Film. Im Leben schien es auch so zu sein, dass Matt nett war. Und nicht für voll genommen wurde.

Du bist zu gut für sie. Das ist der schlimmste Ausdruck, den ein Mann in einem solchen Fall zu seinem Kumpel sagen kann, wenn er ihn in einer solchen Situation trösten will. Das hatte Matt von Jan und Fred zu hören bekommen, als er sich einmal Hoffnungen bei einer von Freds Verflossenen gemacht hatte.

Beide Formulierungen hießen: Du bist langweilig, uninteressant und der Frau nicht gewachsen. Er hatte dieses niederschmetternde Urteil erhalten. Berufung oder Revision? Gibt es vielleicht vor Gericht, aber im wirklichen

Leben nicht. War es etwa die Schuld der zwei Pickel, die er an jenem Abend mit ausführen mußte? Er dachte eine Weile über sie und sich nach. Wie alles gelaufen war. Er identifizierte die klassischen vier Phasen eines Korbes. Erste Phase: Entdeckung und Hoffnung, also ihre Begegnung im Oasis und ein abendfüllendes, anregendes Gespräch. Zweite Phase: Initiative ergreifen. Noch an jenem Abend, als er die Telefonnummer erfragt hatte und in logischer Konsequenz der Anruf. Dritte Phase: Die Abfuhr, eben erst erhalten. Nun befand er sich in der vierten Phase: Lamentieren und Revue passieren lassen. Sich mit Selbstzweifeln und Fragen quälen, warum man es nicht gebracht hatte. Was an einem denn schlecht wäre, oder welchen Fehler man begangen hätte. Oder ob sie einfach nur erobert werden wollte und deshalb so abweisend war? Aber da war auch der sichere Gedanke, es wenigstens versucht zu haben. Wenigstens hatte er angerufen, wenigstens konnte er diesmal nicht einer verpaßten Chance nachtrauern.

Fürs Körbe empfangen hatte er noch keine Vorbilder entdecken können, da mußte noch Pionierarbeit geleistet werden. Hollywood zeigt entweder die Helden, bei denen alles glatt läuft, die die zu ihnen passende große Liebe finden und höchstens Schwierigkeiten mit gesellschaftlichen Umständen haben. Doch von Anfang an ist immer klar, dass der Held und seine Prinzessin zusammengehören und sie zueinander finden werden, auch wenn es der Tellerwäscher und die Millionärstochter sind. Oder es kommen die Losertypen vor, die abserviert werden, aber mit denen kann man sich nicht identifizieren. Nicht mit den dicken schmierigen Affen, die ein Nein nicht verstehen, dann eine gescheuert kriegen und womöglich noch von dem eben genannten Helden verprügelt werden. Bisher wurde noch nicht verraten, wie die Guten Körbe bekommen und wegstecken. Das wäre doch mal was wirklich neues: Tom Cruise oder Brad Pitt buhlen um ihr Leben und stehen am Ende mit leeren Händen da!

Während diese Gedanken in seinem Kopf kreisten, zuckte er auf einmal fürchterlich zusammen, weil er eine schreckliche Entdeckung gemacht hatte. So wie sie ihn behandelte, so hatte er doch auch Maren behandelt! War sie nun nichts anderes als ein von Maren in sein Leben geschickter Racheengel, der ihm alles Leid, das er ihr angetan hatte, nun ihm zufügen sollte? „Kino oder so", das war ja eigentlich ihr Satz. Kein Wunder, dass er keinen Erfolg hatte!

Wenn dem so war, gut, er hatte gelitten. Noch mehr Wünsche? Matt gegen die Frauen, es stand eins zu eins, jetzt konnte sie ihren Auftrag als beendet ansehen. Und sich mit ihm einlassen. Verlassen der Phase vier, zurück zu Phase zwei: Initiative ergreifen!

Im Telefonbuch suchte er ihre Adresse heraus, ein Brief, vielleicht war das der Schlüssel zum Erfolg. Er hatte ein leeres weißes Blatt Papier vor sich, das gefüllt werden wollte. Schon die Anrede war sein erstes Problem, doch der Ehrgeiz geweckt. Sollte er „Hallo Heike" oder „Liebe Heike" schreiben? Das eine zu reserviert, das andere zu aufdringlich? Das eine locker, das andere wertschätzend. Er hatte sich entschieden.

Hallo Heike,

*ich weiß nicht, wie Du mit diesem Brief umgehst, aber ich will, dass Du
alles weißt, was ich bisher noch nicht gesagt habe, weil ich entweder keine
Gelegenheit oder keine Worte gefunden habe. Es dürfte Dir wohl nicht entgangen sein, dass Du einen bleibenden
Eindruck bei mir hinterlassen hast. Da Dir Deine Stärken bekannt sein
dürften, muss ich ja wohl nicht aufzählen, an was das liegt.
Alles, was ich von Dir will, ist, dass Du mir etwas von Deiner Zeit gibst. Ich
will Dich wiedersehen, laß' Dich doch am Wochenende von mir ausführen,*

liebe Grüße, Matt

Damit war er zufrieden, er hatte Worte gefunden, in denen er sich
wiederfand. Respektvoll, nicht aufdringlich, wie er eben sich selbst sah und
gesehen werden wollte. Gewichtige und bedeutende Worte, majestätisch
niedergeschrieben, und nicht so kraftlos durchs Telefon gesagt. Zwei Tage
mußte er warten, dann kam sogar prompt ein Brief von ihr zurück. Diese
zwei Tage waren nicht so qualvoll wie die drei Tage von Kennenlernen bis
zum Telefongespräch. Im Prinzip hatte er auch nicht mehr mit einer
Reaktion gerechnet, hauptsächlich hatte er diesen Brief für sich selbst
geschrieben. Sie sollte nicht den enttäuscht rumstammelnden Jungen vom
Telefon in Erinnerung behalten, sondern einen Mann, der mit seiner
Niederlage umgehen kann. Der ein Nein würdevoll akzeptiert. Tausche
Newman gegen Cruise. Nun hatte sie sich aber doch gemeldet, noch dazu so
schnell. Gab es doch noch Hoffnung? Sollten die vier Phasen wieder von
vorn losgehen? Er konnte es kaum erwarten, raste so schnell wie nie zuvor
die Treppe hinauf und verlieh dem Ereignis einen würdigen Rahmen. Er
zündete eine Kerze an und legte „Lovefool" von den Cardigans ein. Bevor er
den Brief aufriß, setzte er sich erwartungsvoll auf die Bettkante und atmete
tief ein, dann rollte er sich nach hinten ab, öffnete den Umschlag. Ein paar
auf eine Gratispostkarte geschriebene Worte steckten darin.

Hallo Matt,

*es tut mir leid, wenn ich Dich in irgendeiner Form enttäuscht haben sollte.
Wenn ich wirklich interessiert wäre, mit Dir auszugehen, hätte ich das
schon gesagt!*

Grüße, Heike

Ok, alle Zweifel waren auszuschließen. Eine Mark und zehn für das Porto
und zwei Sätze, dreißig Wörter und 152 Buchstaben hatte sie für ihn übrig.
Nicht mehr. Ihre schöne Schrift konnte sie ihm allerdings nicht
vorenthalten. Doch noch ein schönes Zeichen von ihr an ihn, aber er mußte

wohl damit beginnen, sie zu vergessen. Die Kerze machte er aus, die Cardigans liefen weiter.

She'll carry on through it all, she's a waterfall.
She'll carry on through it all, she's a waterfall.

Hello

Die Klausur begann um 8.00 Uhr morgens. Seit Ewigkeiten war Matt nicht mehr so früh aufgestanden, doch heute hatte es sein müssen. Sein Biorhythmus hatte gestern Abend dafür gesorgt, dass er nicht einschlafen konnte. Wann war er das letzte Mal um zehn Uhr abends in den Federn verschwunden? Er war nicht müde, wollte sich aber zum Schlafen zwingen. Kein Gedanke mehr an Heike. Die betrachtete er nun als eine blöde Gans, die ihr Glück nicht wollte. Dafür tauchten Integrale und Formeln aus dem Nichts auf, er prüfte kurz, ob er wußte, um was es sich handelte, wenn er es abhaken konnte, war er so lange beruhigt, bis die nächsten Zahlen und Diagramme sich vor seinem geistigen Auge aufgebaut hatten. Und dann die Angst zu versagen. Qualvoll erworbenes Wissen, das in diesem bestimmten Zeitfenster nicht da sein könnte, beschissene Aufgabenstellungen, ein Blackout, und die Gefahr, die letzte Chance zu vergeigen! Als er aufstand, hatte er das Gefühl, überhaupt nicht geschlafen zu haben. Ständig war er am Nachdenken, ständig hatte er sich herumgewälzt, auf den Radiowecker geschaut und ausgerechnet, wie viele Stunden Schlaf ihm blieben, wenn er endlich einschlafen würde. Zwei Tricks, mit denen er seinen Körper zum Schlummern zwingen wollte: a) Zwanzig Minuten langweiligste sonntagabendliche öffentlich-rechtliche Talkrunde. b) Überdosis Baldrian in Ouzo aufgelöst.

Der erste Trick funktionierte nicht, weil seine Finger viel zu zappelig waren, und er seine kompletten fünf terrestisch empfangbaren Programme nacheinander durchzappte. Am längsten blieb er dann bei der RTL-Reportage über Brustvergrößerungen hängen. Die biologischen Reflexe funktionierten leider tadellos und er guckte länger fern als er wollte. Der zweite Trick, nun, er wußte wirklich nicht, weshalb der nicht funktionierte. Er wurde einfach nicht schläfrig. Und immer, wenn er kurz davor war, kontrollierte ihn ein Impuls aus den tiefer Hirnregionen, und wollte von ihm wissen, wie die Hauptsätze der Wärmelehre lauten. Folglich fühlte er sich ein wenig gerädert, als er aufstehen mußte.

Nachklausuren hatten eine besondere Magie. Es trafen sich die cooleren Leute. Die, die nicht schon während des Semesters ihre Übungsblätter rechneten. Sondern die, über die man auch Geschichten erzählen konnte, die, die auch im Geiste als Studenten zu bezeichnen waren. Auch hier hatte sich Matt, wenn auch eher unfreiwillig, eingekauft, gehörte dazu, weil er nicht anders war. Sicher, er hatte bei der Hauptklausur sein bestes gegeben, nur in der damaligen Vorbereitung nicht. Jetzt ging es darum, nicht 'rausgeprüft zu werden. Er glaubte, rechtzeitig den Ernst der Lage erkannt zu haben, und hatte sich mit Susi zusammen ausgiebig vorbereitet. Das hatte ihm früher gefehlt, jemand, der ihm auch mal in den Hintern trat, wenn er das Schludern anfing. Diesen Job hatte Susi recht erfolgreich übernommen, denn schließlich lag ihr auch ziemlich viel daran, nicht alleine lernen zu müssen.

Die Gespräche vor dem Hörsaal drehten sich darum, wer wie viel

Vorbereitung aufgewandt hatte, und dass man mit einer vier hochzufrieden wäre. Keiner, der den anderen fragte, wie denn die Einserbremse der letzten Klausur zu lösen gewesen wäre. Und vor allem keine Klugscheißer, die das auch noch wußten, und voller Stolz anschwollen, wenn sie etwas besser wußten als ein anderer ambitionierter Zahlendompteur. Man war unter sich, gab die Partytipps für den Abend und die nächsten Tage weiter, erzählte sich, auf was man in den letzten Tagen verzichtete, wie nahe man am Nervenzusammenbruch war, mit was man sich nach der Tortur belohnen würde.

Und alle hatten ein Gefühl, das die Streber nie haben werden: Dass die nächsten drei Stunden über ein Schicksal entscheiden werden. Existenzangst. Der ultimative Kick, Streßhormone in Überproduktion, und dann nachher entweder gelöste Gesichter, oder Menschen, die die Koffer packen konnten. Noch wußte keiner, zu welcher Gruppe er gehören würde. Man wünschte sich viel Glück und viel Erfolg, bat den Vordermann darum, groß und deutlich zu schreiben, und Susi gab Matt einen kleinen Schokoladenosterhasen als Glücksbringer mit auf den Weg.

Er saß nun da und wartete darauf, dass ihm die Klausur vor die Nase gelegt wurde. Um sich herum hatte er einiges aufgebaut: Seine abgelegte Armbanduhr, eine Tüte vom Bäcker (Frühstück war ausgefallen), eine Flasche Multivitaminsaft, eine Flasche Cola und diverse Schokoriegel. Und der Osterhase. Der mangelnde Schlaf der vergangenen Nacht brachte einen gewaltigen Vorteil mit sich, er unterdrückte die Nervosität. Die anderen boten ein ähnliches Bild. Jeder hatte seine Marotten, seine Rituale, um die Extremsituation zu bestehen. Da wurden Plüschtiere mitgebracht, riesige Wecker ausgepackt oder die Traubenzuckerwürfel gestapelt.

Die Prüfung selbst war machbar. Matt konnte die ersten beiden Aufgaben komplett lösen, bei einer kannte er schon das Ergebnis, da sie bereits früher einmal gestellt worden war: Berechnen Sie die Entfernung eines geostationären Satelliten von der Erde. Zuerst hatte er sich verrechnet, gemerkt, dass eine andere Zahl 'rauskommen mußte, dann nachgerechnet, Déjà vu, beruhigt, die halbe Miete. Die restlichen Aufgaben konnte er allenfalls anfangen, Teilfragen beantworten, den Ansatz hinschreiben, doch er war sicher, es werde irgendwie reichen.

Mit dieser Sicherheit in sich schaute er sich seine Mitstudenten an. Beschäftigte Stifte, ratlose Mienen, nervöses Erdnußgefutter, nach links und rechts schielende Stielaugen, alles war dabei. Er gehörte heute zu den Gewinnern. Ein Mädel hatte nach einer halben Stunde ihren Platz voll gekotzt, wohl nicht so ganz ihr Tag.

Als der Spuk schließlich vorbei war, stürmten alle nach draußen und sammelten sich. Nicht mehr so viele wie vor der Prüfung, einige zogen sich gleich zurück. Sektkorken knallten, Bierflaschen ploppten. Kurz wurden Ergebnisse verglichen, um sich gegenseitig zu beruhigen. Dann wurde das Thema gewechselt und weiter getrunken. Fast wie nach dem Abitur. Alles, was man in den letzten Tagen angeeignet und verinnerlicht hatte, sollte zerstört werden. Nie mehr Physik! Nie wieder diesen Scheiß!

Matt hatte sich nichts zum Saufen mitgenommen, er hielt es nicht für angebracht, sich aufs Feiern vorzubereiten, wenn man noch nicht wußte, ob man denn einen Grund dazu haben würde. Das mußte doch das Allerschlimmste sein. Man lernt, ackert, gibt sich den Streß, freut sich auf den Tag, wenn alles vorbei ist, kauft den Schampus, und muss die Flasche wieder mit heim nehmen. Jetzt mußte er allerdings Susi ein wenig aufbauen, bei der es nicht so toll gelaufen war. Für sie begann nun das große Zittern, bis die Ergebnisse bekanntgegeben wurden. Ihr Schicksal sollte ein paar weitere Tage am seidenen Faden hängen. Hätte er ihr auch einen Glücksbringer zustecken sollen? Auf so eine Idee war er gar nicht gekommen, nicht aus bösem Willen, die Geste war ihm nur nicht eingefallen. Alle Aufmerksamkeit, die er von ihr je wollte, hatte er immer bekommen, ohne etwas besonderes zu tun, und weshalb sollte er das ändern? Es wäre ja auch nicht gesagt gewesen, dass ihre Klausur mit einem Schokohäschen besser verlaufen wäre.

Wenigstens nahm er sie in den Arm, drückte sie an seine Brust, und sie durfte sich bei ihm ausheulen. Es machte ihm nichts aus, es war sogar schön, ihre Wärme zu spüren, wie sie sich an ihn herandrückte. Bei Maren wäre ihm das unangenehm gewesen, vor allem vor Leuten. Was die in dem Fall wohl von ihm gedacht hätten! Bei Heike wäre er vor Stolz geplatzt. Er befand sich im Durchschnitt.

Die Versammlung löste sich nach und nach auf, der mitgebrachte Alkohol neigte sich dem Ende, grüppchenweise wurden Kneipen angesteuert. Er fragte Susi, ob er sie mit gutem Gewissen nach Hause gehen lassen könnte. Durfte er, doch sie rang ihm noch ein Versprechen ab:

„Aber du kommst morgen Abend zu der Party!"

We live in the shadows and we
Had the chance to throw it away.
And it's never gonna be the same
'cause the years are falling by like the rain.
And it's never gonna be the same
Till the live I knew comes to my house
And says Hello!

Let it flow

Susi hatte ihn zu einer Straßenbahnparty eingeladen. Sie engagierte sich bei einem dieser unzähligen Vereine für den internationalen Austausch von Studenten, und für die Masse von Gästen aus aller Welt wurde eine Straßenbahn gemietet, bis oben hin mit Bier vollgestellt, abgedunkelt und mit einer Anlage versehen. Man wollte schließlich zeigen, dass man in Karlsruhe am besten feiern konnte. Dazu bot sich am meisten eine Straßenbahnparty an, denn das war etwas sehr typisches für diese Stadt. Zum einen führten die Schienen direkt durch die Fußgängerzone, zum anderen kam in einer spärlich beleuchteten Bahn immer eine besondere Stimmung auf. Vor allem, wenn in der Innenstadt sich auf ihrem Abendspaziergang befindende Rentner ungläubig in die feiernde Masse glotzten.

So sehr er Susi auch mochte, mit den Leuten aus ihrem Verein konnte er um so weniger anfangen, aber ihr zu Liebe hatte er versprochen, zu kommen. In der Bahn waren ungefähr 200 Studenten, halb aus Karlsruhe, halb aus dem Ausland. Er saß ganz hinten, hatte glücklicherweise noch Mark getroffen Mit ihm konnte er sich wenigstens über Fußball und mit gewisser Distanz über das Studium unterhalten, außerdem hatte er Humor, war aber einer der wenigen Studenten seines Fachbereichs, mit denen er gerne Zeit verbrachte. Sie saßen nun da, beide schon beim dritten Bier. Um sie herum noch ein paar Computeridioten, die sich über den neuesten Aldi-Rechner unterhielten. Pentium II Grafikkarte, 4,3 Gibabyte Arbeitsspeicher, Vierfachfestplatte und CD-ROM mit 266 MHz Taktfrequenz. Oder so ähnlich. Mark und Matt listeten sich gegenseitig auf, wie oft sie im zweiten Semester in der Physikvorlesung waren. Er kam auf drei Vorlesungsbesuche, Mark auf fünf. Aber wem war es schon zuzumuten, morgens um acht auf der Matte zu stehen? Ein Thema, zu dem die Computeridioten wenig zu sagen hatten, aber die beiden hüteten sich, ihre Verachtung zum Ausdruck zu bringen. Schließlich war man ja auf die Aufschriebe dieser Gestalten angewiesen. Wenn man ihnen ab und zu „Hallo" sagte, gaben sie äußerst gerne ihre Unterlagen zum Kopieren her.
„Aber manchmal lohnt es sich wirklich, in die Vorlesung zu gehen."
„Nicht in Physik!"
„Das stimmt. Aber neulich in Mathe war es genial. Hast du's dir schon erzählen lassen?"
Mark wußte nichts, aber er war auch zwei Semester unter Matt.
„Steinmeier, so heißt der Prof, mußte neulich während der Vorlesung austreten gehen. In die Vorlesung gehen etwa 200 Leute, schön brav und regelmäßig, weil es kein gescheites Skript gibt. Die eine Hälfte schläft, die andere Hälfte langweilt sich. Als er dann gesagt hat, er muss kurz schiffen gehen, haben wir erstmal nur ein bißchen geschmunzelt."
„Hat er gesagt, dass er schiffen gehen muss? Wörtlich?"
„Nein. Anders. Ähm, es tut mir leid, und normalerweise unterbreche ich, ähm, meine Vorlesung auch nicht, aber, mich, ähm, drückt ein natürliches

Bedürfnis, bitte bleiben sie da, ich, ähm, komme gleich wieder. Ihm war das sichtlich peinlich."

Er hatte den typisch hektischen Steinmeier-Professorentonfall aufgesetzt, der uniweit bekannt war und in etwa John Cleese entsprach, wenn er verklemmte Spießer darstellte.

„Dann ist er 'rausgelaufen, hatte aber vergessen, sein Funkmikrofon auszuschalten. Wir hören eine Tür knarren, einen Reisverschluß zurren und ein genüßliches Plätschern. Und sein befreiendes Aaahh! Dann hat er sich die Hände gewaschen, sich noch kurz geärgert, dass keine Papierhandtücher da sind und ist wiedergekommen. Der ganze Hörsaal hat sich vor Lachen gebogen, und der arme alte Mann wußte überhaupt nicht, warum."

„Wie, dem war das gar nicht bewußt, was ihm unterlaufen ist?"

„Nein, absolut nicht. Doch ich hätte mich gnadenlos in den Arsch gebissen, wenn ich das verpaßt hätte."

„Kommt so was ähnliches nicht auch in der „nackten Kanone" vor?"

„Stimmt, hast recht! Hätte nie gedacht, dass dieser Streifen derart aus dem Leben gegriffen ist."

Sie machten sich noch ein Bier auf und tauschten andere Geschichten aus. Dann kam Susi zu ihnen.

„Na, wie gefällt's euch?"

„Ganz gut."

Ganz gut. Zu einer höheren Wertung konnte sich Matt nicht hinreißen lassen. Die Unterhaltung mit Mark hätte er an jedem anderen Ort der Welt genauso führen können, und dort hätte es nicht die nach Muttersöhnchen aussehenden Informatiker gegeben. Ja, die mit der Kinderfrisur, den ausgelatschten Turnschuhen, Tennissocken, Non-Label-Jeans, T-Shirts mit dem Aufdruck eines Computerspiels, einer dicken Brille und äußerst blasser Gesichtshaut. Vielleicht war es ihm so wichtig, sich von diesen Leuten zu distanzieren, weil sie dem entsprechen, was seine Eltern für ihn vorgesehen hatten: Fachlich ambitioniert, anständig und immer mit guten Noten. Ein interessantes Leben sprach er ihnen aber nicht zu, und auch deshalb machte er sich gerne über sie lustig. Einmal hatte er laut darüber nachgedacht, für diese Jungs einen Bildschirm mit eingebauter Höhensonne auf den Markt zu bringen, damit sie nicht ganz so bleich aussahen. Ihnen war es zudem immer wichtig, sachlich recht zu haben, am meisten zu wissen und sie redeten von nichts anderem wie ihren Computern, Artikeln, die sie neulich in der c't gelesen hatten und welche Vorlesungen sie in den nächsten Semestern hören wollten. Ganz gut. Damit mußte Susi zufrieden sein.

„Komm, wir gehen vor. Tanzen."

Susi wußte, dass er eher träge war, wenn es ums Tanzen ging. Sie zog ihn ein bißchen am Arm, und er wehrte sich nicht. Weniger, weil er tanzen, mehr, weil er Susi noch einen Gefallen tun wollte. Den anderen tat er ihr damit, dass er nicht über die Klausur sprach, und wenn sie ein bißchen Ablenkung brauchte, so wollte er sie ihr gerne geben. Auch Mark lief mit ihnen vor. Unterwegs machten sie bei einer Flasche Apfelkorn Halt. Ein paar Jungs aus besserem Elternhaus, verwöhnte Rotzlöffel mit Zweiergolf,

Ferienhaus und dämlichem Dauergrinsen, versuchten, ein paar Russinnen abzufüllen. Schließlich war für ein paar Tage Frischfleisch in der Stadt, und das mußte ausgenutzt werden. Dazu nutzen sie irgendwelche blöden Saufspiele und das Wir-trinken-Brüderschaft-und-ich-darf-dich-küssen-Ritual. Matt hielt wenig von solchen wohlorganisierten Kuppeltreffs, machte aber gute Miene zum bösen Spiel, schließlich wollte er Susi nicht das von ihr mitorganisierte Fest vermiesen. Apfelkorn trinken und den Namen sagen. Die Russinnen hießen Irina, Katja und Tatjana, die Dauergrinstypen kannte er schon vom Sehen. Ehe er jedoch zu weiterem lästigen Smalltalk, aber immerhin auf Englisch und über in Deutschland bekannte Wodkasorten, gezwungen wurde, kam ihm der DJ zu Hilfe. Wohhoo! „Song 2" von Blur! Ab auf die Tanzfläche und Leute 'rumschubsen! Dazu hatte er auch gerade vollen Bock. Die Tanzfläche bestand aus den zwei Metern Breite der Bahn und den vier Metern Länge, in der sich der Kurvenknick befand und daher keine Sitze waren. Nicht besonders groß, also sehr eng. Die anderen Studenten waren alle so politisch korrekt und langweilig, wollten aber unbedingt das Gegenteil ausstrahlen. Also konnte er sie 'rumschubsen, wie er nur wollte. Gehört doch dazu, bei Liedern wie „Song 2". Woh-hoo! Spielverderber oder Spaßbremse, wer da nicht mitmachte! Natürlich übertrieb er es nicht, denn es sollte unter dem Vorzeichen des Pogo stehen. Keiner sollte ihm nachsagen können, dass er aggressiv wäre. Nein, das war er wirklich nicht. Fun-Punk! Und es befreite ihn. Dem einen oder anderen eine mitgeben, und sich hinter dem Krach aus den Boxen verstecken. Die anderen bemühten sich zu lächeln, fingen an, sich gegenseitig auch ein wenig zu schubsen, aber im ersten Gang mit angezogener Handbremse. Woh-hoo! Und danach „Smells like teen spirit". Geil! Nirvana. Der DJ mußte Gott persönlich sein. Matt schubste, gröhlte und sprang in andere Leute hinein. Einem fiel das Handy auf den Boden. Bananenflanke unter den nächsten Fuß. Kaputt? Kauft Papa ein neues? Es gibt Menschen, die sollten einfach besser auf ihre Sachen aufpassen. Die Hütte im Tessin? Here we are now, entertain us! Hier und jetzt, und zwei hatten mindestens blaue Flecken davongetragen.

Als nächstes kam „So lonely" von Police. Er blieb in dem Bereich, der sich Tanzfläche nannte. Da er den Text kannte, konnte er immerhin mitsingen. Es wurde ruhiger um ihn herum, und die Russinnen trauten sich schließlich auch unters tanzende Volk. Die Dauergrinser standen belämmert an der Seite und hielten die Schnapsflaschen bereit. Saufen konnten sie besser als tanzen. Matt belächelte sie, fand es aber schade, dass er keinen von denen anrempeln konnte. Zu gerne hätte er es gehabt, wenn sie sich durch ihn mit dem Apfelkorn verkleckert hätten.

Dann nahm die Straßenbahn eine ziemlich scharfe Kurve, und alle purzelten übereinander her. Fast. Jeder hielt sich so gut es ging an einem der umstehenden fest. Matt fiel über Irina her, ganz ungewollt und versehentlich. Er stolperte in sie hinein, riß sie mit, konnte aber sein und ihr Gewicht auffangen und sich mit einem Arm an der Wand abstützen. Den anderen hatte er um ihre Hüfte gelegt, sie lag beinahe auf ihm drauf, und als die Bahn wieder geradeaus fuhr, die Zentrifugalkraft nachgelassen hatte und beide wieder ohne fremde Hilfe stehen konnten, stellte er fest, dass er seine Umarmung noch nicht wieder gelöst hatte, sie der Situation aber eigentlich nicht mehr angemessen war. Loslassen wollte er sie jedoch nicht, dafür hatte sie ihn viel zu lieb angelächelt. Eben, als er über sie herstürzte und sie festhalten mußte. So nahm er ihre Hände und zog sie auf die Mitte der Tanzfläche. Was würde sie tun? Sich losreißen? Sie machte mit. Der CD-Spieler war Dank der Kurve auf „Red red wine" von UB 40 umgesprungen. Er stand nun dicht hinter ihr, ihre Körper berührten sich, er hatte seine Hände um ihre gelegt und bewegte ihre Arme über Kreuz hoch und runter. Er dachte daran, wie dämlich das wohl aussah, aber er war betrunken genug, somit war es ihm egal. Zudem schien es ihr zu gefallen. Außerdem war es viel zu eng für Tanz nach Vorschrift. also weitermachen. Inzwischen hatten sie sich gedreht und sie waren sich von Angesicht zu Angesicht gegenüber. Und es war eng. Sie mußten sich berühren, es ging gar nicht anders. Mehr unbewußt schob sich einer seiner Oberschenkel zwischen ihre Beine, er faßte sie an den Hüften und begann, sie hin und her zu wiegen. Drehpunkt war sein Oberschenkel, auf den sie jetzt sogar ihr Gewicht gelegt hatte. Matt beobachtete sie. Ab und zu schloß sie die Augen, schaute immer mal wieder verträumt zu ihm auf und hielt sich an ihm fest. Auch wenn ihm UB 40 nicht gefiel, und wenn es auch eng. heiß und stickig war, er wollte am allerwenigsten, dass sich die Situation jetzt ändern würde. Jetzt war er UB 40 dankbar, vielleicht sollte er sich morgen aus Dankbarkeit eine CD von denen kaufen. Er hatte den Eindruck, dass sie ihre Muschi an seinem Bein rieb. Ob da noch mehr folgen sollte? Ein wenig erstaunt war er schon über sich, als er nachdachte, was auf einmal, aus heiterem Himmel, alles möglich schien.

Aber die Welt ist nun einmal so wie sie ist, und der eben noch als Gott gefeierte DJ stieg auf deutschen Schlager um. Hossa! Hossa! Bis St. Petersburg schien diese Unsitte wenigstens noch nicht vorgedrungen zu sein, denn Irina blickte ihn verwirrt und enttäuscht an. Ohne langes Überlegen ging er voraus und zog sie an der Hand aus dem Gewühl. Bereitwillig folgte sie ihm zu einem freien Doppelsitz. Er lies sich draufplumsen und umfaßte sie derart, dass ihr nur zwei Möglichkeiten blieben. Entweder, sich leicht gedreht auf seinen Schoß zu setzen, oder sich mit aller Kraft von ihm loszureißen, aber das hatte sie vorhin auch nicht getan. Sie setzte sich auf seinen Schoß, mit einem Arm auf seine Schulter gelegt. Test bestanden. Zeitgleich wie er in ihre Augen schaute, nahm er eine Haarsträhne, die ihr ins Gesicht hing, und strich sie an ihrer Stirn entlang hinter ihr Ohr. Sie lächelte zufrieden, aber auch ein wenig müde und lehnte ihren Kopf an seinen an. Beide hatten in den letzten Minuten geschwitzt und waren froh, ein wenig ausruhen zu können. Er drückte sie noch ein wenig fester an sich, und langsam, aber sicher, wurden seine Hände frecher. Zuerst schoben sich ein paar Finger durch die Lücke zwischen Hose und Oberteil auf ihre Haut, und er begann sie am Rücken zu streicheln. So wie man einen Hasen, ein Kaninchen oder Meerschweinchen streichelt. Dann die andere Hand. Sie suchte sich ebenfalls einen Weg unter den Stoff, und suchte ihren Bauchnabel. Dort ließ er sie liegen, atmete tief und zufrieden ein und drückte Irina noch einmal fester an sich. So blieben sie ungefähr eine halbe Minute. Dann drehte sie ihren Kopf ein wenig, so dass sich ihre Lippen näherkamen. Sie hatte ihn geküßt. Nicht besonders wild und leidenschaftlich, dafür sehr sanft.

Tatjana oder Katja, eine von beiden, er wußte nicht mehr genau, wer wer war, besaß die Unverschämtheit, Irina anzustoßen. Sie redeten irgend etwas auf russisch, Matt verstand nur, dass Irina die andere mit einem „Niet" wegschickte. So langsam wurde ihm bewußt, was die heutige Nacht noch so einiges mit sich bringen könnte. Eine riesige Portion Sex? Aber dann mußte es jetzt schnell gehen. Würde er ein Gespräch über Gott und die Welt anfangen, wäre dies ein Schritt zurück. Nach einer halben Stunde Pseudogelaber müßte man sich verabschieden, und außer Spesen wäre nichts gewesen. Die andere Alternative, bis zum Ende der Party hier mit ihr abzuwarten, stellte er sich ebenso wenig prickelnd vor. Es könnte ihr langweilig werden, und ihre Freundin es doch noch schaffen, sie loszureißen. Er winkte Mark zu sich her.

„Mark, kannst du mal bitte vor gehen und dich für eine Pinkelpause stark machen. Wir wollen uns abseilen!"

Mark sagte nichts, nickte wissend mit dem Kopf und hob verschmitzt seine Augenbrauen. Aber er ging vor. Schon praktisch, wenn man Personal hat.

Als die Bahn dann hielt, drängelten sich alle Blasenschwachen und Raucher die Türen hinaus. Auch Matt wäre in der Lage gewesen, die Pause für ein sogar großes Geschäft zu nutzen, doch als er aufstand und dadurch auch Irina in die senkrechte Lage hob, hatte er andere Gedanken.

„Come on, we're leaving!"

Er hauchte es ihr ins Ohr. Sie sagte nichts, hatte aber ihren Arm um ihn gelegt. Sie schienen sich einig zu sein und stiegen aus. Susi entdeckte die beiden. Gerne nutzte Matt den Klang von Understatement in seiner Stimme.

„Wir sind müde. Bis morgen."

Er tat so, als wären sie ein altes Ehepaar, das nach einem gediegenen Theaterbesuch nach Hause geht, um sich nach einem Schluck Wein schlafen zu legen. Susi sagte auch nichts, schaute den beiden mit einem allwissenden Grinsen hinterher. Dazu brauchte er sich nicht umdrehen. Er konnte es in seinem Rücken fühlen. Direkt da, wo Irina ihren Arm hatte. Keiner von ihnen sagte etwas auf dem Weg zu seiner Wohnung, sie hielten hatten lediglich die Arme umeinander gelegt. Er wußte auch überhaupt nicht, was er hätte sagen können. Seine Gedanken kreisten um das, was gleich passieren würde. Er würde höchstwahrscheinlich ein Mädchen vögeln, die er eben kennengelernt hatte und nun zu sich nach Hause abschleppte. Natürlich war er nervös und besorgt, alles richtig zu machen. Diese Nervosität konnte er so langsam auch im Bereich seines Darmausgangs spüren, doch er kniff seinen Po zusammen. Ab jetzt kam der Teil des Programms ohne Generalprobe. Bis hierhin hatte er schon bei seinen Freunden beobachten können, wie es lief. Vor allem bei Fred und Chris.

Aber wie ging es weiter, wenn die Wohnungstür hinter ihnen zufiel? Erst einmal mußte er sie aufschließen. Beruhigt stellte er fest, dass zweimal abgeschlossen war. Sturmfrei. Jan war wohl wieder bei Tanja, mit ähnlichem Programm, oder bei Fred mit Bier und Dartscheibe hängengeblieben. Er machte das Licht im Gang an, schob Irina vor sich her in sein Zimmer und bugsierte sie auf sein Bett. Er legte sich neben sie, sie begannen sich zu küssen. Nicht mehr so entspannt wie in der Straßenbahn, es war hektischer. Im Licht, das durch die offenstehende Tür vom Flur hereinschien, konnte er ein gewisses Feuer in ihren Augen erkennen. Er fummelte etwas ungeschickt an ihrem Oberteil 'rum, schob es nach oben, aber sie mußte sich aufrichten, um es auszuziehen. Soll sich doch jeder selber ausziehen! Kurz später waren beide nackt, und er hatte schon einen beachtlichen Ständer. Besser gesagt hatte er ihn seit sie aus der Bahn ausgestiegen sind vor sich her getragen, aber jetzt war sein Schwanz an der frischen Luft.

Verhütung, Sicherheit. Ihm war klar, dass man daran denken sollte. Aber ein so trockenes Thema ansprechen. Jetzt? Und wie? Würde es nicht die Stimmung kaputtmachen? Wer hat noch Lust auf Sex, wenn ein amerikanischer Fernsehprediger loslegt? Sie kam ihm zu Hilfe, kramte auf dem Boden in ihren Hosentaschen und zog ein Kondom hervor. Sie hatte es also darauf angelegt, schoß es ihm durch den Kopf. Sie wollte heute einen Typen abbekommen, und ihre Wahl viel auf ihn. Er fühlte sich aufgenommen im Kreis der Fickfrösche. Der Stecher. Willkommen in der großen Welt!

Sie schliefen miteinander. Nein! Der Begriff miteinander schlafen ist unpassend, zu langweilig. Bumsen traf es auch nicht. Hörte sich viel zu friedlich an. Ficken und vögeln, das war es! Er mußte mitten drin an ein Interview von Jack Nicholson denken, der das als „durch die Matraze ballern" bezeichnete. Vorspiel? Ja, fand statt. Er hatte die richtigen Knöpfe an ihrem Körper gefunden, um sie in Ekstase zu versetzten. Er streichelte, kitzelte und saugte an all diesen kleinen Schalterchen, die ein Stöhnen verursachten. Und er war in ihr drin. Doch er mußte feststellen, dass Ruf und Realität von Sex ziemlich verschieden sind. Zuvor hatte er nie an den vielen Schweiß gedacht, der dabei entstand, und was alles aneinander kleben konnte. Auch waren gewisse Körperhaltungen sehr unbequem. Sein Respekt vor den Pornodarstellern stieg. Das war Arbeit, schwere Arbeit, teilweise. Akrobatik pur. Aber geil. Auch wenn er mit fortschreitender Dauer seine Arschbacken immer fester zusammenzukneifen hatte. Gerne hätte er um eine Auszeit gebeten, um kurz kacken zu dürfen. Ein Ei zu legen, um dann um so entspannter weitermachen zu können. Doch er hielt es für unangebracht und bemühte sich, bei der Sache zu bleiben, auch wenn er einmal bei einem entweichenden Furz zuerst den Verdacht hatte, dass nicht nur Gas ausgeströmt war. Er hatte sogar darauf geachtet, sich die Socken auszuziehen. Nach den vielen Artikeln in Männerzeitschriften schien das das entscheidende Kriterium sein, ob man nun ein guter Liebhaber war oder nicht. Er konnte zwar überhaupt keinen Zusammenhang sehen, höchstens, dass Frauenzeitschriften ihrerseits der Leserschaft verklickerten, dass ein Mann, der zum Sex die Socken auszieht, grundsätzlich ein guter Lover war. Also hatte er vorsichtshalber die Socken abgelegt.

Als beide fertig waren, griff sie gierig nach der Colaflasche, die neben seinem Bett stand und trank sie aus. Ja, sie hatte Flüssigkeit verloren und mußte nachtanken. Matt wurde bewußt, dass er morgen die Bettwäsche wechseln sollte. Ob sie einen Orgasmus hatte? Hm, woher sollte er das wissen. Als Zeichen, dass es ihm gefallen hatte, küßte er sie auf den Mund. Daraufhin drückte sie sich an ihn heran und strich ihm kurz durch seine Haare. Zufriedenheit machte sich in ihm breit, denn so schlecht konnte er wohl nicht gewesen sein. Er löste sich aus ihren Armen und tat das, was er gerne schon ein wenig früher getan hätte: Stuhlgang. Während er da so auf seinem Thron saß, stellte er ein wenig verwundert und schmunzelnd fest, dass die Darmentleerung, da sie so dringend war, eine größere Befreiung und ein besseres Gefühl als sein Orgasmus auslösten. Er legte sich wieder zu ihr ins Bett und genoß die Wärme, die sie, inzwischen eingeschlafen, verbreitete.

Als er aufwachte, war sie nicht mehr da. Ihre Kleider waren auch weg, sie hatte sich also aus dem Staub gemacht. War das ein gutes oder ein schlechtes Zeichen? Er wußte es nicht. Als er ihr jedoch später in der Mensa über den Weg lief, reichte es im Vorbeigehen von beiden Seiten für ein kurzes „Hello". Ihm war klar, dass das Joint Venture geendet hatte, als er sich das Kondom wieder abgezogen und zugeknotet hatte. Die Lektion dieser Nacht: Er kam für Frauen, die nichts als sexuelle Abenteuer suchten, grundsätzlich in Frage. Bis zur Romantik hatte er es noch nicht gebracht, doch es ging voran. Ob das Mädel etwa mit ihren Freundinnen gewettet hatte, sich von einem Typen mitnehmen zu lassen? Es war ihm egal, schließlich war das, was er bekommen hatte, ok für ihn.

Why should I try to resist
when it's calling out to me?

No milk today

Schreckliches war passiert. Die Entlassung von Winnie Schäfer? Chris hatte bei Matt angerufen und gleich loswerden müssen, was er im Radio gehört hatte. Nach über zehn Jahren hatte man den alten Haudegen abserviert und Jörg Berger als Feuerwehrmann geholt. Gut, wer die Arbeitsverweigerung am letzten Wochenende gegen den HSV gesehen hatte, mußte zugestehen, dass jener nicht mehr an die Mannschaft 'rankam. Nach einem erbärmlichen Gegurke hatte der selbsternannte UEFA-Cup-Aspirant 1:0 verloren. Da liefen Matt und seine Kumpels, wenn sie im Park selbst spielten, bestimmt mehr als die Profis am letzten Samstag. Ob die ergraute Zoneneminez allerdings den Dampfer wieder flott bekommen würde, blieb abzuwarten. Nein, das war es nicht, was als schrecklich zu bezeichnen war. Zwar schlimm, mindestens erwähnenswert, aber keineswegs schrecklich. Vielmehr hatte Jans Freundin Schluß gemacht. Die Beziehung ging zwar noch nicht so lange wie andere, die Jan vorher hatte. Dennoch bedeutete sie ihm mehr als alle davor, auch wenn sie sich in letzter Zeit nur jedes zweite Wochenende sahen. Tanja studierte in Münster, und wenn sie dann Freitag abends da war, verschwanden sie sofort in Jans Zimmer und waren nicht mehr gesehen. Erst am Samstag Nachmittag tauchten sie nacheinander mit dem Bademantel bekleidet auf, um zu duschen. Danach begann der platonische Teil ihres Zusammenseins, der allerdings nicht zu unterschätzen war, am Sonntag Mittag wurde noch mal Jans Zimmer hermetisch von der Außenwelt abgeriegelt, bevor dann am Bahnhof die Abschiedstränen flossen. Nun hatte sie Semesterferien und sich die ganze Zeit zusammen in Jans und Matts Wohnung oder bei ihren Eltern rumgedrückt. Jan wiederum hatte kaum Zeit für sie, weil er, mit 27 notgedrungen, seine Kochausbildung in einem Hotel äußerst ernst nahm. Daher kam sich Tanja des öfteren vernachlässigt und hingehalten vor, wenn Jan Nacht- und Wochenendschichten schieben mußte, oder wie kürzlich, für einen erkrankten Kollegen einspringen mußte. Vielleicht waren die beiden dem Alltag nicht gewachsen. Matt hatte es nicht überhören können, wie es heute Nachmittag in der Küche zum Showdown gekommen war.
„Du, ich habe nachgedacht, und ich glaube, es ist besser, wenn..."
So hatte Tanja angefangen. Jan fiel aus allen Wolken, dachte zuerst, sie will ihn verarschen, dann begriff er. Darauf folgten erbärmliches Gewinsel seinerseits (Das kannst du doch nicht machen...) und schwesterlicher Trost ihrerseits (Nimm's nicht so schwer...). Letztendlich hatte sie ihre Sachen gepackt und sich Richtung Elternhaus aufgemacht. Den Klassiker „Laß' uns doch Freunde bleiben!" hatte sie auch nicht ausgelassen, weniger weil sie es meinte, mehr, um ihr Gewissen zu beruhigen.
Abends war Matt mit Jan im Oasis, und er hatte einen leichten Job. Er brauchte nur Jan zuhören, wie er seiner Enttäuschung, die in Ärger umgeschlagen war, Luft machte. Dann ab und zu zustimmen, ab und zu seine Worte wiederholen und ja nicht allzu heftig widersprechen. Erstens war Jan vorübergehend nicht für sachliche Argumente zugänglich, zweitens

hatte Matt nicht die nötige Erfahrung mit den Eigenheiten der Weiblichkeit, um ernsthaft mitreden zu können. Was hatte er bereits erlebt? Maren lag ihm zu Füßen, Susi in seinen Armen und Irina in seinem Bett. Und Heike lag nichts an ihm. Auffallend war für ihn, dass er scheinbar um so begehrter war je weniger er etwas wollte. Kurz hatte er darüber nachgedacht, ob da ein System dahinter steckte. Als Realist hatte er dem Zufall die Schuld für diese Umstände gegeben.

„Bring uns noch zwei Pils!"

Sie saßen an einem Tisch, und Jan verzichtete darauf, bitte zu sagen. Er wollte zu keiner Frau freundlich sein. Nicht jetzt. Moni war wieder da und hatte durch ein Nicken signalisiert, dass die Pilse gleich kommen würden.

„Weißt du, was wir Männer alles für Frauen tun?"

„Du meinst, was du alles für Tanja getan hast?"

„Auch. Aber ganz allgemein. Schau dich in der Weltgeschichte um. Es ist immer das gleiche."

„Was ist immer das gleiche? Dass früher oder später Schluß ist?"

„Nein, dass wir Männer immer zum Affen gemacht werden! Wir sind es, die sich den Arsch aufreißen! Und was machen die Weiber? Nichts! Sie lassen sich den Arsch nachtragen, so lange es ihnen paßt, und wenn sie keinen Bock mehr haben, schießen sie dich in den Wind."

„So kraß würde ich das jetzt nicht sagen wollen..."

„Hey, überleg' doch mal! Wegen Frauen wurden schon Kriege geführt! Für sie werden Lieder geschrieben, nach ihnen werden Schiffe getauft, und manchen werden sogar Bücher gewidmet!"

„Aber du hast doch nichts davon gemacht."

„Es geht ums Prinzip. Und das sieht so aus, dass Frauen Scheiße sind. Verlogene faule Scheiße!"

Sicher, Jan war am Boden. Dennoch war Matt der Ansicht, dass er mit seinen Schimpfkanonaden zu weit ging. Er versuchte Jan zu mäßigen, aber es war schwer.

„Sieh' dich um! Nenne mir fünf Liebeslieder, die eine Frau für einen Mann geschrieben hat. Und ich sag dir fünfhundert, die für irgendwelche Frauen geschrieben worden sind!"

Matt überlegte. Wenn es ihm gelänge, mehr als fünf solcher Songs zu finden, könnte es Jan besänftigen? Wohl kaum, dennoch suchte er in seinem Hirn, weil er den Ehrgeiz hatte, Jan zu widersprechen. Der Kram von Maria Carey und Konsorten schied sowieso aus, weil sie ihre Songs bestimmt nicht selbst schrieben. Das machten andere für sie. „Bestimmt Männer!" würde Jan sagen. Ernsthaft kam er nur auf „Don't Speak" von No Doubt, einen von Liz Phair, dessen Titel ihm gerade nicht einfiel, und von Tori Amos würde es bestimmt auch noch etwas geben. Nicht gerade berauschend!

„Wirtschaft! Wo bleibt das Bier?"

Jetzt wurde Jan auch noch patzig. Sicher, die beiden warteten schon länger als gewöhnlich auf das kühle Nass. Aber das konnte man doch auch anders sagen. Matt war die Unfreundlichkeit Jans ein wenig unangenehm, dennoch aber kam Moni erstaunlich schnell, stellte innen die Gläser vor die Nase und entschuldigte sich, dass sie sie vergessen hatte.

„Siehst du, Frauen sind Scheiße, und je mehr du sie wie Scheiße behandelst, desto freundlicher werden sie zu dir!"

Jans Genugtuung, als die Zapfhenne außer Hörweite war. Dennoch war das kein Konzept, mit dem sich Matt anfreunden konnte. Unfreundlich sein, um freundlich behandelt zu werden? Das konnte doch nicht wirklich so sein! „Weshalb hast du mich damals bei dir einziehen lassen? Ich meine, wir sind eigentlich grundverschieden."

Er hatte beschlossen, das Thema zu wechseln. Das Gezetere Jans hatte er nicht in den Griff bekommen können, und es war ihm nun endgültig zuwider. Ein gütiges Lächeln kam über Jans Gesicht.

„Weil du mich an meinen Bruder erinnert hast. Der ist auch so ein anständiger Typ, und mit dem hatte ich nie Schwierigkeiten, im Gegenteil. Zum Zusammenwohnen ist es das beste, wenn du jemanden hast, der gewissenhafter ist als du selbst. Dann kriegst du nie das Gefühl, im Dreck des anderen leben zu müssen."

„Enttäuscht, weil ich mich in der Beziehung eher dir angeglichen habe?"

„Nein, eher stolz. Darauf, dass du es geschafft hast, von ein paar Dingen loszulassen."

„Jan, ich weiß nicht, ob es der richtige Zeitpunkt ist, es dir zu sagen, aber ich überlege, ob ich nicht ausziehen soll."

„Warum machst du dir darüber Gedanken, ob es der richtige Zeitpunkt ist? Heute ist eh' alles egal. Aber warum willst du überhaupt ausziehen?"

„Nach drei Semestern ist mir mein Zimmer zu klein geworden. Es sammelt sich mit der Zeit so viel Kram an. Ich schaue ab und zu bei den Aushängen, ob was Gutes dabei ist. Nur dass du es weißt."

„Ist ok. Was soll ich dagegen haben? Man kann sich eh' nicht wehren, wenn alles zusammenkommt."

„Komm, ich geb' noch eins aus. Noch zwei Pils, bitte!"

Diesmal kam das Bier zwar schneller, dafür wurde es ihnen wortlos vor den Latz gestellt. Ob Jan nicht doch recht hatte? Egal, es war einer der seltenen Abende, an denen Matt nicht an Sex mit einer der Bedienungen dachte. Dafür der typische Wir-trinken-auf-die-Probleme-der-Welt-Reigen, der allerdings in einer ganzen Latte Striche auf dem Deckel endete. Zum Glück kam später noch Tom in seinen Laden, und Matt konnte seine und Jans Zeche gegen seine drei hart erkämpften Freibierabende eintauschen. Diesmal mußte Jan die Treppe hochgeschleift werden, eine Hand wäscht die andere.

No milk today, my love has gone away
the bottle stands forlorn, a symbol of the dawn.
No milk today, seems a common sight,
but people passing by, don't know the reason why.

How could they know just what this message means,
the end of my hopes, the end of all my dreams.

Good as gold

„Hast du dich schon gefreut?"
Matt war zwar erstaunt, Susi an der Haltestelle vor seinem Haus zu treffen, doch die gute Nachricht, welche er seit heute Vormittag mit sich herumtrug, brannte ihm unter den Nägeln. Sie war wichtiger als zu fragen, was sie bei ihm in der Nähe zu suchen hatte. Vergeblich hatte er versucht, sie anzurufen. Der Zufall, sie hier zu treffen, kam ihm sehr gelegen.
„Ja, ich mußte doch selbst nachschauen! Aber ich hätte es nie gedacht, dass ich Physik bestanden habe. Nicht, nachdem es so beschissen gelaufen ist."
Sie hatten ausgemacht, dass er nach ihren Klausurergebnissen schauen sollte, um ihr eine schlechte Nachricht dann so schonend wie möglich beizubringen. Nun hatte ihre Neugier doch gesiegt, womit Matt eigentlich auch gerechnet hatte. Deshalb hatte er auch gefragt, ob sie sich *schon* gefreut hatte. Sein Prüfungsergebnis hatte er ihr auch noch gesagt. Eine 2,7, und in Anbetracht dessen, dass sie beide sich größtenteils gemeinsam darauf vorbereitet hatte, hielt er es für äußerst angemessen, sein deutlich besseres Abschneiden nicht als Können, was sowieso übertrieben gewesen wäre, sondern als pures Glück zu bezeichnen.
„Das ist übrigens Nicole."
Susi stellte ihm ein neben ihr stehendes Mädel vor.
„Sie kommt aus dem gleichen Ort wie ich, und fängt jetzt an der Kunstakademie an, und wohnt auch hier in deinem Viertel."
Auch Matt stellte sich kurz brav vor, wollte aber sofort weitererzählen.
„Ich ziehe vielleicht um. Größere Wohnung und so."
„Was? Davon hast du aber noch gar nichts erzählt."
„Kam auch recht überraschend. Jetzt haben wir noch drei Wochen, bis die Uni wieder anfängt. Mir fällt schon fast die Decke auf den Kopf. Und seit Jan mehr oder weniger solide geworden ist, ist es auch langweiliger geworden. Kaum noch Exzesse in letzter Zeit."
„Du sollst ja auch studieren!"
„Mach ich doch."
„Wo wir gerade beim Thema sind: Wir zwei gehen gerade auf eine Party, wenn du willst, kannst du mitkommen."
Sie deutete auf die Salatschüssel in Nicoles Arm und wedelte selbst mit einer Weinflasche.
„Geht leider nicht. Erst schaue ich mir ein Zimmer an, und dann treffe ich mich noch mit Chris im Oasis. Die erste Januarwoche waren wir doch in England, haben dort einen Kumpel besucht, der gerade in Canterbury studiert. Jetzt hat der gute Mann es endlich geschafft, seine Bilder entwickeln zu lassen. Nach drei Monaten!"
Die Straßenbahn kam, und sie stiegen ein.
„Hast du nicht mal erzählt, wie blöd es am Anfang war, eine WG zu finden. Willst du dir den gleichen Streß wieder machen?"
„Nein. Ich habe dazugelernt. Als ich hier hergekommen bin, habe ich nur an der Uni nach Angeboten geschaut. Und bin dann meistens bei

Ganzjahrespfadfindern gelandet. Das, was ich mir jetzt anschaue, ist in der Wohnung von einem Kumpel von Jan. Als ich ihm sagte, dass ich was Größeres will, hat er sich für mich umgehört. Und das wären jetzt 26 Quadratmeter für 380 Mark warm. Mit Kabelanschluß. Das Beste: In dem Haus ist unten ein Laden drin, dann kommt eine Arztpraxis, noch eine Anwaltskanzlei, und im Dachgeschoß die Wohnung. Weißt du, was das heißt?"

„Du wirst die nette Architektin vermissen, von der du erzählt hast?"

„Die Schnepfe von Nachbarin? Sehr! Ich habe sie doch nur die ersten Wochen miterlebt, dann ist sie ausgezogen, aber es hat gereicht. Genug, um Abende lang von erzählen zu können."

„Ich lad' mich bei dir ein!"

„Mach' das. Tschüß, schönen Abend euch beiden. Ich muss jetzt aussteigen!"

Ein wenig enttäuscht war Matt schon, als er erfahren hatte, dass das Zimmer bereits vergeben war. Jans Kumpel hatte sich zwar tausendmal dafür entschuldigt, ihm zur Entschädigung ein paar Tulpen aus Amsterdam angeboten, aber es änderte nichts an der Tatsache, dass der dritte WG-Bewohner besonders fleißig gewesen war und in Eigenregie einen neuen Mitbewohner gefunden hatte, schneller, als es für möglich zu halten war. Die Wohnung war einsame Spitze, im selben benutzten Zustand wie die von Jan, als er sie das erste Mal gesehen hatte, nur größer und noch näher an den Kneipen der Innenstadt gelegen. Dazu noch ohne Nachbarn, niemand also, der sich nachts durch zu laute Musik gestört fühlen könnte. Ein bißchen erleichtert war er dennoch, schließlich wäre es ihm bestimmt schwer gefallen, sich aus der bereits vertrauten und liebgewonnenen Umgebung zu lösen. Und dann noch die ganze Schlepperei, vier Stockwerke runter, vier wieder hoch! Schwamm drüber, er beschloß, seinen gesammelten Krempel auszumisten und in die drei Kategorien Brauch-ich-noch, Keller und Sperrmüll zu sortieren. Dann hätte er bestimmt auch in der jetzigen Wohnung wieder genügend Platz. Abgehakt, der kurze Traum vom Umziehen war ausgeträumt, und die Bequemlichkeit hatte gesiegt.

Er kam ins Oasis, erkannte Chris von hinten, der mit dem Rücken zur Tür an der Theke saß, ein halbes Pils vor sich stehen hatte und rauchte. Er entdeckte auch die zwei Fototaschen, derentwegen er hauptsächlich gekommen war. Wie ein Schuldirektor bei der Pausenaufsicht legte er seine Hand auf Chris' linke Schulter. Der erschrak jedoch nicht, sondern blieb seelenruhig sitzen, drehte sich nicht einmal um.

„Darf ich mal sehen, was in den Umschlägen ist?"

„Nein, dürfen sie nicht."

„Warum nicht?"

„Weil das meine Bilder sind!"

„Wenn das so ist, muss ich sie bitten mir unauffällig zu folgen. Alles weitere besprechen wir dann auf dem Revier."

„Muss das sein? Können wir das nicht anders aus der Welt schaffen?"

„Pils! Aber das nächste Mal halten sie Ihre Fristen ein. Zeig' endlich her!"
Kurz darauf hatte Matt auch ein Bier vor sich stehen, und kaum hatten sie die ersten Bilder gesehen, schwelgten sie in Erinnerungen. Wie er unbedingt ein Englandtrikot kaufen wollte und dazu sieben Sportgeschäfte abklappern mußte, in der Hoffnung, dass es im nächsten vielleicht noch ein Pfund billiger sei. Und Chris und ihr Gastgeber Georg geduldig mitdackelten. Wie er einen Mitre-Ball kaufte (der mit dem Pfeil) und sie feststellten, dass er andere Flugeigenschaften als ein deutscher Fußball besaß.

„Quatsch! Deutscher oder englischer Ball - beide werden in Pakistan von kleinen Kindern genäht, die sich ein Taschengeld verdienen möchten!"

„Die, mit denen sie auf der Insel kicken, sind aber wie ein Volleyball. Die Nähte und so, aber genauso schwer wie ein kontinentaler."

„Was die Kids im Orient so alles können..."

Wie sie sich mit verdattertem Gesichtsausdruck vor dem „Alzheimer Care Center" fotografieren ließen, wie sie schockiert feststellten, dass ein Stadionbesuch nicht unter Zwanzig Pfund zu haben war (wie dankbar waren sie für die zivilen neun Mark in der Wildparkkurve), wie sie beim Hunderennen gewonnen hatten, wie sie die deutschen Mädels belauscht hatten, die aus dem Nähkästchen geplaudert hatten.

„Das war so geil! Die schnattern in den National Express rein, und du ganz dezent: Come on, let's only talk English now! Und die setzen sich hinter uns und ziehen über Gott und die Welt vom Leder."

„Mehr über die Welt. Und über uns."

„Dir haben sie die Dackelblase unterstellt, nicht mir."

„Haben nur nicht gesehen, dass ich schon vorher zwei Bier hatte. Und wenn die eine nicht so saudumm vor dem Klo gesessen hätte, wäre es auch nicht weiter aufgefallen."

„Wie oft warst du, dreimal in einer Stunde?"

„Wem wollten sie im Duty free keinen Whisky verkaufen - dir oder mir?"

Trotz des zeitlichen Abstandes kamen wieder die interessantesten Kleinigkeiten und Nuancen ans Tageslicht, und was der eine vergessen hatte, wußte der andere dafür um so besser. Kleinere Peinlichkeiten rieben sie sich gegenseitig unter die Nase, einig waren sie sich, wenn es um das englische Bier ging.

„Ich finde es gar nicht so schlecht. Es ist jedenfalls besser als sein Ruf. Es hat halt keine Kohlensäure, deshalb kann man es auch viel schneller trinken."

„Und du kannst auch mehr davon trinken, weil es nicht ganz so stark ist. Wir hatten pro Abend immer mindestens sechs Pints, jeder, und es ging uns immer blendend am nächsten Tag."

„Konnte man von Albertos Sangria nicht behaupten."

„Der Spanier aus Georgs WG? Ich habe es für eine deutsche Unsitte gehalten, dass man das Zeug aus dem Putzeimer trinkt. Doch der schwenkt das Ding kurz aus und rührt an."

„War aber gut. Nebenbei, erinnere dich: Wir brauchten keinem Spanier

erklären, wo Karlsruhe ist!"
„Einem Deutschen mußt du auch nicht erklären, wo Cordoba ist."
Sie waren überzeugt, sich und ihren Fußballverein gut präsentiert zu haben,
und Matt hatte es genossen, ein paar Tage in seinem Lieblingsland zu sein.
Das Land mit der besseren Musik, den besseren Filmen, dem besseren
Humor, dem attraktiveren Fußball. Er kam mit Übergepäck zurück, weil er
so ziemlich alles nicht niet- und nagelfest, das ihm gefiel und er sich
leisten konnte, kaufen wollte. Darunter „Quadrophenia" im Original (den
Film) und ein Stone Roses Video. Es hatte ihn ungemein beruhigt, als er
feststellen durfte, dass Ian Brown nicht gut singen konnte. Seine Einstellung
und sein Stargehabe ließen darüber hinwegsehen, dass er sich live wie
Hansemann Beimer in der Karaokebar anhörte, aber er hatte Ausstrahlung.
Ein Zeichen, dass eine eigene Karriere als Rockstar doch nicht unmöglich
war? Vielleicht, diese Vorstellung pflegte er jedoch nur als Traum, in den er
sich hinabgleiten ließ, wenn ihm langweilig war. Er, vor einer wilden
Menschenmenge, die ihm zujubelte, eine Masse, die er im Griff hatte,
Menschen, die ihm über alles ergeben waren. Schön, daran zu denken,
schlimm, wenn es so wäre.

Don't know what I'm doing here
I'll carry on regardless.
Got enough money for one more beer
I'll carry on regardless.

Good as gold, but stupid as mud
He'll carry on regardless.
They'll bleed his heart 'til there's no more blood
But carry on regardless.

The death of a party

Fleischbeschau. Zwar kein schönes Wort, dafür aber ein treffendes für das, was Jan und Matt an diesem Abend machten. Jans Groll dem anderen Geschlecht gegenüber war den Hormonen gewichen, und er wollte sehen, was man als Single so alles reißen konnte. Es zog ihn auf die Piste, aber bitte keine Begegnung mit Tanja, ihren Freundinnen oder anderen gemeinsamen Bekannten, das mußte nun wirklich nicht sein. Sie wollten daher die üblichen Läden meiden, also konnte Matt ihn überreden, mit auf die Party eines größeren Studentenwohnheimes zu kommen. In der Mensa hatte er mitbekommen, wie sich einige über dieses Fest unterhalten hatten. Der Tenor war: „Soll gar nicht so schlecht sein." Soll gar nicht so schlecht sein, das hieß übersetzt, dass mit einem Frauenanteil von über 20% gerechnet wurde. Nicht das Ambiente war der entscheidende Faktor, ob man eine Party als gut bezeichnete. Auch nicht die Musik, oder die Getränkepreise, sondern einzig und allein der Frauenanteil. Gewiefte Köpfe der pädagogischen Hochschule hatten das auch schon längst durchschaut, und deren Feste waren trotz fünf Mark pro Bier die bestbesuchtesten. Besagtes Wohnheim war nun bekannt dafür, dass es überdurchschnittlich viele PH-Studentinnen beherbergte, sozusagen ein Geheimtipp. Soll also gar nicht so schlecht sein.

Dort angekommen setzten sie sich im geräumigen Partykeller in einer Ecke auf die Heizung, hielten je ein Bier in der Hand und schauten sich die Leute an.

Der Abend brachte die einfache Verpflichtung mit sich, möglichst schnell den Level „gut angeheitert" zu erreichen, um dann aus der Situation das beste machen zu können. Leider war es immens schwer, diesen Level zu halten, zu schmal war der Grad, zu groß die Gefahr, zu schnell unangenehm betrunken zu werden und aus der Rolle zu fallen.

Noch waren sie am Anfang, die Party war es auch. Zwar stimmten alle äußeren Umstände, die Musik war ok, der Raum gut hergerichtet und das Bier billig. Trotzdem war noch keine Stimmung aufgekommen, die Leute standen in Grüppchen rum, redeten ab und zu ein wenig und hielten sich an ihren Bierflaschen fest. Der Platz zwischen den Menschen war noch zu viel, es dauerte noch, bis es richtig voll wurde. Unsere beiden Helden beschlossen, sich unter den wenigen, aber immerhin vorhandenen Frauen jeweils eine auszusuchen.

„Meinst du das ernst? Diese alte Nudel, kurz vor Dreißig, Speckröllchen und Alice Schwarzer Frisur? Die ist bestimmt von der PH, hat schon geworfen, und ist, nicht hinter den Ohren, aber im Herzen so grün, dass du als Mann keinen falschen Furz lassen darfst."

„Auch die braucht Liebe. Wäre eine Herausforderung."

Matt schüttelte ungläubig den Kopf. Nein, so sahen keine Frauen aus, so sahen fleischgewordene Parteibücher aus. Mit denen konnte man vielleicht reden, aber küssen und so? Wäre für ihn nicht in Frage gekommen.

„Auch wenn sie nicht den gängigen Idealen entspricht, sie hat was."

Sprach hier jetzt der Altersunterschied zwischen Jan und Matt? „Schau nur, wie sie sich bewegt, ihre Gesten. Du siehst, wie sie spricht, hörst sie aber nicht. Dennoch siehst du, wie sie spricht. Bestimmt sehr lebhaft, alles ist bedeutend und gewichtig."

Matt fühlte sich an Heike erinnert. Schließlich hatte er sie aus diesen Gründen sympathisch gefunden. Melancholisch lehnte er sich zurück und ließ Jan weiter erzählen.

„Es kommt nicht auf das Aussehen an. Irgendwann wir das einem bewußt. Nimm nur mal Tanja als Beispiel. Sie hatte einen schönen Po und so, aber hat sie den in zehn Jahren immer noch? Was bleibt, sind andere Dinge."

Das hörte sich zwar logisch an, aber Matt hatte die Erfahrung gemacht, dass alle zuallererst nach dem Äußeren gemessen werden. Stimmt das, dann darf der Rest in die Waagschale geworfen werden.

„Ich labere hier und labere, und du sagst nichts mehr. Du bist dran. Wer ist denn deine Favoritin?"

Jan hatte vorgelegt, jetzt mußte er nachlegen. Er fand es schwer, sich bei dieser geringen Auswahl festlegen zu müssen, da keine dabei war, die er für so toll fand, als dass er es sich hätte überlegen müssen, über seinen Schatten zu springen. Zu sagen, dass sowieso keine Interessante dabei war, war leichter, als eventuell einen ersten Schritt zu unternehmen.

„Die da hinten vielleicht. Ich geb's ja zu, der Arsch ist ein wenig zu viel, aber im direkten Vergleich... Das kleinste Übel."

„Wäre jetzt nicht mein Fall, aber davon sollst du deine Entscheidung nicht abhängig machen."

Vielleicht wurde sie nach einem weiteren Bier hübscher, Matt wußte es nicht. Auf alle Fälle konnte man es versuchen. Sie redeten weiter, ab und zu warfen sie einen Blick zu ihrer potentielen Beute hinüber. Diese redeten auch mit irgendwelchen Typen, aber dort schien nichts zu passieren, was Bedeutung haben könnte. Getrost konnten sie ohne einzugreifen weiterreden. Meistens überboten sie sich im Abgeben witzig gemeinter Statements: 34-er Levi's-Arsch, Milkakuhgesichtsausdruck, aber immerhin Monroe-blond.

Die gewünschte Dosis an Unbeschwertheit hatte Einzug gehalten. So unterhielten sie sich immer über Menschen, von denen sie nichts als den äußeren Eindruck hatten. Oft hatte sich Matt überlegt, welchen optischen Eindruck er machte, was wohl Frauen über ihn zu sagen hatten, wenn sie denn über ihn und nicht über George Clooney sprachen. Am liebsten wäre er für sie der ausgeglichene Typ in der Lederjacke gewesen. Oder war er der ruhige, etwas unscheinbare Kerl mit der Brille? Damit hätte er sich auch noch anfreunden können. Oder war er der stille mit den Pickeln, der wenig sagte? Er wußte es nicht, das aber war der Rahmen, den er für die Meinung anderer von sich für möglich hielt. Gerne hätte er mal erfahren, wo er denn in dieser Abgrenzung genau stand.

Dann stellten sich plötzlich seine Nackenhaare auf. Aufgeregt stieß er Jan den Ellenbogen in die Rippen.

„Scheiße, da drüben, die da. Hoffentlich sieht sie mich nicht."

74

„Was? Wo denn?"

„Nicht so laut."

Matt duckte sich ein wenig, dann deutete er vorsichtig auf diese konvexe Linearkombination aus Mutter Beimer und einer Seekuh.

„Die da, die Dicke. Das ist die mit der CD. Ich hab's dir doch erzählt! Die mal hinter mir her war. Ich will ihr nicht über den Weg laufen."

Es war zu schwer für Jan, nicht in schallendes Gelächter auszubrechen. Als er sich einigermaßen gefaßt hatte und den durch Verschlucken verursachten Hustenanfall in Griff bekommen hatte, rang er nach Worten.

„Die? Wirklich? Du Armer! Hat sie dich nicht überrollt?"

„Das ist gar nicht lustig. Ich hab's gerade noch geschafft zu entkommen. Komm, wir setzen uns da drüben hin, da sieht sie uns nicht so schnell."

Jan war sehr kollegial und zog mit. Zusammen liefen sie durch die mittlerweile beachtliche Menge durch und besetzten einen anderen Posten. Sie duckten sich, und ab und zu tauchten sie auf, um die Lage zu peilen. Matt erspähte, dass sie ein paar Jungs aus ihrem Semester erwischt hatte, mit denen sie sich nun unterhielt. Er konnte einigermaßen Entwarnung geben, dennoch hielt er es für sicherer, dass Jan das nächste Bier besorgte, und er nicht über das Schlachtfeld schreiten brauchte. Als das neue Bier da war, schien die Lage dauerhaft entspannt zu sein. Die dicke Maren machte keinerlei Anstalten, sich mal umschauen zu wollen, und auch die Jungs hatten nicht das Bedürfnis, sie loswerden zu wollen. Welch ein Glück. Sie konnten wieder zur Tagesordnung zurückkehren. Wo waren ihre Zielscheiben hin verschwunden? Der wasserstoffblonde 34-er-Arsch hatte seine Umlaufbahn nicht verlassen, doch Jans innere Werte waren unauffindbar, aber er konnte es verschmerzen. Dann überlegten sie, wie man die Blonde anquatschen könnte. Einig waren sie sich in der Bedeutung des ersten Satzes, denn der entschied darüber, ob man noch einen zweiten bekam oder nicht. Jans Vorschlag war, zu fragen, ob man der erste oder zweite sei, der sie zum Sekt einladen möchte, während Matt auf die Bekanntheit deutscher Märchen hoffte und mit einem einfachen „Quak" alles sagen zu können.

„Guck mal, die Seekuh und dein Darling kennen sich!"

Matt sah mit an, dass Maren und die eine, mit der er zwar noch kein Wort gesprochen hatte, aber dennoch für heute Abend als einigermaßen begehrenswert definiert hatte, sich angeregt unterhielten.

„Geh' hin, dann wirst du bestimmt vorgestellt!"

Dem war wohl so, doch die Angst, Maren könnte wieder ihre Klauen ausfahren, war größer als das Bedürfnis mit der „Neuen" Bekanntschaft zu schließen. Aber es war schwer, und er saß auf glühenden Kohlen. Genau abwägen, was schlimmer war! Nach wie vor siegte seine zurückhaltende Natur, und er beschloß, abzuwarten. Auch konnte er sich nicht damit arrangieren, erst Maren verstoßen zu haben und dann auf sie angewiesen zu sein. Bestimmt würde es eine andere, eine bessere Gelegenheit geben. Eine, die er erkennen und dann auch nutzen konnte. Mit Argusaugen beobachtete er, was etwa acht Meter von seiner Nase entfernt geschah. Reden, lachen, mal eine Hand, die auf eine Schulter gelegt wurde, nicht mehr, nicht weniger. Er wähnte sich noch im Rennen, obwohl sie ihn noch nie gesehen, geschweige denn, ihm ein Lächeln geschenkt hatte. Argwöhnisch und etwas neidisch begutachtete er, wie der Typ, der eben zu dieser Runde hinzugestoßen war, so Scheiß verdammt viel Aufmerksamkeit bekam. Erschwerend kam hinzu, dass Matt ihn kannte. Er war einer der Bonzensöhnchen aus seinem Semester, mit dem er mal gemeinsam ein Matheübungsblatt gerechnet hatte. Er hatte die feste Meinung, dass der Kerl eine Luftpumpe war, einer, der kein Maß für das wahre Leben hatte. Bei dem immer alles in Ordnung war, weil die Eltern Kohle hatten und für ihren Sprößling immer nur das beste wollten und es ihm auch im Überfluß gegeben hatten. Wußte das Blondchen das auch? Hier sah er den Hund begraben liegen. Etwas anderes entspannte die Lage, und zwar Maren. Sie hatte ihre Jacke angezogen und war bei der Verabschiedung. Matt zählte rückwärts, fast hätte seine Null genau mit ihrem Abgang überein gestimmt. Jan hatte ebenfalls aufmerksam mitbeobachtet.

„Auf, jetzt steht dir nichts mehr im Weg. Sie gehört dir!"

Tatsächlich fühlte sich Matt verpflichtet, etwas tun zu müssen. Die Umstände schienen es zu verlangen. Er war auf der Suche, sie hatte keinen Wachhund an der Seite, es gab jemanden, den sie beide kannten, und der Abstandhalter Maren war auch weg. Was sollte also noch dagegen sprechen, einfach mal 'rüber zu gehen? Zum Beispiel seine Gewohnheit, derartige Dinge grundsätzlich noch nie getan zu haben. War er nun einfach nicht der Typ dafür, oder war er ein erbärmlicher Feigling? Diplomatisch setzte er sich eine Deadline: Dieses Bier an Ort und Stelle gemütlich austrinken, aufstehen, neues holen und auf dem Rückweg dort drüben vorbeischauen und dann weitersehen. Jan achtete peinlich genau darauf, dass Matt die selbst gesetzte Deadline auch einhielt. Keine Ausflüchte wie „So toll ist sie auch wieder nicht", es sollten Nägel mit Köpfen gemacht werden. Also holten sie sich noch ein Bier und hielten Kurs, bereit, zuzuschnappen. Auf halber Strecke gesellte sich ein weiterer Student aus Matts Semester zu ihnen dazu, noch einer von denen, die bei ihm keine gute Meinung genossen. Dass er wie ein Milchbubi aussah, gut, dafür konnte er wirklich nicht viel. Dennoch hatte er versucht, sich mit seinen wenigen dünnen Barthaaren einen dieser angesagten Ziegenbärtchen wachsen zu lassen. Es war allerdings beim Versuch geblieben, und die Absicht, mit diesem Bart männlicher zu wirken, wurde weit verfehlt. Der Kleidung nach sah er aus, als ob er seinem in der Midlife-Crisis befindlichen Vater den Kleiderschrank ausgeräumt hatte: Also wie ein Clown. Das alles waren für Matt Indikatoren, dass man Personen wie diese nicht mögen mußte, und er hatte sich recht gegeben. Denn weitaus schlimmer als diese Äußerlichkeiten wog das nervige Gehabe. Andreas, so hieß der Typ, war eine Nervensäge erster Güte. Sein übertriebenes Aufmerksamkeitsbedürfnis brachte es mit sich, dass er sich immer und überall als Witzbold aufspielte. Dazu wiederholte er, ob man wollte oder nicht, die Witze aus der Harald-Schmidt-Show der Vortage. Wenn man nun sagte, dass man die Sendung selbst gesehen hatte, ließ er nicht einfach locker, sondern suchte so lange nach anderen, weitaus älteren Witzen, bis er wenigstens ein paar Lacher für sich verbuchen konnte. Und immer, wenn die Schmidt-Sprüche gegen schützenswerte Randgruppen gingen, versteckte sich Andreas hinter der Autorität Schmidt, um den Vorwurf der Geschmacklosigkeit für sich selbst zu umgehen. Irgendwie schien er das für sein Ego zu brauchen, andere zum Lachen zu bringen, auch wenn er damit den meisten auf die Nerven ging. Jetzt aber konnte er eventuell nützlich sein, denn Matt wußte, dass Andreas die Clique in seinem Zielraum kannte.

Zu dritt schoben sie sich also an ein paar Leuten vorbei, und es wirkte eher zufällig, dass Matt dort mit Andreas und Jan stehen blieb. Er tat ein wenig überrascht, begrüßte den Bonzenspößling und stieß mit ihm an. Das sollte Vertrauen signalisieren, zeigen, dass er kein Fremder war. Aus dem Augenwinkel musterte er die Blonde. Was sagte ihr Körper, wie stand sie da? Drehte sie sich ihm zu, oder weg? War sie daran interessiert, seinen Namen zu erfahren, oder wollte sie keine weiteren Bekanntschaften schließen? Wie würde sie auf den Versuch eines Blickkontaktes reagieren? Jan war weniger schüchtern. Außer Matt kannte er niemanden, und er stellte sich als sein Mitbewohner vor, und fragte, ob alle mit ihm zusammen studieren würden. Andreas hatte eine gute Kinderstube genossen, und stellte Jan (und damit auch Matt) alle vor. Der Schnösel hieß Robert, dann waren da noch Sebastian, Rolf, Martin und Ingo, ja und dann noch Katja, seine Freundin.

Es war ein Genickschlag für Matt! Die Nervensäge hatte eine abbekommen, und dann auch noch ausgerechnet die, für die er sich zu interessieren begonnen hatte. Das war nicht zu glauben. Ohne zu zeigen, welches Gewicht das eben gesagte hatte, schaute er alle an. Er ließ seine Gesichtszüge einfrieren, um nicht ungläubig aus der Wäsche schauen zu müssen. Aber leider, es stimmte. Als ob es verbal nicht schlimm genug gewesen wäre, schleckten sich die beiden in aller Öffentlichkeit jetzt auch noch ab.

Von Jan erntete er ein mitleidendes Schulterzucken, und er hielt es für das beste, den begonnenen Smalltalk fortzusetzen.

„Wußte gar nicht, dass du eine Freundin hast. Wie lange seid ihr zusammen?"

Katja unterhielt sich wieder mit dem Schnösel, und Matt hätte Andreas am liebsten die Fresse poliert und Katja zur Seite genommen. Warum der? Was kannst du an so einem nur finden? Sind deine Sinne alle in Ordnung? Das wollte er wissen, doch wie konnte er es erfahren? Der! Wieso der? Ich bin doch 20.000 mal besser! Schau dir nur mal an, wie der sich kleidet! Ohne Stil, ohne eigenen Geschmack. Ich, ich bin eine Persönlichkeit, ich habe meinen eigenen Stil! Und vor allem bin ich lange nicht so nervig! Wie kann man es nur Tag und Nacht mit so einem aushalten?

„Ja, das hat sich so nach und nach ergeben. Es ist Roberts Schwester, und als sie hier ein Zimmer suchte, ist sie in meinem Wohnheim eingezogen."

Andreas erzählte mehr als nur gerne und ließ dabei seine Hand auf dem 34-

er-Arsch kreisen. Der unverschämte Stolz der Nervensäge war fast schon beleidigend. Wenigstens konnte Matt für sich heraushören, dass sie ihm nicht bedingungslos verfallen war. Nach und nach entwickelt, so so. Das hieß für ihn, sie hatte sich mit der Zeit an ihn gewöhnt, und aus praktischen Gründen war dann irgendwann mehr daraus geworden. Es beruhigte ihn, sich einzureden, dass Andreas ihm doch nicht über war. Das wäre übrigens äußerst fatal, wenn er einsehen müßte, dass Frauen grundsätzlich auf Antitypen dieser Art abfahren würden. Alle seine Wertvorstellungen wären hinfällig. Matt setzte das Gespräch in die Richtung Ist-es-denn-kein-Problem-wenn-man-so-eng-zusammen-wohrt fort. Smalltalk, er fragte höflich, und er bekam höfliche Antworten. Zeitvertreib. Unbefriedigender Zeitvertreib, weil er zuschauen mußte, wie eine Hand, die nicht die eigene war, den Besitz über diesen weiblichen Arsch signalisierte. Wie gerne hätte er jetzt die Witze aus der Harald-Schmidt-Show gehört!

Auch Jan redete mit den anderen Typen über Belanglosigkeiten, es ging für beide nur noch darum, nicht zu hektisch das Bier auszutrinken, um dann in einem geordneten Rückzug das Feld zu räumen. Artig wünschten sie noch viel Spaß und machten sich vom Acker. Wenigstens war Matt drum rumgekommen, sich einen Korb einzuhandeln, das war das einzig positive der Angelegenheit.

Draußen machten sie sich erst mal Luft. Jan bekannte, dass er sich im Unikreis die Sache mit dem niedrigen Frauenanteil nicht so schlimm vorgestellt hatte, Matt jammerte darüber, warum dieser Typ das kleine bißchen mehr Glück gehabt hatte als er. Lag es nur daran, dass er zur falschen Zeit am falschen Ort war? Was müßte er an sich ändern, um dieselbe Aufmerksamkeit zu bekommen? Andere hatte schließlich auch ihre Fehler, waren nicht perfekt, und er machte sich darüber Gedanken. Machten sich die anderen überhaupt so viele Gedanken wie er? Er konnte es sich nicht vorstellen und hielt sich für den einzigen, der seine Zeit damit zubrachte, Menschen zu beobachten, um herauszufinden, wie es läuft, um dann im entscheidenden Moment alles richtig machen zu können. Aber er bekam keine Gelegenheiten, und die anderen kamen mit ihrer Sorglosigkeit durch die Welt. Und er wisse ja auch, wie schlimm es für die Mädels sein müsse, mit diesem Überangebot zurechtzukommen. Wie sollten sie denn den richtigen finden, wenn sich immer Trauben um sie scharten und alle um die Wette buhlten? Was er bisher auch gemacht habe, es sei falsch gewesen. Entweder war er zurückhaltend, weil er nicht nervig sein wollte, doch das wurde nicht honoriert. Oder er unternahm doch mal einen Versuch, der dann allerdings ins Leere stieß. Inzwischen hatte es Jan aufgegeben, ihm aktiv zuzuhören. Der lief mit gesenktem Kopf die Straße entlang und wünschte sich Tanja zurück, während sich Matt über die Ungerechtigkeiten der Welt aufregte. Wenigstens geriet dieses traurige Bild nicht an die Öffentlichkeit, deshalb waren sie vorhin schließlich gegangen. Sich zu bemitleiden war besser, wenn man es ohne Publikum machte. Doch der Gedanke blieb: Wieso hatte dieser Typ, den Matt auf jeden Fall in den 3,7-er-Rest gesteckt hätte, dieses Mädel abgekriegt?

The death of a party
came as no surprise.
Why did we bother
Should've stayed away.

Why does it always rain on me?

Mit ziemlich schwerem Kopf legte sich Matt ins Bett, doch schlafen konnte er noch nicht. Zu sehr regte es ihn auf, dass dieses Mädel diesen Typen zum Freund hatte. Zum Lebensabschnittsgefährten. Dass sie mit ihm all das teilte, das er auch mit jemandem teilen wollte. Er kam sich vom Schicksal benachteiligt, ja fast sogar aussortiert vor. Was hatte der, was er nicht hatte? Letztendlich das Glück, jemanden gefunden zu haben, der wohl zu ihm paßte. Woher aber kam dieses Glück? Zufall? Oder war es von irgend etwas anderem abhängig? Im Prinzip war ihm bewußt, dass er zufrieden sein sollte. Ihm ging es besser als dem größten Teil der restlichen Menschheit: Er hatte das Glück, in einem reichen westlichen Staat zu leben. Er war gesund zur Welt gekommen, hatte bisher weder Aids noch Leukämie bekommen und konnte sich die Klamotten leisten, die er kaufen wollte. Obendrein war er auf einem guten Weg zu einer guten Ausbildung, die ihm später einen gesicherten Wohlstand ermöglichen würde. Was sollte er also noch mehr verlangen? Wäre es vielleicht unverschämt mehr zu verlangen? Er sah es anders.

Denn er war gar nicht wirklich neidisch auf die reichen Angebertypen, die es auch an seiner Uni gab. Übertrieben fand er es, dass manche monatlich 2.000 Mark von zu Hause zugesteckt bekamen, zusätzlich zum finanzierten Auto. Mit denen verglich er sich erst gar nicht, und das weniger, um dem Vergleich zu entgehen. Manchmal kam er sich sogar in seinem eigenen bescheidenen studentischen Wohlstand wie in einem goldenen Käfig vor. Er mochte zwar mehr Kohle haben als die meisten Jugendlichen und Twens in Sofia, Nairobi, Kuala Lumpur oder Rio – dafür hatten die aber bestimmt mehr Liebe, Zuneigung und Sex. Gerne wäre er bereit, auf einen Teil seines Wohlstandes zu verzichten, wenn er denn nur wüßte, dass dieses Opfer vom Schicksal angenommen würde.

Fast schon verzweifelt suchte er nach einer Erklärung, welche Komponente denn über das Glück und die Zufälle, zur rechten Zeit am richtigen Ort die richtigen Menschen zu treffen, entschied. Schließlich wurde er oft genug im Vorbeigehen mal angelächelt, und auch andere Erlebnisse veranlaßten ihn zu wissen, dass es nicht an ihm selbst liegen konnte. Was entschied nun über das Glück in der Liebe? Das bisher erlittene Leid? À la „der hat es lange schwer gehabt, jetzt soll sich das ausgleichen"? Oder die bisher begangenen Sünden? Und wie stark zählten dabei die kleinen wie geschmacklose Witze gegen die political correctness oder einfach nur hemmungsloses Lästern über Leute, die man nicht mag?

Oder war doch alles vorherbestimmt? Hatte jedes Leben auf dieser Erde so eine Art Gleis, das es nie verlassen würde? Und war es vorbestimmt, dass er just in diesem Moment diesen Gedanken faßte? Am angenehmsten war ihm die Ansicht, sich einfach überraschen zu lassen.

I can't sleep tonight

80

Everybody saying everything's alright
Still can't close my eyes
I'm seeing a tunnel at the end of all these lights
Sunny days
Where have you gone?
I get the strangest feeling you belong

Why does it always rain on me?
Is it because I lied when I was seventeen?

It's getting better (Man!!)

Matt wachte auf, weil Jan schrie.
„Sie entschuldigen sich jetzt zuallererst, dass sie um diese Zeit hier anrufen! Ich mein das ernst!"
Mürrisch wälzte er sich in seinem Bett, weil er gerne noch länger geschlafen hätte. Das Telefonklingeln hatte er immerhin überhören können. Wer hatte denn angerufen? Magdalene? Wohl kaum. Aber Jan schrie wie damals, als Matt sich das Zimmer angeschaut hatte.
„Den gibt es hier nicht. Schon gar nicht um diese Zeit."
10:14 zeigte der Radiowecker. War es nun Mittwoch oder Donnerstag? Das wußte Matt nicht. Jans Stimme wurde ein wenig gemäßigter.
„Merken sie sich das: Rufen sie nie wieder bei uns an!"
Als er aufgelegt hatte, kroch Matt aus den Federn und ging in den Flur.
„Morgen! Was ist?"
„Wieder die Oma, die uns mit ihrem Radiologen verwechselt."
Matt rollte kurz die Augen, denn in regelmäßigen Abständen rief immer die gleiche alte Dame an, die einen Arzttermin haben wollte und nicht verstand, dass sie in einer WG landete.

Der Plan, die bisherigen Wohnumstände zu verbessern, war angelaufen. Auch Jan war zu einer Großputzaktion zu gewinnen. Ihm kam es sehr entgegen, konnte er sich bei dieser Gelegenheit ebenfalls von ein paar Gegenständen der Vergangenheit zu trennen, als da wären: Die Bilder von Tanja, die Zimmerpalme, die sie ihm geschenkt hatte, und ihr Lieblingscouchkissen. Ein bißchen wenig für einen Scheiterhaufen, zumal Matts Beitrag aus dafür eher unwürdigen Dingen bestand. Seine Physikunterlagen, er war sicher, sie nie wieder brauchen zu werden, brannten bestimmt ganz gut, waren aber ganz profan für das Altpapier bestimmt. Genauso der Stapel alter Musikzeitschriften, die Stone-Roses-Artikel hatte er sowieso alle ausgeschnitten und in seinem Fanordner eingeheftet. Anderer Kram wurde mit dem Endziel Flohmarkt im Keller zwischengelagert, wie zum Beispiel Geschenke der Omas und Tanten, die er mehr aus Höflichkeit behalten und 'rumstehen hatte, und nach zwei Säcken für die Altkleidersammlung war sein Zimmer wieder geräumiger. Die Stapel und Haufen vom Fußboden konnten in Schränken untergebracht werden, und selbst mit aufgestelltem Wäscheständer wäre es wieder möglich gewesen, Liegestützen zu machen.
Weitaus schwieriger war das Saubermachen. Außer Spülmittel und Spülschwamm hatten sie nichts. Als Putzeimer konnten sie den Küchenmülleimer verwenden, den Rest mußten sie sich anschaffen. Aber was? Dank Fersehwerbung fiel das dann doch nicht allzu schwer. Dort wurde von Kalkflecken gesprochen. Also schauten sie sich ihr Waschbecken an. Ja, auch in ihrer Wohnung gab es Kalkflecken! Bisher war ihnen das nie aufgefallen. Nummer eins auf der Liste: Badreiniger mit Citrusaktivkraft.
Die Fenster. Milchglas sah zwar anders aus, dennoch hatte der Regen ein

paar graue Schleier hinterlassen. Nummer zwei: Sidolin streifenfrei.
Der Teppichboden. Sie überwanden sich, die Reparatur des Staubsaugers
anzugehen. Schon seit längerem hatte er die Kraft einer rotchinesischen
Munddusche, aber keiner der beiden hatte jemals Bock gehabt, den
Schraubenzieher zu nehmen, und das Gerät aufzuschrauben. Letztendlich
stellte sich heraus, dass der Staubbeutel hoffnungslos überfüllt war.
Drittens: Staubbeutel, und, wenn sie schon dabei waren, viertens:
Teppichschaum.
Und, fünftens, Lappen, Schwämme, eine Bürste und eine Kehrschaufel. Zu
den Leifheit-Annehmlichkeiten ließen sie sich nicht hinreißen. Schließlich
sollte das Putzen nicht zum Hobby werden. Dennoch waren sie kurz davor,
bei Henkel anzurufen und nach den glücklichen Frauen aus der Werbung zu
fragen. Putzen war kein Spaß, es war harte Arbeit. Allerdings waren die
Ergebnisse deutlich sichtbar: Durch die Duschwand konnte man wieder
durchschauen, wer von ihnen hätte das für möglich gehalten? An den
Wasserhähnen hatte es gezischt, gebrodelt und geschäumt, und aus den
Blasen war ein stechender Geruch aufgestiegen. Sei's drum, jetzt funkelten
sie wieder. Dann räumten sie den Küchenschrank aus.
„Jan, dein Müsli. Sieht schon älter aus, ißt du das noch?"
Der Karton in Matts Hand pendelte zwischen Mülleimer und Regal.
„Meins? Das ist doch deins?"
„Glaub' ich nicht."
„Zeig' mal her, ob es noch gut ist."
Jan schnappte sich die Pappschachtel und zog den durchsichtigen
Innenbeutel heraus. Was sie sahen, überraschte sie, aber erklärte auch
einiges. Unzählige Maden krabbelten durcheinander, es waren bestimmt
schon mehr als Haferflocken.
„Dann hätten wir dieses Rätsel auch gelöst."
Am Abend blitzte die Wohnung in allen Ecken, sie waren stolz auf sich.
Ihre Mütter wären es bestimmt auch gewesen.

Build something
Build a better place and call it home.
Even if it means nothing
You'll never-ever feel that you're alone.

Sit down

Außerhalb der Uni fiel der Männerüberschuß der Stadt am meisten in den Kneipen und Diskotheken auf. Im Oasis war das Verhältnis etwa fünf zu eins, doch da störte es Matt nicht. Es war schließlich der Ort für seine Männergespräche. In den Diskos war es leider ähnlich, nur konnte man dort nicht so gut labern. Hier drehte sich alles um das Zueinanderfinden der Geschlechter. Am liebsten ging er ins Babylon, die spielten am wenigsten die Charthits, sondern hauptsächlich Independentkram. Es gab allerdings drei Arten von Menschen, die er in Diskos haßte. Die Hennen, die nur da saßen und rauchten, die typischen Studenten und die Kampfhunde. Die Hennen, das waren die Frauen, die –meistens zu zweit - gelangweilt an der Bar saßen. Sie saßen da und warteten darauf, angesprochen zu werden. Um dann einen Typen über die Klinge springen zu lassen oder nicht. Wie Preisrichter schauten sie dem sonstigen Treiben zu, achteten auf ihre Frisur und zupften ab und zu ihre Kleidungsstücke zurecht. Sonst taten sie nichts. Tanzen, warum sollten sie? Dabei kämen sie ins Schwitzen, und das Parfum könnte überfordert werden. Sie taten doch genug für ihr Äußeres, gingen regelmäßig zum Friseur, ins Solarium und in den Kosmetiksalon, verbrachten beachtliche Zeit vor dem Spiegel, bevor sie das Haus verließen. Konnte man da noch verlangen, dass sie auf andere Menschen zugehen sollten? Sie schienen ihren eigenen Aufwand zu betreiben, doch Matt fand es sehr oberflächlich. Grundsätzlich war er kurz davor, diese Tussies als strunzdumm abzustempeln. Dumm, weil sie zweifelsohne gut aussahen? Nein, dumm, weil er nicht an sie herankam. Dank Irina hatte er die ersten richtigen Erfahrungen sammeln können, und Appetit auf mehr bekommen. Sie lockten mit ihrem Körper, er hatte das Verlangen danach, wurde jedoch keines Blickes gewürdigt. Deshalb hatte er beschlossen, sie ebenfalls mit Miß- und Verachtung zu strafen. Die zweite Gruppe waren die Studenten auf Brautschau. Irgendwie mußten sie mitbekommen haben, dass man in einer Disko Frauen kennenlernen konnte. Dazu stellten sie sich in gehörigem Sicherheitsabstand um die Tanzfläche herum auf, hielten sich an einer Bierflasche fest und wackelten mit dem Körper. Das hielten sie für Tanzen, es sah aber wie autistisches Schaukeln aus und hatte überhaupt keinen Bezug zur gespielten Musik. Währenddessen gafften sie mit einem starren Blick aus Tierheimhundeaugen heraus auf die wenigen sich lasziv bewegenden Frauenkörper und warteten, dass sich eine ihrer Einsamkeit erbarmen würde. Die Hennen nutzten diese Einsamkeit ab und zu gekonnt aus, und ließen sich für nicht mehr als ein kurzes Lächeln und Danke zu einem Sekt einladen. Der Typ stand dann zwar immer noch eine Weile daneben, doch die gute Frau hatte sich längst wieder zu ihrer Freundin gewandt und über Kosmetika geredet, bis sich der edle Spender vom Acker gemacht hatte. Er fand es bestimmt ganz toll, um etwas gebeten zu werden, und bezahlte gern, traute sich aber nicht, dem Geschnatter dazwischenzufunken und machte sich dann, wie gesagt, irgendwann vom Acker. Im Prinzip waren ihm diese Typen egal, aber er mochte sie nicht, weil er sich mit ihnen in eine Schublade gesteckt fühlte. Obwohl ihm das Szenario durchaus bewußt war, war ihm aber so, als ob er es nicht nach außen verkörpern konnte. Vor der dritten Kategorie hatte er Angst. Es waren diese Muckibudenfritzen mit dem debilen Blick, den Tattoos, Piercings und dem Bürstenhaarschnitt, die am liebsten selbst Türsteher gewesen wären. Fiel die zweite Gruppe noch durch Geschmacklosigkeit bei der Kleiderauswahl auf, diese hier war strengstens uniformiert. Ripshirt, enganliegende Hose, hervorstechende Gürtelschnalle, schweres Schuhwerk und viel Metallschmuck am Körper. Ihren Gang fand er einfach nur lächerlich, und wenn sie nicht stärker gewesen wären als er, er hätte sie allesamt ausgelacht und mit dem Finger auf sie gezeigt. Aber wenn einer von denen an ihm vorbeiwollte, schob und drückte dieser mehr als es nötig wäre, um diese Absicht klar zu machen. Er fand es in den ausgehenden 90ern als unangebracht, sich selbst als brutal und bedrohlich darzustellen. Dennoch gab es viele Mädels, die in diesen Eiweißspeichern Schutz suchten anstatt sich mit ihm über sie zu amüsieren. Deshalb mochte er die wie aus einem Katalog wirkenden Kampfhunde nicht. Einmal entging er nur knapp einer Schlägerei, als er einem Typen mit Nietenhalsband hinter her bellte. Humor hatte diese Spezies beileibe nicht.

Nun machen diese drei Gruppen ungefähr 80 Prozent der in einer Disko Anwesenden aus, weshalb ging er also überhaupt hierher? Ihm genügten die verbleibenden 20 Prozent, bestehend aus Leuten, die er kannte und denen, die ihm egal waren, oder denen er auch gerne beim Tanzen zuschaute. Zuschauen, nicht anstarren. Und bei ihm genehmer Musik ließ er sich auch zu ein paar Bewegungen hinreißen. Da er aber selbst nicht der begabteste Tänzer war, war es ihm wichtig, dass er die Lieder und auch den Text kannte, so konnte er immerhin mitsingen und seine Hampeleien im Voraus auf die Musik abstimmen. Damit es nicht ganz so dämlich wie bei den anderen aussah. Wie zum Beispiel das Buchstabenanzeigen bei YMCA von Village People. Er wußte, wie er seine Arme anwinkeln hatte, um nacheinander wie ein Y, ein M ein C und ein A auszusehen.

Nun hatte er sich gerade ein Bier geholt und sich auf seinen Kontrollgang gemacht. Schauen, welche bekannten Gesichter da waren. Wichtig war ihm, dass er die Leute entdeckte, bevor sie ihn entdeckten. So konnte er entscheiden, ob er sich mit ihnen unterhalten wollte. In der Nähe der Garderobe hatte er schon ein paar Jungs aus seinem Semester gesehen, die Notlösung. Wenn er niemanden sonst treffen würde, ginge er zu denen und ließ sich in ein belangloses Gespräch verwickeln. Immer noch besser, als alleine 'rumzustehen.

Weiter abchecken. Jans Ex, Tanja wäre noch da. Weiter umschauen. Sonst niemand. Noch einmal einen Blick Richtung Tanja, sie hatte ihn gesehen, wohl oder übel mußte er mindestens hingehen und Hallo sagen. Sie hatten nie viel miteinander geredet, auch früher bei der Arbeit nicht, und wenn auch nicht über wirklich wichtige Dinge. Nur als sie ihn damals über Jan ausgefragt hatte. Aber sie konnten miteinander umgehen, respektierten sich

85

und sie konnten über die gleichen Witze lachen.

Als er näher kam, stellte er fest, dass sie sich ein wenig mehr geschminkt hatte als früher. Schon bald hatte Tanja das Thema auf Jan gebracht, was ihm unangenehm war. Im Prinzip wollte er sich aus ihrem Beziehungskram 'raushalten, und wenn, dann stünde er eh auf Jans Seite. Unangenehm war ihm zum einen, dass er das Gefühl hatte, ausgefragt zu werden, zum anderen, dass sie sich vor ihm für ihren Schritt zu rechtfertigen versuchte. Als ob er ihre Moralinstanz wäre. Nichtsdestotrotz hatte es auch einen Vorteil für ihn. Er konnte aus erster Hand von einer Frau erfahren, wie sie über das Thema Partnerschaft dachte. Vielleicht sollte ihm dieses Wissen eines Tages hilfreich sein. Er hörte ihr zu, nickte gelegentlich, verschwieg aber, dass, was sie zweifelsohne interessiert hätte, Jan noch immer sehr unter der Trennung zu leiden hatte.

Obwohl er mit Tanja redete, schaute er sich nach weiteren Leuten um. Chris kam regelmäßig hier her, Jan und Fred waren früher immer da gewesen, fühlten sich inzwischen aber zu alt für den Laden. Vielleicht war Jörg irgendwo? Er meinte es nicht unfreundlich, wenn er mit jemanden redete und woanders hinschaute. Als er seinen Blick kreisen ließ, blieb er an dem Augenpaar eines Mädchens kleben, das anders als die anderen reagierte. Sie verhielt sich so, als ob sie ihn kennen würde und stand mehr oder weniger von der einen auf die andere Sekunde vor ihm. Er hatte gerade etwas zu Tanja gesagt, doch die andere legte gleich los.

„Hallo, wie geht es dir? Hast du das Zimmer bekommen?"

Er war verwirrt. Wer war das nur? Wieso kam sie auf ihn zu und fragte ihn, ob er das Zimmer bekommen hatte. Offenbar mußte er sie auch kennen.

„Nein, das hat sich nicht so ganz ergeben."

„Suchst du jetzt was anderes?"

Wenn er bloß wüßte, wer da vor ihm stand! Sie war etwa einen halben Kopf kleiner als er, hatte knapp schulterlange dunkelbraune Haare, von denen eine Strähne über die Stirn ins Gesicht hing. Sie nahm die Strähne und verhakte sie hinter dem Ohr. Ihre leuchtenden Augen verlangten eine Antwort von ihm.

„Nein, nein."

Er sprach recht langsam, weil er nicht wußte, was er sagen sollte. Wem sagte er es überhaupt? Sein Hirn arbeitete auf Hochtouren und checkte alles ab. Uni? Freundin oder Bekannte von einem seiner Kumpels? Arbeitskollegin? Er kam auf nichts. Er durchlitt die Blackoutsituation, die er nie in einer wichtigen Prüfung haben wollte.

„Ich habe Großputz gemacht, jetzt ist es wieder wohnlich geworden."

Das war alles, was er ihr sagte. Worte, mit denen er nichts falsch machen konnte. Bestimmt hatte sie mehr von ihm erwartet.

„Und was machst du jetzt? Deine Physikklausur feiern?"

Sie ließ nicht locker, fragte so schnell, dass er kaum nachdenken konnte. Doch von der Uni? Hatte sie auch mitgeschrieben? Sollte er fragen, ob sie denselben Grund zum Feiern hatte? In seinem Kopf baute sich das Bild vom Hörsaal, in dem die Nachklausur stattgefunden hatte, auf. Nein, da war sie nicht zuzuordnen. Sie schien alles über ihn zu wissen, und er nichts über sie. Dass er umziehen wollte, hatte er auch kaum jemandem weitergesagt, weil es eh relativ unklar war. War sie eine Agentin? Oder konnte sie hellsehen? Er überlegte, was er sagen sollte. Wenn er nur schnell auf ein Ergebnis käme! Sie war einfach zu süß, um abgewiesen zu werden. Ob er sie nun kannte oder nicht, sie stand vor ihm, und immer, wenn sie etwas sagte, beugte sie sich sehr nahe an ihn heran, um bei der lauten Musik nicht allzu laut schreien zu müssen. Er genoß das Vertrauen, dass sie ihm in Form dieser Nähe entgegenbrachte.

„Nein, ich bin nur so hier."

Sollte er sie mit Tanja, die immer noch neben ihm stand, bekannt machen, in der Hoffnung, dass sie ihn erlöste und ihren Namen sagte? Nein, wäre ihm viel zu peinlich, wenn rauskäme, dass er keinen Plan hatte, wer sie war. Vielleicht würde Tanja von sich aus nach ihrem Namen fragen? Doch die hielt sich diskret aus der Angelegenheit raus. Das Gespräch zog sich noch ein paar Augenblicke, aber Matt kam nicht weiter. Als sie dann weiterging, verabschiedete er sie mit einem „Bis zum nächsten Mal!", das konnte nie falsch sein. Sie sagte etwas ähnliches, und, als ob er darum gebeten hätte, rutschte ihre Strähne wieder über eine der beiden gesunden roten Backen. Wieder mußte sie sie nehmen, leicht den Kopf schütteln, sich mit der Hand durchs Gesicht fahren und die Haare hinter dem Ohr einhaken. Wie das aussah! Am liebsten hätte er zurückgespult, und nochmal und nochmal diesen Bewegungsablauf von den wenigen Sekunden gesehen. Unter der Bedingung, dass er dabei angeschaut wurde. Das konnte er sich aber vorerst an den Hut stecken. Er wußte nicht, wer sie war, geschweige denn, wann und wo er sie wiedersehen könnte.

„Wer war denn das?"

Tanja war neugierig, Matt verlegen.

„Ich weiß es nicht! Wirklich. Sie sieht mich, quetscht sich durch die Leute durch und spricht mich an, und scheint mich genauestens zu kennen."

„Macht einen sehr netten Eindruck."

„Was glaubst du, wie ich mich gerade ärgere, dass ich sie überhaupt nicht einordnen kann."

„Ich glaube, wenn ich ein Mann wäre, würde ich mich in sie verlieben."

Verlieben? Sagte sie das jetzt, um ihn ein wenig anzuspornen? Ihr war schließlich bekannt, dass er zurückhaltend, schüchtern und faul war. Verlieben. Schon wieder? Er fragte sich, ob er Heike bereits verdaut hatte. War er überhaupt wirklich verliebt gewesen, oder hatte er nur beschlossen, sich auch zu verlieben, weil das die anderen auch immer taten? Verlieben. In eine Unbekannte? Schöne Idee! War ja auch nicht *irgendeine* Unbekannte. Dann gab es noch die Bestätigung von außen. Tanja hatte diesen einen Satz bestimmt nicht ohne Grund gesagt. War diesmal von der anderen Seite mehr dahinter?

The wisdom that I seek
Has been found in the strangest places.

Feels a lot like love
That I feel for you.

Now I've swung back down again
And it's worse than it was before.
If I hadn't seen such riches
I could live with being poor.

Oh sit down,
Oh sit down,
Oh sit down.
Sit down next to me.
Sit down down down down down in sympathy.

Hello I love you

Was gibt es Quälenderes als das verzweifelte Suchen nach einem Namen, den man eigentlich wissen sollte? Oder wenigstens einen Ort, eine Verbindung, so dass man die Person einordnen konnte? Waren das Selbstzweifel, oder war es die Sorge, ob es erste Anzeichen von, wie hieß die Krankheit wieder, ah, Alzheimer sein könnten? Auch. Schlimmer war, dass sie ihm mehr als nur gefiel. Und er verdammt noch mal nicht wußte, wer sie war. Ein vom Himmel geschickter Engel? Wohl kaum. Irgend etwas war ihm in seinem Alltag in letzter Zeit entgangen. Darüber ärgerte er sich am meisten. Wieso war sie ihm nicht bei einer früheren Gelegenheit, offensichtlich hatte es mindestens eine geben, schon aufgefallen? Wie hatte er diese weichen Gesichtszüge, warme Augen und dieses süße Lächeln übersehen können? Warum mußte sie heute aus dem nichts auftauchen und ihn überfordern? Er war sich überrumpelt und wie an eine Wand gedrückt vorgekommen, unfähig, angemessen zu reagieren. Fragen über Fragen, die er sich nicht beantworten konnte. Als er vorhin mit Tanja ihre Schlußmachrechtfertigung durch hatte, patrouillierte er noch ein paar mal durch die Disko, stellte sich sogar zehn Minuten vors Frauenklo, um ganz sicher zu gehen. Doch die Fee hatte sich wieder unsichtbar gemacht. Verschwunden, und keine drei Wünsche frei. Dann die große Angst, für immer im Ungewissen bleiben zu müssen. Würde er sie je wiedersehen? Und wann? Morgen? In drei Tagen? In drei Jahren? Was sollte er so lange machen? Leiden? Sie ließ ihm keine Ruhe. Es kam ihm vor, als ob sein Unterbewußtsein beschlossen hätte, dass er nicht schlafen dürfe, bis er all diese Fragen beantwortet hatte. Vor der Physikklausur hatte er aus Existenzängsten schlecht bis wenig geschlafen, jetzt war es eine Herzensangelegenheit. Jeder einzelne Satz, jedes einzelne Wort, das sie gesagt hatte, ließ er vor seinem inneren Auge wieder und wieder ablaufen. Wäre er beweglich wie ein Schlangenmensch, sein Arsch hätte gewiß kein Fleisch mehr gehabt. Wenigstens konnte er sich es leisten, nicht zu schlafen, denn am folgenden Tag warteten keinerlei Verpflichtungen auf ihn. Die letzte Woche Semesterferien. Er konnte getrost darauf verzichten, bewußt an langweilige Dinge zu denken. Aber es hätten sich sowieso doch immer wieder die gleichen Fragen in den Vordergrund gedrängt: Wer war sie, woher kannte sie ihn, wieso wußte sie so viel über ihn, und - ganz dringend - wann würde er sie wiedersehen?
Er nahm seine Decke und rollte sie zu einer langen Wurst zusammen. Unbekannte, ich stell mir vor, dass du das bist, sagte er sich. Laß mich dich an mich drücken und nie wieder loslassen. Und friedlich einschlafen. Was ihm auffiel, war, dass er nicht an Sex dachte. Das war ihm zuvor noch nie passiert. Normalerweise endete sein Tag damit, dass er sich einen runterholte und dabei den Tag noch einmal durchlebte. Die Blonde, die in der Straßenbahn vor ihm stand und schwarze Unterwäsche durchschimmern ließ. Die neue Aushilfe beim Bäcker. Die frühreife Schülerin, der er in der Stadtbibliothek den Vormerkcomputer erklärte. Die Tussies, die sich

nachmittags bei Bärbel Schäfer in die Haare kriegten. Die Schönheit aus einer Vorabendserie. Die Bedienungen vom Oasis. Ab und zu sprangen dann auch Bilder aus der ferneren Vergangenheit durch seinen Kopf, vermischten sich mit den neuen, tanzten immer schneller, erreichten nahezu die Frequenz eines Stroboskops, solange, bis er wie ein Raddampfer schnaufte und fertig war. Es war wie Tagebuchschreiben.

Und jetzt? Nichts dergleichen. Alle Berührungen, die er sich ausmalte, waren asexuell. Ein Streicheln der Backen, zärtliches Durchfahren der Haare, weiche leichte Küsse. Seine Decke bekam sie ab. Festes an sich drücken und nicht loslassen wollen. Um sie nicht zu verlieren.

Natürlich kamen die Vergleiche mit Heike. Was hatte er für Heike empfunden und warum? Was hatte ihn veranlaßt, bei ihr in die Offensive zu gehen? Er beschloß, dass er Heike faszinierend fand, weil sie anders war als alle Frauen, die er bisher kannte, und weil sie deutlich sagte, dass sie nicht die Bohne an Machotypen interessiert war und es verdammt ernst meinte. Und er dadurch seine Chance witterte. Weiterhin erfüllte sie wichtige Kriterien in seinem Wunschbild. Sie war ein spontaner und offener Mensch, hatte eine eigene gefestigte Meinung und strahlte eine weibliche Behaglichkeit aus, von der er gerne etwas abbekommen hätte. Und weil sie für eine Emanze einen ziemlich geilen Arsch hatte.

Von der Unbekannten wußte er ziemlich wenig. Weder, auf welchen Typ Mann sie stand, noch, ob sie sich großartig von den meisten anderen Frauen unterschied. Einzig und allein, dass sie zu ihm angerannt kam, über ihn Bescheid wußte und strahlte. Schönheit, die von innen heraus kam, und die er nun nur für sich alleine haben wollte. Er hatte schon einigen Frauen von so naher Entfernung gegenübergestanden, aber hier war eine neue Tür aufgemacht worden. So, als ob ein eingefleischter Beatles-Fan zum ersten Mal das White Album hört. Wenn nicht dafür, wofür sonst sollte sich eine schlaflose Nacht lohnen? Sein Magen fühlte sich wie kurz nach der Kuppe einer Achterbahn an.

Hello I love you, won't you tell me your name?
Hello I love you, let me jump in your game.

So young

„Jungs, was haltet ihr von Essen für umme?"
Matt war eben nach Hause gekommen und schaute jetzt Jan und Fred an. Als er nach einem weiteren Augenblick noch immer keine Reaktion von einem der beiden bekommen hatte, zog er einen Flyer aus der hinteren Hosentasche und klatschte ihn auf den Tisch, um dann, mit der Absicht, der Angelegenheit Nachdruck zu verleihen, mit dem Zeigefinger auf den Text zu tippen und die Buchstaben entlang zu fahren.
„Die Firma, das ist so ein Dienstleistungsunternehmen, das uns Studenten als zukünftige Kunden werben will. Um später mal unser Geld zu verwalten. Die machen heute Abend 'ne Infoveranstaltung zum Semesterbeginn, mit kaltem Buffet und so. Dann wollen sie die Leute volllabern und unsere Adressen abzocken, nur um uns dann Briefe zu schicken, die wir eh' wegschmeißen. Und der neueste Trick dieser Branche ist, dass sie am Anfang Karten austeilen, auf die man Namen und so draufschreiben soll. Am Schluß wird eine der Karten gezogen, und derjenige gewinnt eine Digitalkamera. So wollen sie auf Nummer sicher gehen, dass viele kommen und alle auch bis zum Ende bleiben."
Jan und Fred hatten zugehört, schauten sich allerdings noch skeptisch fragend an.
„Kommt schon, fratzen für lau."
„Alter, geht das so einfach? Ich meine, wir sind schließlich beide keine Studenten."
„Das geht so einfach. Ihr latscht mit mir da rein, tut so, als ob ihr dazugehört, wir bedienen uns, dann hören wir zu, und am Schluß nehmen wir noch was mit auf den Heimweg."
Hörte sich überzeugend an. Die drei fanden sich am frühen Abend bei der besagten Firma ein. Jan und Fred kamen sich sehr deplaziert vor, immerhin waren sie beide deutlich älter als alle anderen Anwesenden und unterschieden sich von diesen auch merklich in ihrem Kleidungsstil. Die anderen Studenten waren wie üblich uniformiert: Pullover mit V-Ausschnitt, aus dem der Kragen eines kleinkarierten blauen Bänkerhemdes herausschaute, Jeans und schwarze oder braune Lederschuhe. BWLer! Sicher, es gab auch andere Typen, die sich für diese Veranstaltung interessierten, aber es ist im Leben eben so. Auch im Fußballstadion fällt nur eine Sorte von Fans auf, und alle anderen, die sich von denen unterscheiden, fallen erst auf den zweiten Blick auf.
Sie setzten sich recht weit hinten nebeneinander auf die gepolsterten Besprechungsstühle, drehten welche von der vorderen Reihe um, um die Füße auflegen zu können und stopften die Häppchen, die sie sich schon unter den Nagel gerissen hatten, in sich 'rein. Es gab sogar Bier, gekühlt, und Matts Freunde waren ihm dankbar. Fast wie im Kino.
Dann wurden die besagten Kärtchen ausgeteilt, er half den beiden anderen, sie möglichst unverdächtig auszufüllen. Jan empfahl er, sich als Physikstudent auszugeben, die hatten meistens auch lange Haare, Fred

machte er zum Germanisten. Der Mumpitz begann. Zwei Clowns in adretten Anzügen begrüßten alle, bedankten sich für das rege Interesse, forderten auf, dass Fragen sofort gestellt werden sollten, sobald sie auftraten und boten netterweise das Du an. Anschließend warfen sie mit ein paar Statistiken über die gesellschaftliche Entwicklung des Landes und ihres Unternehmens um sich. Sehr respektable Zahlen. Matt erklärte nebenbei Jan und Fred einige Fachbegriffe und Zusammenhänge, das hieß, er übersetzte sozusagen den Vortrag simultan in allgemein verständliches Deutsch. Ab und zu, wenn die einleuchtenden „Ach so!" und „Ach ja!" zu laut ausfielen, drehte sich der eine oder andere der BWLer mit einem vorwurfsvollen Blick um. Was wollen diese Gestalten hier, werden sie sich wohl gedacht haben. Lümmeln da in verratzten Jeans und offenen Hemden 'rum und reden mit Essen im Mund. Statt sich über die Probleme, die der harte Akademikeralltag mit sich bringen würde, aufklären zu lassen, dachten diese drei wohl, sie seien zum Spaß hier. Unverschämt. Dies veranlaßte den einen oder anderen zu reger Mitarbeit bei dem Vortrag, um den Clowns zu zeigen, dass es auch noch Menschen gab, die sie ernst nahmen. Dass ihre Arbeit respektiert wurde, und man nichts mit den Kaspern, die warum auch immer hier waren, zu tun hatte. Als dann endlich die Digitalkamera verlost werden sollte, bat einer der Anzugheinis um eine Glücksfee aus dem Publikum. Der andere sammelte derweil die Karten ein. Eine Glücksfee wurde gefunden, obwohl sie eher wie ein Wetterfrosch aussah. Sei's drum, Augen zukneifen und Karte ziehen konnte sie genauso gut. Einer der Typen nahm ihr die Karte ab. „So, die Digitalkamera hat gewonnen..." Er machte eine Pause, entweder, weil er die Schrift nicht lesen konnte, oder weil er es spannend machen wollte. „Gewonnen hat Marta, Marta Pfahl." Jan und Fred brachen in schallendes Gelächter aus, Matt lehnte sich genüßlich grinsend zurück. Nie im Leben hatte er damit gerechnet, dass seine Karte gezogen werden könnte. Also hatte er einen Juxnamen draufgeschrieben. So was wie Kai Ahnung, Axel Schweiß oder Peter Goge. Oder Marta Pfahl. Wohnhaft im Holzweg 7. Damit die Werbebriefe den Weg nicht finden würden. Dann wich das Grinsen der Erkenntnis, dass er, wäre er kein so gerissener Scherzkeks gewesen, nun stolzer Besitzer einer Digitalkamera wäre. Der Rest im Saal verdrehte die Hälse, um Marta zu suchen. Hatten sie es überhaupt kapiert, dass es ein Verarschename war? Jan und Fred lachten noch immer und klopften Matt auf die Schulter. Sie wußten, dass es nur von ihm ausgegangen sein konnte. Es war Anerkennung für die Dreistigkeit, der Firma auf diese Weise zu zeigen, was er von ihr hielt, aber auch Schadenfreude über die entgangene Kamera. Denn eines hätte er wirklich nicht fertig gebracht. Aufzustehen und zu sagen, dass es seine Karte sei. Er habe aus Jux und Dollerei einen falschen Namen angegeben, um die penetrante Post nicht zu bekommen, die ihn keinen Strich interessierte. So weit war er nun wirklich noch nicht. Er nahm es mit Humor und war überzeugt davon, hätte er seinen richtigen Namen angegeben, wäre jemand anderes gezogen worden. So hatte er wenigstens die Lacher auf seiner Seite, außerdem heißt es ja: Pech im Spiel, Glück in der Liebe.

Etwas ratlos blickten sich die Anzugclowns um, auch die Glücksfee kam sich überfordert vor.

„Heißt hier wirklich niemand Marta Pfahl?"

Because we're young, because we're gone,
We'll take the tide's electric mind, oh yeah, oh yeah.

Suzannah's still alive

„Jetzt! Wo bleibt Behle?"

Matt überlegte angestrengt, aber Tom und Fred drängten.

„Wir sind hier beim Zocken! Hallo!"

Tom fuchtelte mit einem Bierdeckel vor Matts Gesicht herum. Er und Fred waren ungeduldig, aber sie hatten auch kein so schlechtes Blatt bekommen. Im Ramsch, kurz vor Spielende, nichts Halbes und nichts Ganzes. Weder Fisch noch Fleisch. Zu wenig Asse für einen Grand-Hand, zu wenig Luschen, um sich sicher durch den Ramsch zu mogeln. Gehacktes aus der Mitte, und wenn Matt jetzt den Bach runter ginge, müßte er zahlen. Ein komplette Runde Ramazzotti.

Ihre Regeln waren einfach. Sie spielten eine Runde Bock, dann eine Runde Ramsch, schrieben nur negative Punkte auf, so lange, bis einer die Schallmauer von 500 Punkten plus Datum überschritten hatte. Der mußte dann eine Runde Schnaps springen lassen. Matt war nun schon bei Ende 400 angelangt, und daher, egal mit wie viel er fressen würde, auf jeden Fall tot. Er rechnete und überlegte, ob er in letzter Position schieben sollte, um in diesem Spiel auch noch Fred mit seinen knapp 400 Miesen vor existentielle Probleme zu stellen. Den Skat zog er mit seinen Händen mal zu sich her, dann schob er ihn wieder weg immer wieder. Durchmarsch? Mit Kreuz und Karo Bube ziemlich riskant. Immerhin, er saß hinten. Schieben? Wohl die beste Lösung, denn er bekäme wohl eh Pfunde angeboten, und toter als tot geht nicht.

„Das nächste Mal spielen wir mit 'ner Schachuhr."

„Alter, das ist jetzt nicht mehr lustig! Vom Anstarren werden die Karten auch nicht besser!"

Matt gab dem Druck nach, schob den Skat ungesehen beiseite und winkte wie ein Zollbeamter, der einen Wagen passieren läßt:

„Abfahrt!"

Er genoß die Skatexzesse im Oasis, vor allem, wenn er die Ehre hatte, mit dem Chef zu spielen. Tom war über den Abend gesehen nahezu unbezwingbar, Matt und Fred hatten, wie jeder andere auch, ordentlich Lehrgeld zu zahlen. Aber vielmehr war es die Stimmung, die eine gewisse Magie an sich hatte. Sie saßen immer um einen ganz bestimmten Tisch herum und hatten mit ihren Rücken einen Kreis um sich geschlossen. In diesen Kreis durfte niemand eindringen, niemand durfte sie beim Spiel stören, nur die Bedienung ab und zu, um sie mit Bier respektive Schnaps zu versorgen. Und je länger sie spielten (und tranken), desto patriarchalischer wurden die Ausdrücke. Irgendwann waren sie so weit, dass die Damen, ob Herz, Pik, Kreuz oder Karo, nicht mehr nur die Alten waren, sondern sich zu Schlampen entwickelt hatten. Sie fanden es äußerst chic, denn schließlich waren wirklich das eine oder andere Mal diese drei Punkte für den Ausgang eines Spieles verantwortlich. Zwar hatten alle durchweg die Bundeswehr umgangen oder ausgelassen, dennoch, beim Kartenspielen gefiel ihnen der Proleten- und Kasernenjargon. Zudem relativierte Tom die

Unerreichbarkeit seiner hübschen Bedienungen. Er lästerte mit ihnen über sein Personal, erzählte, wie sie sich mit der Zapfanlage abgemüht und das Oberteil versaut hatten, den Unterschied zwischen Weizen und Pils erklärt bekommen mußten oder auf welche Typen sie mal wieder 'reingefallen waren.

Noch lustiger fand Matt es allerdings, wenn sich Tom und Fred anschrien. Fred hatte die Angewohnheit ab und zu gewaltiglich zu mauern, um dann Tom ins offene Messer laufen zu lassen, damit dieser auch mal das eine oder andere Spiel verlor. Statt es als zum Spiel dazugehörig anzuerkennen, regte sich dieser dann immer tierisch auf:

„Mit drei Buben gehst du bei 20 weg und machst mir das Spiel kaputt. Fred, das war eine erbärmliche Maurerleistung. Das macht keinen Spaß! Wie feige bist du eigentlich? Ich bin hier, um Skat zu spielen, und nicht, um mich verarschen zu lassen. Mach so was noch einmal, und ich schmeiß dich raus!"

Freds Konter war dann ein verschmitztes Grinsen und die überzeugend vorgetragene Behauptung, dass sein Spiel nicht sooo sicher gewesen wäre.

Und Matt ließ sich von den beiden Stand-up-Comedians unterhalten. Nun aber wollte er sich selbst und persönlich um Schadensbegrenzung bemühen. Das war gar nicht so lustig.

Die ersten beiden Stiche waren gespielt, die Bubenfrage wurde gelöst. Da er hinten saß, konnte er nichts falsch machen: Herz, Pik Zehn, er mit dem Kreuz drüber und mit dem Karo raus. Vierzehn Punkte, aber nicht im Stich. Trotz der drei Bier und vier Ramazzottis konzentriert weitermachen! Gespannt schaute er auf den Tisch, auf den gleich die nächste Karte fallen würde.

„Wußte ich's doch, dass wir dich hier finden!"

Eine wohlvertraute Stimme hatte er, einen kurzen Augenblick bevor sich von hinten zwei warme Hände über seine Augen legten, gehört: Es war Susi. Aber wieso wir? Wer denn noch? Er nahm ihre Hände von seinen Augen ab, rückte seinen Stuhl ein wenig zurück und drehte sich um. Einmal hinschauen reichte. Wie bei einem Blitzschlag durchfuhr es seinen Körper. Ausgehend vom Herz breitete sich ganz viel Adrenalin in seinem Körper aus. Als es seine Fußzehen erreicht hatte, war er fähig, ebenfalls „Hallo" zu sagen. Da war sie. Sie, die aus der Disko, wegen der er nicht einschlafen konnte. Und ihm wurde alles klar. Es war Susis Freundin, die von der Haltestelle, die mit der Salatschüssel. Sie war die mit dem süßen Lächeln und mit der Strähne, die immer wieder ins Gesicht fiel. Er beschloß, bei der nächsten Sternschnuppe an sie zu denken.

„Wie geht es euch? Was macht ihr hier?"

Matt hatte sich zurückgelehnt und schaukelte ein wenig mit seinem Stuhl, bemühte sich, ruhig zu bleiben, sich seine Anspannung nicht anmerken zu lassen. Er sprach mit Susi, genoß aber den Anblick der anderen. Nicole? War doch ihr Name.

„Ich zeige ihr ein wenig die Stadt. Und jeder weiß, dass du immer hier rumhockst."

Was sollte er sagen? War es ihr überhaupt aufgefallen, dass er sie neulich nicht erkannt hatte? Jetzt mußte es ihr aber auf jeden Fall auffallen, dass er schon mächtig einen in der Krone hatte.

„Geht es gleich weiter?"
Fred und Tom hatten ihre Ungeduld noch immer nicht ablegen können.
„Gleich! Geht ihr noch wo anders hin?"
„Wissen wir noch nicht. Mal schauen. Vorerst wollten wir hier bleiben."
Die beiden standen noch immer hinter ihm.
„Matt, jetzt schick die Hühner weg und spiel weiter! Herz liegt!"
„Stören wir gerade?"
Susi hatte erkannt, dass es sich hier am Tisch wohl um eine wichtige Angelegenheit handeln mußte, und ihre Frage war sehr ironisch betont.
„Nein. Aber laßt uns den Ramsch kurz zu Ende bringen."
Natürlich störten sie, aber er mochte Susi, und von der anderen wollte er mehr. Dann war er auch noch ein wenig rot geworden, als Tom von Hühnern sprach. Wenn sie es nicht so direkt mitbekommen würden, spräche er ja auch von Hühnern, aber doch nicht, wenn sie daneben standen! Auch er hatte sich den gesamten Abend über mit gewagten Formulierungen profiliert, aber nun lagen die Dinge anders. Welche Rolle aber sollte er jetzt weiterspielen? Die des netten und anständigen Freundes, oder die des hemdsärmeligen Verbalhelden? Irgendwie schienen sie sich im Moment einander auszuschließen, und eigentlich wäre es auch ohne die Anwesenheit von Nicole angemessen gewesen, Tom zurechtzuweisen. Allerdings wußte er, dass Susi nicht zu der Sorte Frau gehörte, die sich durch derartige Bemerkungen aus der Ruhe bringen ließ. Weshalb sollte sie den kleinen Jungs ihren Spaß nehmen? Das war ihre recht selbstbewußte Einstellung. Sie und Nicole holten sich Stühle und setzten sich in zweiter Reihe dazu. Er durfte weiterspielen, Tom und Fred atmeten erleichtert auf. Schließlich hatte Matt eine Art Vertrag unterschrieben, sich ganz den 32 bunt bedruckten Pappestückchen hinzugeben. Nun war es ihm wieder möglich, ihn zu erfüllen. Obgleich er mächtig betrunken war und vor der einen, wegen der er neulich nicht schlafen konnte, wie auf dem Präsentierteller saß, bemühte er sich, einen sicheren Eindruck zu machen. Das Gefühl jedoch, sie würde jede einzelne seiner Bewegungen beobachten und jedem seiner geschwungen gesprochenen Worte lauschen, um ihn danach zu bewerten, machten ihn nervös und zappelig.

Der Ramsch entwickelte sich dementsprechend äußerst ungünstig. Seine Versuche, den anderen die Aussteiger zu ziehen, um dann selbst nicht mehr eingespielt werden zu können, scheiterten kläglich. Am Schluß hatte er den größten Haufen, Fred nur einen kleinen und Tom gar keinen.
„Gestatten, ich bin die Jungfrau von Orleans. Doppelt, geschoben vierfach, aber das tut sowieso nichts mehr zur Sache!"
Tom gab einer seiner Bedienungen das Zeichen für die drei Ramazzotti, und Susi traute sich wieder, Matt anzusprechen.
„Warum hast du denn Karo angespielt? Du hattest doch die Sieben, die Dame, König, Zehn und As."

„Weil ich nicht eingespielt werden wollte."

„Aber es wäre doch besser gewesen abzuwarten. Wenn es verteilt sitzt, dann bleibst du mit deiner Sieben drunter, ansonsten gehst du mit der Dame drüber und kommst mit der Sieben wieder raus. Du warst doch hinten."

„Wo sie Recht hat, hat sie Recht."

Es war Matt entsprechend peinlich, vor seinen Kumpels von einer Frau seine Fehler erklärt zu bekommen, der Fred dann auch noch beipflichtete.

„Ach, laßt mich in Ruhe!"

Die Schnäpse kamen, Matts Deckel bekam drei neue Striche, und Fred rubbelte mit einem anderen Bierdeckel den Tisch dort trocken, wo die Gläser getropft hatten.

„Noch eine Runde? Verlierer gibt!"

Tom wollte noch mehr Umsatz mit den Jungs machen. Matt nahm mit einer Jetzt-erst-recht-Miene die Karten und begann zu mischen.

„Männer! Schau sie dir an, so leicht sind sie zufrieden: Was zu saufen und ein paar lumpige Spielkarten, und schon sind sie weg! Unansprechbar in ihrer eigenen Welt."

Er aber war ziemlich unzufrieden. Schon die dritte Runde verloren, eine gute Freundin, die ihn vor seinen Kumpels aufzog, und eine zum Verlieben, die mit ansehen durfte, was alles mit ihm angestellt wurde. Was würde sie wohl von ihm halten?

„Mehr als Null?"

So lieber Matt, nun mußt du dich entscheiden. Willst weiter mit deinen Kumpels Skat spielen, oder doch lieber mit Susi und Ihrer Freundin kommunizieren?

Sein Magen sagte Hubschrauber, auf der anderen Seite wären Fred und Tom unendlich sauer gewesen. Außerdem sagte sein Magen nicht Hubschrauber, er fühlte sich nur so an, nach dem ganzen Ramazzotti.

„Vier."

Seine Rollenwahl hatte er nicht aufgegeben.

„Komm, wir gehen, wir werden hier nicht mehr gebraucht! Tut mir leid, wenn wir dich aus dem Konzept gebracht haben sollten."

Susi war aufgestanden und ihm zum Abschied ein wenig kumpelhaft zugezwinkert. Nicole hatte die ganze Zeit nichts gesagt, aber gelächelt. Das hatte er genau gesehen. Er verabschiedete die beiden mit einem warmen weichen „Tschüß" und beschloß, seine Zeit abzusitzen. Wahrscheinlich hätte er in seinem fortgeschrittenen Rausch eh nicht mehr viel Vernünftiges sagen können. Immerhin konnte er sie jetzt einordnen. Nicole, Freundin von Susi, die bei ihm im Viertel wohnt. Unbedingt merken! Wann kommt die nächste Gelegenheit?

Oh, Suzannah's bedraggled but she
Still wears the locket 'round her neck.
She´s got a picture on the table
Of a man who is young and able.

Sally Cinnamon

Matt raste die Treppen hinunter, drückte die schwere Eingangstür auf und keuchte die Straße entlang. Er war spät dran, und letzte Woche hatte ihn der Dozent vor den anderen bloßgestellt, weil er zu spät gekommen war. Es war noch einer vom alten Schlag, der darauf bestand, dass man pünktlich oder gar nicht zur Vorlesung kam. Auf keinen Fall aber später kommen oder früher gehen, denn das, da war er überzeugt, störte diejenigen, die konzentriert folgen wollten. Es war aber die erste Vorlesung im neuen Semester, und Matt hatte noch nicht genau gewußt, wo er hin mußte. Er kümmerte sich nicht um seinen Stundenplan, er lief einfach den anderen hinterher, die sich die Mühe gemacht hatten, das Vorlesungsverzeichnis durchzuschauen. Warum sollte er sich Arbeit machen, die andere schon gemacht hatten? Jedenfalls hatte er einen Anpfiff kassiert, den er dieses Mal vermeiden wollte. Pünktlich sein war angebracht.

Er schien es geschafft zu haben, denn als er an die Haltestelle kam, standen die Leute noch wartend rum. Die Bahn war noch nicht weg. Und sie war auch da! Nicole. Natürlich hatte er die Menge nach ihr abgesucht, und sie gefunden. Er verlangsamte sein Tempo, die Straßenbahn war immer noch nicht in Sicht, und schwebend schritt er auf sie zu. Seit die Uni wieder begonnen hatte, hatte er sie schon zweimal wieder gesehen, beide Male montags um kurz nach vier nachmittags. Ob sie immer montags um kurz nach vier heimkommen würde? Konnte er sich darauf verlassen, sie immer montags sehen zu können, wenn er wollte?

Bei ersten Mal war er ihr dann nachgelaufen, um zu sehen, in welchem Haus sie wohnte. Dann war Mister Holmes nach Hause gegangen. Die Woche darauf hatte er sich unbemerkt zwei Reihen hinter ihr hingesetzt, um dann beim Aussteigen kurz „Hallo" zu sagen. Einfach, um ihr im Gedächtnis zu bleiben. Inzwischen hatte er sich ein wenig mehr Text überlegt, es konnte weiter gehen.

Ein paar Meter bevor er sie erreicht hatte, bemerkte sie ihn, lächelte und neigte den Kopf ein wenig zur Seite. Wie neulich die Salatschüssel hielt sie jetzt ihre Tasche umarmt. Sie wünschten sich gegenseitig einen guten Morgen, und Matt begann, sie über Karlsruhe auszufragen. Ob es ihr hier gefiel und ob sie sich schon gut eingelebt hätte.

„Ja, doch. Susi hat mir schon einiges gezeigt."

Um ihr zu suggerieren, dass er mehr drauf hatte als nur in Kneipen rumzusitzen und Karten zu spielen, erwähnte er die kulturellen Vorzüge der Stadt, warum er sie so mochte (diese Stadt) und sich hier so wohl fühlte. Das in seiner Art einzigartige ZKM, zu dessen Eröffnung Kraftwerk aufgetreten waren, das Fest, ein Gratis-Open-Air, das es jedes Jahr im Sommer gab und im letzten Jahr Ocean Colour Scene und sogar die Simple Minds zu bieten hatte. Nicht, dass er die so umwerfend fand, aber eben ein Name, der bekannt war. Sie kannte sie doch, oder? Simple Minds, die mit „She's a river" und „Dont' you". Don't you, forget about me, da da da da. Selten zuvor hatte er so lebhaft und viel auf einmal erzählt. Sie stiegen in die ankommende Bahn ein, fanden auch zwei Plätze nebeneinander, und er war unaufhaltsam.

Als Wetten-dass-Moderator hätte er bestimmt länger überziehen können als der Gottschalk, so stark war er in seinem Redefluß drin. Sie hörte begeistert zu. Ja, wirklich? Oh, interessant. Sie saßen nebeneinander, hatten sich allerdings zueinander zugewendet. Sie spielte ab und zu mit ihren Haaren. Seine Begeisterung von ihr, dass sie neben ihm saß, mit ihm gerne redete, veranlaßten ihn zu Höchstleistungen.

„Viele behaupten, dass Karlsruhe eine verschlafene, konservative Beamtenstadt ist. Gegenbeispiel: Im badischen Staatstheater läuft demnächst Trainspotting, das gibt es tatsächlich auch als Bühnenstück."

Nochmal oh, interessant. Und:

„Hast du vor, da hinzugehen?"

„Ich glaube schon, mal schauen, wie die Termine liegen und ich Zeit habe. Warum, hättest du auch Lust?"

„Ja, hört sich schließlich interessant an, was du mir erzählst."

„Gerne, wir können was ausmachen, wenn es so weit ist."

Sie würde mit ihm ins Theater gehen! Hatte sie das nicht eben gesagt? Er malte es sich aus, wie es wohl wäre, einen Abend mit ihr allein zu verbringen. Zuerst gemeinsam etwas essen, dann Theater, danach weiter ausgehen, gemütliche Kneipe oder tanzen gehen, ganz wie sie wollte, und dann... Wäre er ein Hund, er hätte vor Freude mit dem Schwanz gewedelt.

„Mußt du hier nicht raus?"

Sie hatten die Haltestelle Uni erreicht, und die Bahn leerte sich schlagartig.

„Nein, ich gehe jetzt nicht zur Uni. Erst später, ich gehe jetzt noch kurz einkaufen."

„Ach so."

Glaubte sie ihm? War es ihm abzunehmen, dass er um neun Uhr morgens zum Einkaufen fuhr, wo doch die größeren Geschäfte erst um zehn Uhr aufmachten? Und außerdem, als Student, steht man da so früh auf, wenn man einkaufen gehen möchte? Anscheinend hatte sie es ihm abgekauft. Er konnte weiter erzählen. Darüber, was man hier sonst noch alles mit seiner Freizeit anfangen konnte. Wie warm es im Sommer werden würde. Wie es sei, wenn alle zum Baggersee gehen, wenn es dann unerträglich heiß würde. Dann mußte sie aussteigen. Sie ging an ihre Kunstakademie, und nicht einkaufen. Sie verabschiedeten sich mit „Bis bald!", denn sie waren schließlich Nachbarn, sie würden sich bestimmt bald wieder über den Weg laufen. Außerdem hatte er eine vage Verabredung mit ihr, sein Leben war noch lang genug, und je weniger er von ihr zu Anfang haben wollte, desto höher schätzte er die Wahrscheinlichkeit ein, dass sie es ihm auch gab. Er würde auf alle Fälle mit ihr ins Theater gehen! Er hatte gefunden, was er wollte, jetzt mußte er es nur noch bekommen. Er fühlte sich dazu auf einem guten Weg.

Until Sally I was never happy
I needed so much more.

99

Rain clouds oh they used to chase me
Down they would pour.
Join my tears, alley my fears.
Sent to me from Heaven, Sally Cinnamon, you're my world.

I can't reach you

„Sie gefällt dir."

Diesen Satz hatte er befürchtet. Susi hatte ihn geradeaus ausgesprochen, einen Aussagesatz. Höchstens fünf Prozent in ihrem Tonfall ließen ahnen, dass er vielleicht doch als Frage gemeint sein könnte. Es war nicht schlimm, dass sie recht hatte. Schlimm war, dass er es ihr gegenüber nicht zugeben wollte.

„Nicht so wie du denkst. Wir sehen uns in letzter Zeit ab und zu. Es läßt sich nicht vermeiden."

Er spielte seine Begeisterung Nicole betreffend auf das Niedrigste herunter.

„Aber du willst jetzt von mir ihre Telefonnummer."

„Ja."

Warum hatte er sich nur darauf eingelassen? Susi hatte ihn durchschaut, ganz gewiß, und jetzt ließ sie ihn zappeln. Das bei einem Lausbubenstreich ertappte Kind log dennoch weiter.

„Wir hatten neulich darüber gesprochen, was diese Stadt so kulturell hergibt, und da hat sich herausgestellt, dass wir beide Trainspotting im Theater sehen wollen. Das Stück läuft jetzt allerdings nur noch die nächste Woche, und wir haben uns seit Ewigkeiten nicht mehr gesehen. Da dachte ich eben, es ist das Beste, wenn ich mal anrufe."

Das mit den Ewigkeiten war leider so. Matt hatte immer nach ihr Ausschau gehalten, wenn er den öffentlichen Nahverkehr benutzte, und sogar der vermeintliche Montagstreff war nicht mit Erfolg gekrönt gewesen.

„So so. Und was willst du nach dem Theater machen?"

„Jetzt red keinen Unsinn. Gibst du mir die Nummer?"

Er bekam sie. Sieben Ziffern, die er in dieser Reihenfolge nie vergessen würde. Eigentlich hätte er darauf verzichten können, sie aufzuschreiben.

„Es kann sein, dass sie übers Wochenende heimgefahren ist. Willst du auch die Nummer von ihren Eltern?"

Wollte er nicht. Nur um zu beweisen, dass er doch nichts von ihr wollte. Oder wollte er sich nur nicht durchschauen lassen? Susi folterte ihn ein wenig weiter, wollte dieses und jenes wissen. Es machte ihr Spaß, seine Ausflüchte zu hören. Sie begann, von Nicoles Äußerem zu schwärmen, so als sei sie selbst ein Mann.

„In der Schule waren alle hinter ihr her."

Ja, das konnte er sich wahrhaftig vorstellen. Warum mußte sie ihm diese Nadelstiche versetzen?

„Einmal hat sie mir einen Brief gezeigt, den sie von einem Typen bekommen hatte. Männer können so süß sein, wenn sie verliebt sind."

Aua!

„Da werden diese teils brutalen großen Wesen zahm wie Meerschweinchen."

Susi machte eine kleine Pause, um die Wirkung der nächsten Dosis zu erhöhen.

„Sie hat keinen Freund. Aber das interessiert dich ja nicht, wie du sagst."

Wie sie es nur schaffte, den Klang dieser Worte genau so zu treffen, dass sich eine explosive Mischung aus glühenden Eisen, die sich in seine Haut bohrten, und sachlichen Informationen – sie war noch zu haben - ergab! Am liebsten hätte er einen Luftsprung gemacht. Sie hatte keinen Freund! Kein Wachhund, der im heimischen Kaff darauf wartete, dass sie zu ihm kam. Keiner, der sie mit in Urlaub und ihm vor der Nase wegnehmen würde. Susi war zwar gemein und genoß es, ihn zu quälen. Aber so gemein, in ihm alle Hoffnungen am Leben zu erhalten, wenn es sowieso ein aussichtsloses Unterfangen wäre, nein, so weit würde sie nie gehen. Nicole war solo.

„Der Typ, der, der den Brief geschrieben hat. Drei Seiten hat er gefüllt, nur mit den Gedanken, die ihn überkommen, wenn er an sie denkt."

Ich schaffe mindestens dreißig, dachte er sich.

„Was geht in dir so vor, wenn du an sie denkst? Sag schon!"

Aufhören! Susi war zu weit gegangen. Matt tat der Satz, den er daraufhin sagte, entsetzlich leid, denn es war ein Tiefschlag. Ein Tiefschlag gegen alle Reize, die Nicole wahrhaftig hatte, auch ein Tiefschlag gegen sich selbst, denn was soll eine Frau von einem Mann halten, der derartig beleidigendes von sich gibt.

„Jedenfalls muss ich nicht kalt duschen. Tschüß!"

Mit dem letzten Wort hatte er auch schon den Hörer auf die Gabel geknallt. Weshalb nur konnte er nicht ehrlich sein? Was in aller Welt hielt ihn davon ab? Susi hatte ihm in der Vergangenheit so viel von sich anvertraut, beispielsweise wie es in ihrer eigenen Beziehung stand, und er kriegte es nicht einmal auf die Reihe, ihr zuzugeben, dass er Nicole für eine mindestens interessante und faszinierende Person hielt? Zumal es anscheinend auch vielen anderen ähnlich erging. Warum verleugnete er seine Gefühle und Bedürfnisse? Wie konnte er so vermessen sein zu denken, dass er nicht durchschaut werden konnte. Was sollte Susi als gute Freundin von ihm halten, wenn er sie anlog? Wäre er ehrlich gewesen, wären ihm auch die Pieksereien erspart geblieben. Aber nein, so weit dachte er nicht, sondern blieb lieber im Hinterhalt der vermeintlichen Unverwundbarkeit.

Dann wählte er die sieben magischen Ziffern. Er wollte auch nicht, dass Nicole von Susi vorgewarnt werden konnte. Es geht um einen simplen Theaterbesuch, redete er sich ein. Um nichts mehr. Bleib um Himmels Willen ruhig und entspannt, ermahnte er sich. Der Anrufbeantworter meldete sich. Das nahm ihm viel von seiner Aufregung, da er jetzt nicht reden mußte. Sie war also gerade nicht da.

Er versuchte es im Zehnminutentakt weiter. Irgendwann überkam ihn die Erkenntnis, dass sie, wie Susi richtig vermutet hatte, wohl heimgefahren sein müßte. Und er Idiot hatte sich die Nummer nicht geben lassen, aus gekränkter Eitelkeit. Wenigstens konnte er sich ein paar Worte zurecht legen, übte fleißig, solange, bis sie ihm möglichst locker von den Lippen fielen. Dann sprach er ihr aufs Band. Dass er nächste Woche ins Theater gehen werde, ja Trainspotting, Dienstag oder Mittwoch, und wenn sie wolle, könne sie mitkommen, es würde ihm nichts ausmachen. Dann hinterließ er seine eigene Nummer, sie sollte sich bei ihm melden, wenn sie Lust hätte.

Was aber sollte sie von ihm denken, dass er nur sagte, es machte ihm nichts aus, wenn sie mitkäme?

The distances grow greater now,
You drink champagne and past me plough,
You fly your plane right over my head,
You're still alive, and I'm nearly dead.

I can't reach you, with arms outstretched I can't reach you.

I crane my neck, I can't reach, tryin' to get on you, see, feel or hear from you.

Digsy's Dinner

Sie lag auf seinem Bett und schien zu träumen. Wie schon viele Male zuvor setzte er sich neben sie und begann ihr die Schultern zu massieren. Sie schien seine Berührungen erwartet zu haben, denn sie reagierte von der ersten Sekunde äußerst entspannt. Ein wenig streckte sie sich, um für die Massage in eine etwas bessere Position zu kommen. Dann schnurrte sie zufrieden. Ein wenig neben ihr entdeckte er auf seinem Kopfkissen ein Haar von ihr. Als er es schon zwischen zwei Fingern hatte, ließ er es dennoch liegen. Er würde sich darüber freuen, es nochmals entdecken zu dürfen, wenn sie mal nicht da wäre. Sie berühren zu dürfen war ein Genuß, und er dachte an die letzten Tage. Die Schlagsahne! Er lächelte. Sie wollten als Nachtisch Erdbeeren mit Schlagsahne essen, er sollte die Erdbeeren kaufen, sie die Schlagsahne mitbringen. Da er keine mehr bekommen hatte, tischte er ihr statt der Erdbeeren ein köstliches Tiramisu auf. Nach dem Essen fielen sie wie Steine zufrieden in sein Bett, genau dahin, wo sie auch jetzt wieder waren. Die Müdigkeit überbrückten sie mit dem Durchschalten der Fernsehprogramme, bis ihr die Schlagsahne wieder eingefallen war. Plötzlich war sie aufgesprungen, in der Küche verschwunden, um einige kurze Augenblicke später mit der Sprühsahnedose wieder aufzutauchen. Dann hatte sie angefangen, sich ein kleines Häufchen auf den Zeigefinger zu sprühen, den sie ihm dann in den Mund steckte. Dann wurden die Häufchen immer größer, die Schlagsahne nicht mehr nur an den Fingern, bis die Dose leer und sie nicht mehr angezogen waren. Zufrieden lächelte er und schüttelte ein wenig den Kopf, so als ob er sein Glück noch immer nicht glauben könnte.
Er lag auf seinem Bett und schien zu träumen.

Tagträumereien waren ohnehin eine seiner größten Freizeitbeschäftigung. Für sie verwendete er mehr Zeit als für alles andere, was gemeinhin als Hobby bezeichnet wird. Hauptmotive waren er als Fußballstar, er als Rockstar oder einfach nur andere Wendungen in seinem bisherigen Leben.
Um Fußballstar zu werden stellte er sich vor, wie er während eines Spaziergangs beim KSC-Training vorbeischaute und ein wenig zuguckte. Dann, mitten im Trainingsspiel ein Querschläger, den er am Spielfeldrand mit der Brust auf den linken Fuß stoppte, einmal in der Luft vorlegte und gezielt über 30 Meter zurückspielte. Daraufhin wird er vom Trainer angesprochen, ob er denn nicht mitspielen wollte, so wie es im Park auch üblich ist. Selbstredend dominiert er daraufhin das Spiel, und mit vier Toren, sieben Vorlagen und drei Beinschüssen bei international Erfahrenen Abwehrspielern ist der Eindruck so bleibend, dass er einen Profivertrag erhält. Ab diesem Zeitpunkt macht er alle Spiele mit, wird Torschützenkönig der Bundesliga, schießt den KSC in die Champinos League und Deutschland zum Weltmeisterschaftstitel.
Der Rockstartraum war allerdings auch nicht schlecht: Im Urlaub in

England besucht er eine Kneipe, und zufällig ist jemand seiner Idole anwesend, etwa Pete Townshend von den Who oder Joe Strummer von den Clash. Zu vorgerückter Stunde kommt es zu einer Jamsession, er spielt Gitarre bei „I Can't Explain" oder „Safe European Home", wird daraufhin Gaststar auf dem nächsten Album von einer dieser beiden Bands, mit anschließender Welttournee und Grammyauszeichnung.

Doch diese beiden Träume betrachtete er eher wie Kinofilme, die nur in seinem eigenen Kopf abspielen ließ und eigentlich auch als eigene Filme behalten wollte. Mehr Anspruch an Erfüllung hatte er an Vorstellungen über sein Leben, die auf dem Gesetz der guten Gestalt beruhten. Ähnlich wie ein Zuschauer einer täglichen Seifenoper, der erkennt, was die Charaktere jetzt für ein gutes Ende tun müßten, ergänzte er seinen Alltag zu einem „Alles wird gut"-Bild. So hatte er beispielsweise philosophiert, dass er sein Treppenhaus hinaufläuft und oben Nicole auf ihn wartet und ihn in seine Arme schließt.

What a live it would be if you would come to mine for tea,
I'll pick you up at half past three, we'll have lasagne.
I'll treat you like a queen, I'll give you strawberries and cream,
Then your friends will all go green for my lasagne.

These could be the best days of our lifes,
But I don't think we've been living very wise, oh no, no!

There she goes

„Sie da! 'n Abend, der Herr! Hähä, hähä!"

Es waren die ersten wirklich warmen Frühlingstage, Matt hatte sich suchend im Biergarten vom Oasis umgesehen, und diese Anrede war eine Aufforderung von Chris, mehr als nur die Botschaft Hallo-hier-bin-ich, begleitet von einem übertriebenen künstlichen Grinsen.

„Knick-knack, knick-knack!"

„Knick-knack, knick-knack!"

Er lief zu ihm an den Tisch, und der Dialog der nächsten Minuten war vorgegeben.

„Äh, sind sie verheiratet?"

„Ja. Ich selbst bin junger Junggeselle."

Es war egal, wer was sagte. Sie mischten die Rollen, egal, wichtig war, dass sie sich beide als textsicher zeigten.

„Ist äh, ist ihre Frau 'ne Flunder? Hören sie, sie wissen schon, häh, häh?"

„'ne flache Tüte, ein tauber Vogel, na, na, wie, was?"

Sie stießen sich leicht die Ellenbogen in die Rippen.

„Wie meinen sie bitte?"

„Na ihre Frau, ist sie 'ne Flunder, flundert sie?"

„Na, na, na, sie wissen schon, ist sie 'ne Flunder?"

„Sie ist ziemlich temperamentvoll."

„Also keine Flunder, keine Flunder, Donnerwetter!"

„Glückwunsch!"

Matt sagte es schneller. Er mußte da jetzt durch, Widerstand zwecklos. Sie spielten diesen Monty-Python-Sketch durch, als Test, ob sie cool genug waren, die Freundschaft des anderen zu verdienen. Wehe, einer brach zu früh ab. Hochachtung vor dem, der am längsten durchhielt.

„Ich meine, sie wissen schon: Knick-knack!"

Weiter. Nicht abbrechen, auch wenn Matt wichtigeres als „Knick-knack" zu sagen hatte.

„Ich fürchte, ich folge Ihnen nicht ganz."

„Sie folgen nicht ganz, sie folgen nicht ganz."

„Das ist gut, das ist gut. Ein bißchen nicken oder zwinkern und heftig an der Hüfte klimpern."

„Sagen sie, wollen Sie mir etwas verkaufen?"

„Verkaufen! Verkaufen, wirklich gut! Wenn Sie mich versteeeeeeehn."

„Ah, die böse Hand, die böse Hand!"

Beide fuchtelten rum.

„Na, na knick-knack, ein bißchen nicken oder zwinkern und heftig an der Hüfte klimpern!"

„Du weißt Bescheid, du weißt Bescheid!"

Alles konnten sie dann doch nicht auswendig, also sprangen sie zum nächsten markanten Einstieg.

„Das sagt mir alles. Ist ihre Frau zufällig an, äh Fotografien interessiert? Fotografien? Häh?"

„Schnapp schnapp. Er fragte ihn recht unzweideutig."

„Grins, grins. Urlaubsfotos?"

„Knick-knack, knick-knack. Könnten im Urlaub gemacht werden."

„Und im Badeanzug."

„Knick-knack, unartige Bilder."

„Knick-knack, knick-knack."

„Knick-knack, knick-knack."

„Das sagt mir alles."

Es war vorbei, sie hatten beide den ganz roten Faden verloren, warfen die besten Zitate wild durcheinander, keiner war dem anderen über, an der gleichen Stelle wurde jeder von seinem Erinnerungsvermögen an die „Wunderbare Welt der Schwerkraft" verlassen, sie hatten sich selbst wieder gegenseitig bestätigt.

„Jetzt, was ist los? Du grinst so selig."

„Ich komme nicht davon los, an sie zu denken. Ich habe nie an den Kram mit der einen, der besonderen, der Traumfrau geglaubt. Aber bei ihr... Ich habe den Verdacht, dass sie es ist. Du kennst ja die Verhältnisse an der Uni, aber ich bin überzeugt: Karlsruhe oder anderswo, die oder keine."

„Tja, dann halt dich 'ran!"

„Das ist noch so ein bißchen das Problem! Ich seh sie immer zu den unmöglichsten Gelegenheiten, in der Straßenbahn. Entweder, sie oder ich, einer von uns hat immer irgend etwas unabänderliches zu tun. Wir sind uns seit dem einen Mal nie in einer Kneipe oder sonst wo über den Weg gelaufen. Und mitten in der Nacht, wenn wir beide von verschiedenen Partys heimkommen, finde ich es auch zu direkt zu fragen, ob sie noch auf ein Glas Wein mitkommen möchte."

„Du bist doch ein kommunikativer Mensch, lad' sie mal zum Kaffee trinken ein."

„Prinzipiell gut, aber ich habe sie ewig nicht mehr gesehen. Dann habe ich über Susi ihre Nummer herausgefunden und eine Nachricht auf dem AB gelassen, aber sie hat nicht zurückgerufen."

„Wie lange ist das her?"

„Vier Tage! Aber wahrscheinlich war sie übers Wochenende nicht da."

„Dann muss das gar nichts heißen. Vielleicht hat sie sich trotzdem gefreut, dass du dich bei ihr gemeldet hast, und jetzt ist es ihr unangenehm, nach so langer Zeit was zu der Sache zu sagen."

„Weißt du," begann Matt, beugte sich näher zu Chris 'ran, so als ob er ein großes Geheimnis lüften wollte, „weißt du, als der AB 'ranging, da hab ich dann mehrmals angerufen und ihre Ansage gehört. Nur um ihre Stimme zu hören!"

Er strahlte.

„Sie muss ja wirklich was Besonderes sein. So langsam will ich sie kennenlernen."

„Ist sie, kannst du mir glauben. Nur: Wie komme ich an sie ran?"

„Du weißt doch, wo sie wohnt. Leg dich auf die Lauer!"

„Ich soll vor ihrer Haustür stehen und warten, bis sie rein- oder 'rausgeht?"

„Ja."

„Und was soll ich dann sagen? Hallo, ich habe zwei Tage und vier Stunden gewartet, um dich zu sehen?"

„Glaub mir, das macht Eindruck."

„Kennst du die Mister-Bean-Folge mit dem Sessel? Die, in der er den Schlafsack vor dem Geschäft deponiert hat?"

„Kenne ich."

„Ich müßte mir einen riesigen Freßkorb machen, vielleicht noch einen Liegestuhl besorgen, und mich dann dort häuslich niederlassen."

„Wenn sie kommt, kannst du sie gleich zum Essen einladen."

„Tolle Logik. Ich glaube, da kommen eher die Penner vorbei und wollen schnorren. Macht sich nicht so gut, wenn die dann um mich 'rumstehen. Ähm, Entschuldigung, wenn wir uns schon sehen, kann ich dir gleich meine Freunde vorstellen: Das ist Dosenbier-Paule, der hier Zahnlücken-Ede und so weiter und so fort. Sie wird das Weite suchen! Danke."

Chris machte weiter Vorschläge, wie Matt es eventuell anstellen könnte. Doch dem war alles zu menschlich, zu einfach, zu durchschaubar. Sie bedeutete ihm, obwohl er sie im Prinzip noch gar nicht richtig kannte, ziemlich viel. Er konnte sich nicht vorstellen, das sie als außergewöhnliche Frau, als die er sie betrachtete, mit gewöhnlichen Dingen zu begeistern war. Zum anderen wollte er seine Träume möglichst lange am Leben halten. Deshalb hatte er beschlossen, nichts zu überstürzen und behutsam vorzugehen. Keinen Schritt zu viel zu machen, weil es ein falscher Schritt sein könnte. Feigling! Statt dessen sülzte er Chris die Ohren voll, wie toll sie sei. Aber wozu sind Freunde da? Unter anderem, dass sie das mit sich machen lassen.

Später beschlossen sie, noch kurz ins Babylon zu gehen. Dort kamen sie jedoch nicht an, weil sich etwas ereignete, was zu ihrem Leben einfach dazu gehörte. Es bestand aus kleinen Episoden von Ungewöhnlichkeiten, für die sie offen waren. Erlebnisse, die den Alltag ergänzten. Nichts, das man hätte planen können. Sie liefen einfach durch die Weltgeschichte und warteten, dass etwas passierte. Gut, man kann ein paar Dinge provozieren, aber letztlich benötigt es den Schub von außen, dass gewöhnliche Bahnen wirklich verlassen werden können. Heute wurde auf der Antenne, die sie in Richtung kriminelle Energie ausgerichtet hatten, zurückgesendet.

Eigentlich hätten sie die paar Meter auch laufen können. Doch sie wollten unbedingt die Straßenbahn benutzen. Für die Strecke von zwei Haltestellen. Ganz hinten hatten sie in einer sonst fast leeren Bahn Platz genommen und wollten fast wieder zum Aussteigen aufstehen, als die Kontrolleure ihre Fahrkarten sehen wollten. Matt hatte ein Semesterticket, eigentlich hätte er sich keine Sorgen machen müssen. Da aber Chris kein Student war, hatte er keine Möglichkeit, billig an eine Monatskarte zu kommen. Also hatte Matt zweimal ein Semesterticket geholt und eines ihn vercheckt. Zudem durfte man in Karlsruhe nach 19.00 Uhr mit dem puren Studentenausweis den Nahverkehr benutzen. Zu zweit hatten sie demnach drei Fahrkarten, allerdings alle an eine einzige Person gebunden. Chris fischte die kleine

Plastikkarte aus seiner Hosentasche und hielt sie dem Kontrolleur unter die Nase. Matt wühlte unterdessen in seinen Taschen, solange, bis Chris seine Karte wieder weggesteckt hatte, dann zog er seinen Studentenausweis hervor. Er hatte nicht viel darüber nachgedacht, welche seiner zwei Karten er zeigen sollte. Wichtig war ihm, dass der Typ nicht beide nebeneinander sah und erkannte, dass die gleichen Namen draufstanden. Der guckte dann flüchtig hin und lief weiter. Die zwei schauten sich erleichtert an, dann kam der Kontrolleur mit seinem Kollegen zurück.

„Zeigt doch noch mal die Karten, bitte!"

Selbstverständlich zogen beide die Karten und hielten sie kurz hoch, und wollten sie gleich wieder wegstecken.

„Laßt mich mal die Namen lesen. Wie heißen sie?"

Er schaute Chris an, Matts Studentenausweis war mit Bild.

„Wie es da steht."

Chris blieb ruhig und nannte Matts Namen.

„Und sie?"

Auch Matt nannte seinen Namen. Es war wohl davon auszugehen, dass es noch weiter gehen würde, aber ihnen fiel im Moment nichts besseres ein, als sich dumm und naiv zu stellen. Vielleicht half es ja bei diesen Typen, denn die nächste Frage zeugte nicht unbedingt von viel Menschenverstand.

„Kennen sie sich?"

Matt und Chris schauten sich an, machten einen verwunderten Gesichtsausdruck und sagten fast im Chor nein. Dann wurde Chris gefragt, ob er sich ausweisen könnte.

„Nein, ich nehme abends nur das Allernötigste mit. Ich bin schon einmal beklaut worden."

„Wir glauben ihnen nicht, dass sie dieselben Namen haben. Wenn sie sich nicht ausweisen können, müssen wir sie mitnehmen und von der Polizei erkennungsdienstlich behandeln lassen."

Das saß. Polizei. Am Babylon waren sie schon längst vorbei gefahren, jetzt sahen sie sich gezwungen, wenigstens noch den Knast umschiffen. Chris lenkte ein, sagte, er hieße anders. Aber er hätte wirklich keinen Ausweis dabei. Darauf folgte eine Szene, die aus jedem billigen Agentenfilm stammen könnte. Er mußte mit einem der Schaffner ans vordere Ende der Bahn laufen. Währenddessen wurde Matt von dem anderen nach Chris' Namen, Adresse und Geburtsdatum gefragt. Daraufhin trafen sich die Guten in der Mitte der Bahn, verglichen die Angaben und kamen zu den Bösen zurück.

„Wir müssen jetzt hier aussteigen, da ist das Depot."

Am Ende der Stadt standen sie nun wie begossene Pudel da. Die anderen machten Dienst nach Vorschrift.

„Das hier sind Überweisungsformulare. Zahlt das Geld innerhalb der nächsten 14 Tage, und die Sache ist wahrscheinlich ausgestanden. Es kann sein, dass man euch wegen geplanten Betrugs drankriegen möchte, das hängt davon ab, wie das Büro die Angelegenheit einschätzt. Wir haben nur Sachverhalte festgestellt."

Kleinlaut nahmen sie die Formulare entgegen. Dass sie diese für heute noch als legalen Fahrschein benutzen konnten, war ein schwacher Trost. Sie schlappten zur nächsten Haltestelle vor, um die letzte Bahn stadteinwärts zu erwischen. Ein paar Minuten später waren die fleißigen Kontrolleure wieder da, Feierabend, meinten sie. Feierabend, das hieß, sie legten den grimmigen Gesichtsausdruck ab, um, so von Mensch zu Mensch, die Moralpredigt auszupacken. Warum sie das nur getan hätten, ob sie denn ein für alle mal ihre Zukunft ruinieren möchten. Vorbestrafte Ingenieure! Andächtig lauschten die beiden Sünderlein.

„Es war so aus der Situation heraus. Er hatte sein Ticket vergessen, und da hab ich ihm dann meines gegeben."

Matt begann, ihr Vergehen zu entschärfen.

„Dass wir erwischt werden, damit haben wir nicht gerechnet."

„Wenn ihr so was schon durchziehen wollt, dann seid bitte nicht so blöd und setzt euch neben einander hin. Wir sind schließlich auch nicht dumm."

„Willst du denen noch Tipps geben?"

„Sie sehen ja, wenn wir es mit Absicht getan hätten, wären wir professioneller vorgegangen."

Die Kontrolleure hörten kopfschüttelnd zu. Dann zog der eine den anderen bei Seite, sie tuschelten kurz, einer kam zu ihnen zurück.

„Jungs, war euch das eine Lehre?"

„Ja!"

Diesmal hatte es synchron geklappt.

„Dann gebt her."

Wie der liebe Onkel von nebenan nahm er die Formulare zurück und zerriß sie in der Luft. Schwein gehabt! Als sie die Bahn dann aber verließen, den Kontrolleuren den Rücken gekehrt hatten, begannen sie, sich über die Angelegenheit lustig zu machen. Sie waren mächtig stolz auf ihre Abgebrühtheit, nicht die Nerven verloren zu haben, sich erfolgreich als Ersttäter, die aus der Bierlaune heraus die Karten getauscht haben, ausgegeben zu haben. Dann plapperten sie die Sätze nach, wie man es sonst nach dem Kino macht. Besonders oft den einen: „Kennen sie sich?"

There she goes, there she goes again.
Racing through my brain.

And I just can't contain that feeling that remains.

I am the resurrection

Er hatte sich so auf den Abend gefreut. Mit dem Theater hatte es nicht geklappt. Sie hatte nicht bei ihm angerufen, und er hatte sie bei ihren weiteren zufälligen Begegnungen auch nicht darauf angesprochen. Beide hüllten über seine Nachricht, die ihm im Nachhinein sehr dämlich vorkam, den Mantel des Schweigens. Aber Nicole hatte ihn zu diesem Fest ihres Semesters von der Kunstakademie eingeladen. Und er hatte ein wenig länger als üblich gebraucht, die passende Kleidung auszusuchen. Nicht zu früh war er losgegangen, um nicht auffallend verloren alleine rumstehen zu müssen, wenn er sie nicht finden würde. Schließlich kannte er niemanden außer ihr von diesem Haufen. Lieber später kommen, wenn schon mächtig was los ist, hatte er sich gedacht.

Doch schon als er auf die Gebäude zulief, kam es ihm merkwürdig vor, dass er nichts hörte. Keine Musik, nichts. Sollte hier im Innenhof wirklich die groß angekündigte Party stattfinden? Als er um die Ecke bog, war die Ernüchterung komplett. Keine Menschenseele, keine Lichter. War er hier richtig? Oder vielleicht drinnen? Er klapperte die Türen ab, rüttelte, zu, dann war auf einmal alles klar: Auf einem Plakat wurde das Fest, von dem sie erzählt hatte, groß angekündigt, allerdings für den Vortag. Unfaßbar!

Er stiefelte nach Hause. Keine Kneipe mehr. Chris hatte er mit stolzer Brust von dem Date erzählt, und es wäre ihm zu peinlich, zugeben zu müssen, versetzt worden zu sein. Jedenfalls jetzt, so lange die Wunde noch frisch war. Warum nur hatte sie ihn einen Tag später hingeschickt? Ihn auf die kalten schweigenden Mauern und die Kälte der Nacht losgelassen? Womit hatte er das verdient? Hatte er ihr etwas Böses angetan? Er konnte sich nicht daran erinnern, dass. Gut, seine Ansprache auf dem AB war nicht sehr begeisternd. Oder hatte Susi den Satz mit nicht-kalt-duschen-müssen weitererzählt? Strafe dafür, dass er nicht offen und ehrlich zu seinen Empfindungen stehen konnte? Es war ihm egal, er war stocksauer. Den Kopf gesenkt marschierte er durch die dunklen Straßen. Ab und zu trat er frustriert gegen Steine oder Dosen. Als er in seine Straße einbog, sah er, dass ein paar Meter vor ihm eine junge Frau lief. Sie schien es eilig zu haben. Er wollte auch nur noch heim und legte ebenfalls einen Zahn zu. Ihm fiel nicht auf, dass sie sich kurz umgedreht hatte und daraufhin wieder ein wenig beschleunigte. Dann drückte sie gegen die schwere Hoftür von Matts Haus, schien aber damit leichte Schwierigkeiten zu haben. Hilfsbereit holte er die paar Meter, die er hinter ihr war, auf, streckte seinen Arm über sie hinüber und drückte die Tür ganz auf. Erschrocken drehte sie sich um und preßte sich an die Wand.

„Was läufst du hinter mir her?"

Er war verdutzt. Sein hilfsbereites Lächeln, dass er trotz seiner miesen Laune noch auspacken konnte, fror ein.

„Wenn du nicht sofort abhaust, schreie ich!"

Es hatte ihm die Sprache verschlagen.

„Warum verfolgst du mich? Was willst du hier? Laß mich in Ruhe!"

„Ich wohne hier!"

Er sagte es, als sei es das normalste der Welt. War es ja auch, denn es stimmte, er wohnte hier. Sie schien ihm nicht zu glauben, schaute ihn verschreckt an.

„Wirklich. Oben, im Dachgeschoß."

Seine Worte unterstützte er, indem er mit seinem Schlüsselbund winkte, den er bereits in der Hand hielt. Es kam ihm vor, als ob er einem Kindergartenkind Differentialgleichungen erklärte. Doch sie schien ihm so langsam zu glauben.

„Entschuldigung. Ich bin neu hier, wohne erst seit einer Woche in diesem Haus."

Sie hatte sich wieder in Bewegung gesetzt und lief vor ihm die Treppen hoch. Verständnislos schüttelte er hinter ihrem Rücken seinen Kopf. Als sie ihre Wohnung im zweiten Stock aufschloß, zog er wortlos an ihr vorbei. Ganz oben angekommen achtete er darauf, möglichst laut zu sein, als er seine eigene Tür aufschloß. Sie sollte schon merken, dass er nicht gelogen hatte. Doch was war das für ein verflixter Tag? Zuerst wurde er versetzt, und dann auch noch für einen Sexgangster gehalten. Er! Die Friedfertigkeit in Person. Wie konnte man nur Angst vor ihm haben? Es schockierte ihn, dass er für einen von denen gehalten wurde.

Andere Gedanken waren nötig. Sein Patenrezept war sehr einfach, aber äußerst wirkungsvoll. Damit es nie seine heilenden Kräfte verlieren würde, setzte er es allerdings sehr sparsam ein. Die Videokassette mit dem Valenciaspiel. Mit einem Stadionbecher Teachers-Cola fläzte er sich vor seine Glotze und ließ sich begeistern. Von der Laufbereitschaft der alten Helden, von denen nur noch Kiki, Gunter Metz, Michael Wittwer und Burkhard Reich übrig geblieben waren. Sei's drum. Der Funke sprang über. Von den Rängen aufs Feld, von dort auf den Reporter Jörg Dahlmann, der einen einzigen multiplen Verbalorgasmus hatte, vom Bildschirm auf ihn. Aus der Whisky-Flasche über den Becher durch den Magen direkt in den Kopf. Nach Edgar Schmitt's 5:0 war er herrlich blau und die Welt wieder in Ordnung. Scheiß auf Nicole, scheiß auf die Nachbarin, die Wahrheit liegt auf dem Platz. Der sagt 7:0.

Just in diesem betrunken dämmrigen Zustand konnte er dem Vorfall an der Hoftür noch etwas Positives abringen. Die Frau, die vor ihm Angst hatte, weil sie ihn nicht kannte, sah ihn als Mann. Nicht mehr als den kleinen Jungen, für den er sich selbst immer noch zu oft hielt. Er sollte also wieder ein Stück reifer geworden sein. Aber hätte man ihm diese Erkenntnis nicht anders vermitteln können?

Down down you bring me down
I hear you knocking down my door and I can't sleep at night.
Your face it has no place
No room for you inside my house I need to be alone.
Don't waste your words I don't need anything from you.
I don't care for where you've been or what you plan to do.

112

Three Lions

Heute ist, ihr wißt es schon
ein Fußballfest im Stadion.
Jung und alt, groß und klein,
alle wollen bei dir sein.
Hoch die Fahne, in den Wind
die Stimmung riesengroß.
Wir geben alles ganz bestimmt,
jetzt geht's los!

KSC ole ole, Superteam aus Baden.
Blau-weiß-Powerplay, ihr seid alle eingeladen!

Vorerst hatte das Oasis eingeladen, zum Fußballturnier für KSC-Fanclubs und Freizeitmannschaften. Matt hatte in seinem Bekanntenkreis gewühlt und eine mehr oder weniger schlagkräftige Truppe für das Kleinfeld zusammenstellen können: Jan war dabei, als Abwehrspieler, weil er technisch nicht so besonders war. Chris als Mittelfeldstratege, was hieß, er stand mitten auf dem Platz, beschwerte sich, dass er keine Bälle zugespielt bekam, und wenn doch, spielte er sie geschickt weiter in die Spitze. Dazu noch Mark als soliden Grätscher, auch für die Abwehr, Jörg als mehr schlechten denn rechten Torwart, Stefan, einen Kumpel von der Uni, der wirklich nicht schlecht war, für den Sturm, und sich selbst.

Er gefiel sich am besten in der Rolle des Außenstürmers, denn im Vergleich zu den anderen konnte er die besten Flanken schlagen, so wie dieses junge Talent von Manchester United, David Beckham. Stefan war zwar gut, aber auf dem Kleinfeld mit Handballtoren war es dennoch brotlose Kunst, sein Glück mit hohen Bällen und Kopfballchancen zu versuchen.

Auf Auswechselspieler verzichteten sie diesmal bewußt, denn das hatte bei einem anderen Turnier für Unfrieden gesorgt. Keiner hatte sich auswechseln lassen wollen, jeder hatte aus dem letzten Loch gepfiffen und dennoch behauptet: Ich kann noch!

Matt war zwar nicht der beste Fußballer, doch weil er das Organisatorische übernommen hatte, war er so etwas wie der Mannschaftskapitän, und er genoß es, aus diesem Anlaß einmal richtig im Mittelpunkt zu stehen.

Weil das Oasis seine Pappenheimer kannte, begann das Turnier um 14.00 Uhr, Ort war ein eigens angemieteter Sportplatz in unmittelbarer Nähe zum Stadion. Es hatten sich acht Mannschaften eingefunden, alle mit motivierenden Namen wie „Die Foliengriller" (ehemaliger Vereinskicker, die keinen Bock mehr hatten , regelmäßig zu trainieren), „Kommando Breitner" (aktionistische linke Heranwachsende), „Die faulen Hunde" (der Ältestenrat an Oasisstammgästen) oder „Vollsuff Karlsruhe" (mit denen war Matt mal bei einem Auswärtsspiel in Stuttgart). Irgendwie kannte also wieder jeder irgendwoher jeden, eine familiäre Angelegenheit also, auch das Oasispersonal stellte ein Team, ebenso das Babylon.

Sie selbst nannten sich „Schloß Park Rangers", Matt wollte mit diesem Namen seine Liebe zum englischen Fußball zum Ausdruck bringen. Natürlich war das mit 14.00 Uhr ein Richtwert, das erste Spiel konnte um zwanzig vor drei beginnen, und die Rangers waren erst gegen halb vier das erste Mal dran, gegen die faulen Hunde. Bis dahin wurde erzählt. Die sexuell erfolgreichen berichteten von ihren jüngsten Abenteuern, die anderen über die letzten Vollräusche und dem Unsinn, den sie dabei angestellt hatten. So erzählte Matt beispielsweise die Fahrkartengeschichte, ansonsten hielt er sich vornehm zurück, hörte zu und schweifte in seinen Gedanken zu Nicole. Obwohl sie ihn versetzt hatte. Vielleicht hatte sie sich ja selbst geirrt, und es gar nicht böse gemeint. Konnte er ihr allen Ernstes unterstellen, von Grund auf gemein zu sein? Diesen Gedanken wollte er so schnell wie möglich verwerfen, schließlich war er total in sie verknallt. Da konnte er es nicht zulassen, dass sie schlechte Seiten haben konnte. Und wenn es überhaupt etwas mit ihr werden sollte, dann mußte er ihr ohnehin verzeihen.

Gegen die faulen Hunde gewannen sie mit 2:0, weil die noch schlechter waren. Aber was soll man auch von Jungs erwarten, die seit einem Jahrzehnt die Theke im Oasis gepachtet hatten? Bei denen lief auch keiner zurück, und vorne vergeigten sie die Chancen reihenweise. Matt konnte einmal einen Fehlpass in deren Abwehr zu einem Abstaubertor nutzen, und kurz vor Schluß hatte Chris bei einem durchaus sehenswerten Heber über den Torwart Glück.

Deutsch gespielt, nicht überzeugend, aber gewonnen. Im zweiten Vorrundenspiel (es gab zwei Vierergruppen) trafen sie auf das Kommando Breitner, was kaum Gegenwehr leistete. Stefan trumpfte groß auf, machte vier Buden, eine davon war sogar ein Kopfballtor nach einer Ecke, natürlich von Matt geschlagen. Für die Galerie.

Inzwischen hatten sie dem anliegenden Sportlerheim zu etwas Umsatz verholfen, erst mit Radler, dann mit Pommes und Bier. Schließlich hatten sie die ersten beiden Begegnungen gewonnen und waren sicher im Halbfinale. Sie hatten den festen Vorsatz, sich im letzten Gruppenspiel zu schonen, aber sie waren viel zu unbeherrscht (im positiven Sinne), sobald ein Ball vor ihrer Nase lag. Wir geben ab zur Livereportage mit Heribert Faßbender und Karl-Heinz Rummenigge:

„Guten Abend allerseits! Wir melden uns hier von den Plätzen der Spielvereinigung Victoria Karlsruhe, nur einen Steinwurf weit vom ehrwürdigen Wildparkstadion entfernt. Das Turnier ist bereits in vollem Gang, und wir sind nun live dabei, wenn es darum geht, welche Thekenmannschaft Sieger in der Gruppe A wird. Auf der einen Seite die Schloß Park Rangers, ganz in schwarz, ein Turnierneuling, der zur Überraschung aller bisher groß aufgespielt hat. Als Gegner steht ihnen niemand geringeres als das Team der Folsengriller gegenüber, die gerne ihren Titel aus dem letzten Jahr verteidigen würden. Ich sehe gerade, die Mannschaften betreten das Spielfeld, ein kurzes Wort zur taktischen

Ausrichtung der Teams. Die Rangers mit Jörg im Tor, Mark und Jan bilden eine Zweierkette hinter dem Mittelfeld bestehend aus Chris und Matt, und als einzige Spitze Stefan. Und eben dieser Stefan hat im zweiten Gruppenspiel vier Tore erzielt, meine Damen und Herren, sie hatten es im Vorbericht von Waldemar Hartmann schon gesehen. Auf diesen jungen Mann müssen die Foliengriller aufpassen, der ist brandgefährlich. So, das Spiel läuft, freuen wir uns auf einen wunderschönen Fußballabend, bei dem es nichtsdestotrotz um doch so viel geht.

Ja, da sind Nicklichkeiten im Spiel, jeder ist darum bemüht, sich beim Gegner Respekt zu verschaffen. Aber man sollte diese kleinen Fouls wie eben diesen Schubser von Chris nicht überbewerten. Freistoß für die in rot auftretenden Foliengriller, etwa an der Mittellinie, die Sie sich hier allerdings fiktiv vorstellen müssen, denn sie ist auf diesem kleinen Feld nicht eingezeichnet.

Noch ist das Spiel von vielen Fehlpässen gezeichnet, ein vorsichtiges Abtasten im Mittelfeld. Aber bei zwei so ähnlich starken Mannschaften war es auch nicht anders zu erwarten. Beide sind punkt- und torgleich, im Falle eines Unentschiedens entschiede das Los über den Gruppensieg und den eventuell leichteren Gegner im Semifinalspiel. Jörg legt sich den Ball zum Abstoß zurecht. Mark. Immer noch Mark, ein langer Ball auf Stefan, und abgefangen. Lange Bälle nach vorne, auf den schnellen Stefan, ist das ein Rezept, um die Abwehr der Foliengriller zu überwinden? Kalle, was sagst du dazu?"

„Ja, da ist Sand im Getriebe. Was dem Spiel fehlt, ist ein Tor. Ich bin sicher, wenn hier eine der beiden Mannschaften in Führung geht, kommt es zu einem offenen Schlagabtausch."

„Erste Ecke für die Rangers. Und dafür haben sie einen Spezialisten in ihren Reihen, Matt. Der schießt alle Ecken und Freistöße, ob von links oder rechts. Er ist Rechtsfuß, obwohl er wie ein Linksfuß anläuft. Das heißt, er wird den Ball mit dem Außenspann zum Tor hin zwirbeln. Und da ist das Tor! Wir schreiben die vierte Spielminute, und es steht eins zu null für den Neuling. Ein direkt verwandelter Eckball, eben sprach ich es noch an, zum Tor hin gezogen. Flach geschossen, keiner am Pfosten, und der Torhüter macht da beileibe keine gute Figur. Den muss er ganz klar auf seine Kappe nehmen. Ich bin sicher, der muss nachher einen ausgeben! Aber das soll die Leistung des Schützen keineswegs schmälern. Da haben wir das Tor, welches wir uns eben noch so sehnlichst gewünscht hatten!"

„Ja, jetzt müssen die Foliengriller kommen."

„Noch sind acht Minuten zu spielen, es wird wohl noch etwas dauern, bis sie alles auf eine Karte setzen. Die Rangers lassen es nun ruhiger angehen, lassen sich weit zurückfallen. Ich bin gespannt, wie sie damit zurechtkommen, unter Druck gesetzt zu werden. Denn bisher waren ihre Gegner der Kategorie Laufkundschaft zuzuordnen, und ich bin sicher, dass wir von den Foliengrillern längst noch nicht alles gesehen haben.

Und sie machen Druck. Die Rangers verteidigen mit Mann und Maus. Die Frage ist: Reichen die Kräfte bei dieser so jungen Truppe, die sich vielleicht erst noch finden muss."

„Aber die Foliengriller müssen ihrerseits aufpassen, dass sie nicht in einen Konter laufen."

„Da hast du absolut recht, Kalle. Zumal sie einen schnellen Stürmer in ihren Reihen haben, der nur ein einziges Mal mit einem langen Paß, vielleicht von Matt gespielt, in Szene gesetzt werden muss. Noch steht die Abwehr. Für meine Begriffe tun die Rangers zu wenig nach vorne, was vielleicht zu etwas Entlastung führen könnte. Jetzt zeigt der Schiedsrichter an, dass noch eine Minute zu spielen ist. Oh, oh, oh, da muss er aufpassen! Für solche Fouls hat es auch schon Zeitstrafen gegeben! Hier, liebe Zuschauer, in der Wiederholung ist es ganz deutlich zu erkennen: Chris grätscht von hinten, ohne die leiseste Chance den Ball zu berühren. Noch einmal Freistoß, wahrscheinlich die letzte Aktion des Spiels. Die Nummer Zehn der Foliengriller legt sich den Ball zurecht. Und der kann auch schießen. Wow, war das ein Ding! Der Pfosten wackelt immer noch, da wäre Jörg niemals hingekommen. Bisher hatte er einen so ruhigen Nachmittag verbracht. Doch so, da der Schiedsrichter in diesem Moment abpfeift, steht der Sieger der Gruppe A fest, es sind zur Überraschung aller die Schloß Park Rangers, die keiner auf der Rechnung hatte. Damit gebe ich zu Waldemar Hartmann mit ersten Stimmen vom Spielfeldrand."

Das Halbfinale. Jeder Trainer sagt, es ist wichtig, dass die Spieler einer Mannschaft miteinander reden.

„Gib' doch ab, ich steh' ganz frei."

„Jan, hol' ihn dir, das ist deiner. Der kann nichts!" „Geh' dem Ball entgegen, dann kriegst du ihn auch!" „Liebe Leut, seid mal ruhig und spielt." „Sag ich doch!"

„Chris, lauf mal mit zurück." „Bringt doch nichts, wenn wir alle hinten stehen."

„Linie bin ich!" „Hintenrum, vorne ist zu." „Oh mach' nicht alles allein. Du triffst eh nicht von der Mittellinie." „Weitschüsse auf's Handballtor, ist das alles, was du kannst?" „Wenn sie wenigstens aufs Tor kämen..." „Bringt doch Zeit."

„Umdrehen!" „Ja, komm, bin dabei! Ich steh ganz frei!" „Tor!" „Also, wenn du den nicht gemacht hättest, hätte ich dir was erzählt." „Wieso?" „Ich war ganz frei, stehe in der Mitte vor dem leeren Tor." „Hab' dich nicht gesehen." „Dribbelarsch!" „Schwätzer!" „Geh fort!" „Hättest du's besser gemacht?" „Auf Leut, weiter geht's."

„Langsam, wir führen." „Schiri, das war Foul!" „Darf der alles, nur weil er kleiner ist?" „Krieg dich ein!" „Trotzdem war es Foul!" „Schieb' halt auch." „Bei mir pfeift er's aber wieder."

„Hintenrum!" „Spiel doch sichere Bälle." „Komm mit zurück!" „Wir können uns nicht nur hinten 'reinstellen!" „Lieber verlieren wir den Ball vorne als hinten." „Trotzdem ist es besser, wenn wir langsam aufbauen." „Das ist dein Mann, den mußt du decken!" „Lauf halt einer zurück, ich kann nicht auf zwei aufpassen." „Bleib' du bei deinem Mann!" „Ist doch nichts passiert."

„Oh, paß' doch auf!" „Renn!" „Den kriegst du noch!" „Verdammte Scheiße!" „Fuck!" „Jörg, mach in Gottes Namen das kurze Eck zu!" „Geh' doch selber ins Tor!" „Jetzt ist es eh zu spät." „Immerhin Neunmeterschießen!"

„Wir fangen an, ich schieß' den ersten!"

„Ja!"

„Oh."

„Ja!"

„Mist."

„Ja!"

„Schade, du warst noch dran."

„Scheiße, Pfosten."

„Verfluchte Kacke!"

„Versager."

Tja, da waren sie nun ausgeschieden, denkbar knapp: 1:1 nach der regulären Spielzeit, und dann Pech im Neunmeterschießen. Aber es sollte noch ein Spiel um Platz drei folgen. Allerdings dauerte es ein paar Minuten, bis sie alle wieder normal miteinander reden konnten. Der eine oder andere schmollte noch ein wenig, war enttäuscht über das Ausscheiden und jeder wußte genau, an wem es lag: An allen außer ihm selbst! Chris und Mark verabschiedeten sich kurz in Richtung McDonald's, mit dem heiligen Versprechen, sich zu beeilen. Aber konnte das gutgehen? In zwanzig Minuten zwei Kilometer Stadtverkehr, anstehen, bestellen, warten, bis der Fraß fertig ist, und nochmal zwei Kilometer zurück? Niemals!

Also mußte der Rest der Mannschaft die Turnierleitung bequatschen und beschwichtigen, bitte noch zu warten, bis man wieder vollzählig war. Die Gegner für das Spiel um Platz drei nörgelten, dass man doch bitte anfangen sollte, selbst schuld, wer nicht da war. Schließlich konnte Matt ein kleines Zeitlimit aushandeln: „Ok, wenn die in zwei Minuten nicht da sind, spielen wir eben zu viert!"

Natürlich ließen Chris und Mark auf sich warten, und der klägliche Rest mußte alleine anfangen. Außer hinten 'reinstellen und kollektiv ausputzen war nichts drin, doch dann kamen die beiden Ausreißer angewatschelt. Die Ruhe weg und noch die Burger in der Hand!

„Hey ihr Arschlöcher! Wo seid ihr, wir brauchen euch!"

„Schrei mich nicht so an, wir sind doch schon da."

„Das ist unter aller Sau, was ihr euch da geleistet habt!"

„Krieg' dich ein, um was geht's hier denn noch?"

Mark kam wenigstens gleich aufs Feld und kämpfte mit, Chris hingegen wollte erst seinen Royal TS (Quarterpounder mit Käse?) fertig essen. Dazu lehnte er sich lässig an den Pfosten des eigenen Tores, weil ihn der Schiedsrichter mit Imbiß nicht auf den Platz lassen wollte.

„Ist das jetzt meine Schuld? Der läßt mich nicht!"

Chris provozierte gerne, und das hatte er mal wieder glänzend geschafft.

Erst seine Lahmarschigkeit, mit der er vom Auto zum Platz stiefelte, dann seine Priorität Burger vor Spiel. Natürlich hätte er sich essend auf den Platz gestellt, doch der Schiri tat ihm einen großen Gefallen: Selbst konnte er sagen, ich würde ja gerne, doch ich darf nicht. Seht her, an mir liegt es nicht!

Das Spiel an sich war wenig sehenswert, zu sehr hatten beide Mannschaften ihre Kräfte in den vorigen Begegnungen verbraucht. Unsere Helden gewannen knapp mit 1:0 ein Spiel, das keinen Sieger verdient hatte, durch eine dennoch schöne Einzelleistung von Stefan. Sie waren müde, ausgelaugt und fertig. Mit dem Schlußpfiff ihres letzten Spiels kehrte auch wieder Frieden ein, alle Unstimmigkeiten des frühen Abends waren verflogen. Schließlich waren sie dritter geworden, damit hatten auch sie selbst nicht unbedingt gerechnet. Zumal es auch eine Siegerehrung gab, bei der sie eine Flasche Ramazzotti überreicht bekamen. Tom als Verantwortlicher drückte sie Matt in die Hand und gab noch einen entsprechenden Kommentar ab, der an seine Trinkleistung von neulich erinnerte. Dann dünnte sich der Haufen aus. Stefan und Jörg wollten zum Duschen heim. Jan war mit Fred verabredet, und Mark hatte ein Date im Kino. Chris und Matt beschlossen, erst einmal ins Oasis zu gehen um den Erfolg mit einer Maß zu feiern. An einem so lauen Frühlingstag hatte der Biergarten bestimmt wieder offen.

Der weitere Verlauf des Abends war nebenbei eine kleine Lehrstunde über deutsches Gaststättenrecht, Absatz Öffnungszeiten. Um Mitternacht mußten sie den Biergarten verlassen, um ein Uhr wurden sie von der Theke vertrieben, obwohl sie Moni, nachdem sie mit stolz geschwellter Brust die Herkunft des Ramazzottis erklärt hatten, und auch Tom mächtig eingeladen und eingeschenkt hatten. Nichtsdestotrotz mußten sie gehen, nach wie vor ungeduscht, schweißstinkend, in Fußballschuhen, kurzen Hosen und mit einer halb vollen Flasche Schnaps.

„Ab ins Babylon!"

„So, wie wir jetzt aussehen?"

„Willst du dich ausziehen? Natürlich so wie wir jetzt aussehen!"

„Ab dafür!"

„Alles klar!"

Sie latschten durch die Fußgängerzone. Die Kiddies nahmen so langsam die letzten Straßenbahnen in die Reihenhaussiedlungen, ansonsten war nicht viel los.

„Schau mal da!"

Matt zeigte auf so einen Imbißladen, der neulich aufgemacht hatte.

„Österreichische Spezialitäten."

„Das will ich sehen!"

Der Laden war ihnen prinzipiell Wurst, nur waren sie angeheitert, standen an der Scheibe, drückten sich die Nasen platt und lachten über die kitschige Dekoration, die anscheinend K-und-K-Gemütlichkeit vermitteln sollte.

„Guck mal, da oben hängen sogar Fahnen!"

Chris zeigte mit seinem Finger senkrecht nach oben, und da hingen

ungefähr zehn DIN A2-große rot-weiß-rote Fahnen.
„Nimm dir doch eine, wenn sie dir so gefallen."
„Ich komm da nicht hoch."
„Und ob wir da hoch kommen!"
Matt ließ sie von Chris via Räuberleiter auf einen Zigarettenautomaten hieven und hatte mit zwei gezielten Griffen zwei Fahnen ergattert, bevor er mit alkoholisierter Eleganz wieder auf dem Boden landete.
„Ein kleiner Schritt für mich, ein großer für die Menschheit."
Nicht mal nach seinem Eckballtor war er so stolz gewesen.
„Was willst du jetzt mit den Dingern?"
„Stimmt eigentlich. Mitnehmen? Noch einmal klettere ich da nicht 'rauf."
„Mitnehmen."
Die Fahnen geschultert zogen sie weiter ins Babylon. Der Türsteher kannte sie noch vom Nachmittag, zumal sie noch immer die gleichen Sachen anhatten. Er schaute zwar verwundert, was die Fahnen sollten, aber wo steht geschrieben, dass ein Türsteher Menschen mit Fahnen nicht einlassen darf? Den Ramazzotti übersah er freundlicherweise.
Was nun passierte, hatten sie sich nicht träumen lassen. Wie reagieren Diskobesucher auf zwei Angetrunkene in Sportklamotten mit Österreichfahnen?
Sie wurden angesprochen, ob sie aus Österreich kämen, wie es ihnen in Deutschland gefiel und so weiter und so fort. Noch nie hatten sie in kurzer Zeit so viele neue Leute kennengelernt. Um sie scharte sich eine Traube wie sonst nur um die zwei Mädchen bei einem E-Technikerfest. Die beiden genossen den Auftritt. In ihrem Siegergefühl verarschten sie die umstehenden nach Strich und Faden, erzählten Blödsinn für fünf Jahre. Nach und nach hatten sie sich in den Vorraum vor den Toiletten begeben, dort brauchte man nicht so laut schreien. Gut für die Show. Obwohl sie alle anderen dumm von der Seite anlaberten, gab keiner Contra. Alle wollten dabei sein und ließen so manche Schmach mit sich veranstalten. So wie sich manche bundesweit von Harald Schmidt oder Stefan Raab bloßstellen lassen, der Publicity wegen. Der Höhepunkt der Dreistigkeiten:
„Weißt du, wie ein Hund macht?"
Matt hatte sich ein Opfer ausgesucht, das ungefähr einen Kopf größer war als er.
„Was?"
„Ich will von dir wissen, wie ein Hund macht. Das kann doch nicht allzu schwer sein."
„Wau wau!"
Der Typ wußte nicht, auf was Matt hinaus wollte, aber er wußte, wie ein Hund macht.
„Gut. Geht doch. Und wie macht eine Katze?"
„Miau, miau."
Er schien verstanden zu haben.
„Und wie macht ein Wal?"
Matt schaute ihn fragend an und setzte sein Bier an.

Der andere war ratlos, doch Matt zeigte ihm, wie ein Wal machte. Er spuckte ihm eine komplette Mundfüllung Gerstensaft ins Gesicht. „So macht ein Wal. Wenn er auftaucht." Wohlgemerkt, der Typ war einen Kopf größer als er, aber ihr Entertainerstatus brachte einen gewissen Schutz mit sich. Der Typ mußte darauf verzichten, ihm eine reinzuhauen. Es war zwar nicht mit Sicherheit zu sagen, doch das Publikum wäre auf ihrer Seite gewesen. Alleine schon deshalb, weil sie die Show genossen und mehr verlangten. Matt fand es spitze, dass sogar die Kampfhundtypen Respekt vor ihm hatten. Als nächstes postierten sie sich vor dem Damenklo und spielten Zöllner. Immer, wenn eine vorbeiwollte, ließen sie die Fahnen wie einen Schlagbaum herab, setzten eine Art österreichischen Dialekt auf und wollten die Papiere sehen. Vielleicht verbanden die meisten mit dem Alpenland Skilehrercharme, jedenfalls wurden sie überwiegend angelächelt. Von zweien ließen sie sich schließlich mit zur Bar schleifen. Großzügig gossen sie den beiden von ihrem Ramazzotti in deren Sektgläser nach.

Wenn in einem Kochbuch stehen würde, wie man One-Night-Stands bekommt, würde es wie folgt geschrieben stehen. Erster Schritt: Originell sein und Interesse wecken. Das hatten sie geschafft, die Fahnen hatten ausgereicht, um aufzufallen. Zweiter Schritt. Dranbleiben und nicht locker lassen. Sie hatten ihnen zu trinken gegeben, schon allein aus Anstand hatten sie ihre Gesellschaft für die nächste Zeit dulden. Zeit, die Matt und Chris nutzten, sich die Bälle zuzuspielen, um den ersten positiven Eindruck zu verstärken. Dritter Schritt: Konkurrenten ausstechen. Durch ihren überzeugenden Auftritt gab es nicht viele, die es wagten, sie zu stören. Einmal gesellte sich einer zu ihnen, den Matt von der Uni her kannte, so ein komischer Kauz, der immer alleine zu sehen war. Matt unterhielt sich kurz mit ihm, dann fragte er in einem Nebensatz, mit wem er hier sei. Ziemlich gemein. Denn wenn er mit Freunden unterwegs war, konnte er zu ihnen gehen oder auch nicht. Matt wußte allerdings, dass er, wie gesagt ein Einzelgänger war, und so unterstellte diese Frage ganz subtil, ob er denn keine Freunde habe. So konnte er sicher gehen, dass der Typ es nicht zugeben wollte, auf sich alleine gestellt zu sein, schnell behauptete, seine Kumpels seien da hinten irgendwo, und um das alles zu beweisen, prompt abzog. So war es denn auch, Strike! Ein anderes mal war es weitaus schwieriger, doch Chris managte die Sache. Einer derer, die sich vorhin schon haben verarschen lassen fragte frech, ob das ihre Freundinnen seien. Chris legte seinen Arm um eine der beiden und sagte ja. Sie bestätigte das und küßte Chris auf die Backe. Einfach so, aber der Typ zog ab. Eigentlich schon ein Vorgriff auf Schritt fünf, aber der Reihe nach. Schritt vier: Über Sex reden und herausfinden, wie sie grundsätzlich zur schnellen Nummer eingestellt sind. Indirekt am Besten.

„Der Laden hier, der macht um drei zu. Wir kennen noch was anderes, das hat bis um fünf auf. Habt ihr Lust, noch mitzukommen?"
Sie waren nicht abgeneigt, den Abend noch weiterzuführen. Matt nahm den Ball von Chris auf.

„Ist allerdings ein Schwulenladen. Aber das einzige, was noch nach drei auf hat und zu Fuß zu erreichen ist. Kommt mit, und ihr werdet Gestalten sehen, die ihr bisher nur in Talkshows gesehen habt."

Die Jungs erzählten von dem Club, dass sie dort schon angebaggert worden sind, und deshalb auch gerne weibliche Begleitung hätten, damit gewisse Dinge nicht wieder passierten. Wie beispielsweise, dass welche versuchten, sie zu befummeln, oder aufs Klo folgten.

Daraufhin erzählte eine, dass es in ihrer Heimatstadt auch so was gäbe, und als sie mal dort gewesen sei, hätten es sogar zwei in einer Ecke vor allen Leuten getrieben.

Aha, gut zu wissen, offenes Verhältnis zur Sexualität, das war an ihrer Wortwahl, ihren Gesten und daran, dass sie nicht verlegen wurde, zu erkennen. Weiter!

Schritt fünf: Körperkontakt aufbauen. Das heißt, beim 'rumalbern die Hände einsetzen, sich von den Händen langsam weiter Richtung Körpermitte vorarbeiten. Aber langsam, nach und nach, nur nichts überstürzen und plump wirken. Besonders wichtig: Pausen einbauen und abwarten, was von der Gegenseite kommt.

Tatsächlich mußten sie um drei raus, zu viert liefen sie zu besagtem Schwulenclub. Auf dem Weg dorthin waren sie bereits in der Händchenhalten-und-flott-schlendern-Phase. Dort angekommen, durften sie ein wenig enttäuscht feststellen, dass der Laden bis auf weiteres zugemacht hatte. Vielleicht hätten sie doch mal selbst hingehen sollen und sich nicht auf die Gerüchte aus x-ter Hand verlassen sollen. Dennoch fragten die Mädels, was man jetzt noch machen könnte. Daraufhin stritten sich die Jungs, wer die geeignetere Wohnung hätte. Letztendlich beschlossen sie, ein Taxi zu nehmen und zu Matt zu fahren. Auf dem Weg zum Taxistand spaltete sich die Gesellschaft kurz nach Geschlechtern. Chris fragte, ob Matt Kondome zu Hause hätte, und bemerkte, dass er die eine der beiden nicht unbedingt bei Tageslicht sehen wollte.

„Nachts sind alle Katzen grau. Ich laß mir doch von meinen Augen den Fick nicht kaputtmachen."

Matt bemühte sich, so cool wie möglich daherzureden. Er war betrunken, fühlte sich geschmeichelt, dass er mal wieder kurz davor war, ein Mädel abzuschleppen, und beim nächsten Fussballturnier auch was zu erzählen hatte. Die Irinageschichte hatte über Mark die Runde gemacht und lag auch schon ein Weilchen zurück.

„Außerdem, du nimmst doch auch alles, was bei drei nicht auf den Bäumen ist. Und fängst bei zwei an zu zählen!"

Sie fläzten sich in eines dieser weißen Mercedesfahrzeuge, Chris war vorne eingestiegen, hatte seine Fahne auf den Boden gestemmt und laut gesagt, dass er nach Österreich wolle. Matt saß hinten mit den beiden und ließ sich von einer das Knie streicheln, Schritt sechs, die Früchte der Arbeit ernten. Allerdings fragte er sich, was er heute anders gemacht hatte. Schließlich war er doch kein anderer als der, der neulich noch frustriert mit Jan von der Wohnheimparty abgezogen war. Und nun hatte er noch immer seine verschwitzten Fußballklamotten an, sehr attraktiv! Er fand die Welt komisch, aber er konnte sich im Augenblick damit arrangieren.

Als sie aus der Taxe ausstiegen, mahnte Matt an, im Treppenhaus leise zu sein, im Gang auch leise zu sein, in seinem Zimmer könne man dann weitermachen. Der Konvoi trat ein, er schmiß sofort seine Bettdecke auf den Fußboden, damit man es sich dort auch bequem machen konnte. Dann bot er Whisky an, legte die „Second Coming" von den Stone Roses ein, zündete zwei Teelichter an, machte das Licht aus und fragte: „Hell genug?"

Scheinbar war es hell genug, es gab keine Gegenstimmen. Notgedrungen sagte er, dass man bei ihm rauchen dürfte, er habe da als Nichtraucher nichts dagegen. Chris saß mit einer der beiden, natürlich der hübscheren, auf dem Bett, im Schneidersitz gegenüber. Matt saß mit der anderen auf seiner Decke. Umarmen, Küssen. Es kam ihm vor, als ob er die letzten Jahre nichts anderes gemacht hatte. Trotz erst diesem einen Erlebnis mit dieser Russin kam er sich routiniert vor. Auch Chris war inzwischen am Knutschen. Dann entschuldigte sich Matts Vergnügungsfaktor, sie müsse kurz aufs Klo. Er ließ sie los und lehnte sich entspannt zurück. Schon wieder Sex, unkompliziert und ohne Beziehungsprobleme. Einfach eine kleine Vögelei, die beiden gleich viel bedeutet.

Chris unterbrach kurz seine Knutscherei, schaute fragend Matt an und vollzog mit der Hand eine kreisende Bewegung, die wohl ausdrücken sollte, dass er etwas brauchte. Matt verstand, hob seinen Radiowecker an, und ohne dass es das Mädel mitbekam, steckte er Chris ein Verhüterli in die Hosentasche.

Die andere kam zurück. Enttäuscht schaute sie Matt an, entschuldigte sich, wenn sie ihm zu viele Hoffnungen gemacht habe, aber es ginge heute nicht. Er begriff, sie hatte wohl ihre Tage. Schöne Scheiße, aber nicht zu ändern. Sie wollte gehen, er brachte sie zur Tür und erklärte ihr, wie sie am besten wo hin käme.

„Hast du auch so was wie eine Telefonnummer?"

Vielleicht ließe sich ja in den nächsten Tagen was machen.

„Theoretisch schon."

Gut, das war's dann wohl. Er ließ sie gehen. Chris hatte die Aktion so halb mitverfolgen können, und er schaffte es, seine Bekanntschaft zu überreden, mit zu ihm zu gehen. Das war das mindeste, was er für seinen Kumpel tun konnte. Es wäre wohl zu unverschämt gewesen, vor Matts Nase 'rumzuvögeln, wenn er durch dumme Umstände leer ausgegangen war. Die beiden verließen seine Wohnung, aber Matt hatte ein ungelöstes Problem. Eine Riesenlatte. Er lechzte danach, Schamlippen auseinanderzupflügen, aber die, die ihn bis eben befummelt und angetörnt hatte, hatte sich aus dem Staub gemacht. Wenigstens war es ein leichtes, sich jetzt einen 'runterzuholen. Er konnte sich nicht daran erinnern, jemals so weit abgespritzt zu haben. Dann fiel es ihm wie Schuppen von den Augen: Wie hießen die beiden doch gleich? Ja, am Anfang hatten sie ihre Namen gesagt, doch er hatte sie vergessen. Rock'n'Roll! Der Name, der ihm etwas bedeutete, war ihm bekannt.

So many jokes, so many snears
But all those oh so nears
Wear you down, through the years.

Acquiesce

„Keine Zeit heißt kein Bock!"

„Meinst du wirklich?"

Matt nippte an seinem Bier.

„Ich weiß so was. Vergiß sie."

„Und warum sagt sie dann: Keine Zeit, und nicht: Kein Bock?"

„Weil sie nicht unhöflich sein will. Du hast sie lediglich gefragt, ob sie mit dir mal 'nen Kaffee trinken gehen will. Du willst mehr von ihr, sie vermutet es, ist sich dennoch nicht sicher. Also sagt sie: Keine Zeit, und hofft, dass du's schnallst. Alles klar? Ende der Vorstellung."

Matt befürchtete, Chris glauben zu müssen. Zum einen hatte er mehr Erfahrung, zum anderen war auch ihm klar, dass man sich Zeit nehmen kann, wenn man will. Auch wenn man keine hat. Aber so langsam wollte er es direkt hören. Ja oder nein, mitten ins Gesicht. Und vorher das Gefühl, dass sie ihn sich lange genug angeschaut hatte. Damit sie ihn so gut kannte, dass ihr Nein auch begründet sein konnte. Erst dann konnte er die Sache für sich abhaken.

Keine Eventualitäten mehr! Nicht mehr wie bei Heike, wo er vielleicht zu früh alles auf eine Karte gesetzt und aufgegeben hatte, aber so langsam wurde die Ungeduld größer. Ja oder nein. Ist doch nicht zu viel verlangt? Eine einfache Antwort auf eine einfache Frage. Es quälte ihn, zu sehr hatte Nicole das Stadium der Austauschbarkeit überschritten, zu oft mußte er an sie denken, zu sehr hatte er aufgehört, nach anderen zu schauen. Auch wenn es im betrunkenen Zustand schon zu einem Rückfall gekommen war.

Und er hatte schon einen Plan, was er als nächstes tun wollte.

I don't know what it is that makes me feel alive
I don't know how to wake the things that sleep inside
I only wish to see the light that shines behind your eyes!

You'll never walk alone

Sie befanden sich in einer Stimmung, in der man bereit ist, intimste Geheimnisse zu offenbaren, die Leichen, die man im Keller hatte, beim Namen zu nennen. Nachmittags hatte es ein dürftiges 0:0 gegen Schalke gegeben, danach liefen sie gleich im Oasis ein und tranken sich an der Theke fest. So langsam mußte auch der letzte die unbequeme Wahrheit erkennen: Abstiegskampf, mittendrin statt nur dabei. Noch drei Spieltage, nächsten Samstag auswärts in Bochum, dann daheim das Derby gegen den VfB Stuttgart und zum Abschluß das Auswärtsspiel in Rostock. Die Gespenster hatten Namen angenommen, hießen wieder Wattenscheid oder Fürth, und die Frage, was Wolfsburg in der ersten Liga verloren hatte, brannte unter sämtlichen Nägeln. Dazu noch all die Häme, die man derzeit über sich ergehen lassen mußte. Sicher, auch sie hatten immer wieder Sachen wie „Deppen in Meppen" gesungen, aber aus Spaß. Jetzt durften sie sich das selbst anhören, und es traf mitten ins Herz, wenn es an einen selbst gerichtet war.

„Chris, ich sag dir eins: Wir sind von Kindesbeinen an angelogen worden."
Matt hatte schon eine ziemlich schwere Zunge bekommen.
„Ja?"
Auch Chris schaffte es nicht mehr so ganz, eine angemessene Lautstärke zu halten.
„Unser Urvertrauen ist schamlos ausgenutzt worden."
„Was?"
„Ich sag es dir doch! Damals, als wir vier oder fünf waren, was war samstags?"
„Sportschau."
„Genau. Mit Onkel Heribert und so. Und unsere Väter haben uns schamlos angelogen."
„Häh?"
„Es war doch Millionen mal in Deutschland das gleiche Bild: Der Alte sitzt vor der Glotze und guckt Fußball. Der Rest der Familie war abgemeldet für diese Stunde. Und als kleiner Bub war man neugierig und hat gefragt, was er macht, was das ist."
„So weit kann ich folgen. Wer soll uns jetzt beschissen haben?"
„Kommt gleich. Wenn wir Glück hatten, haben unsere Väter geduldig erklärt, dass es sich um Fußball handelt. Früher oder später hat dann jeder von uns gefragt, welche Mannschaft denn gut ist. Das war der Punkt, an dem mich mein Vater angelogen hat. Er sagte, der KSC ist gut. Ich habe ihm geglaubt."
„So? Meiner hat gesagt, der KSC, das sind Säufer."
„Aber du weißt doch, auf was ich hinaus möchte? Darauf, dass es sich keiner von uns ausgesucht hat, KSC-Fan zu sein. Wir wurden da hineingeboren, wir konnten uns nicht wehren. Wir haben uns auf unsere Erzeuger verlassen! Wenn wir dann noch gefragt haben, wer den gewinnt, hieß es meistens: Die anderen. Aber der KSC ist trotzdem gut. Sag mir

einen, der da Verdacht geschöpft hat! Wir haben alles geglaubt, und wer ist daran schuld, dass wir jetzt hier belämmert 'rumsitzen, weil unser Verein mit einem Bein in der zweiten Liga steht? Die, die angeblich unser Bestes wollten!"

„Und diejenigen, die auf Dauer die Niederlagen nicht verkraftet haben, sind dann Bayernfans geworden. Die Warmduscher!"

„Genau das meine ich auch!"

„Trinken wir noch einen."

„Moni, noch zwei Ramazzotti!"

When you walk through a storm hold your head up high
And don't be afraid of the dark.
At the end of a storm there's a golden sky
And the sweet silver song of a lark.
Walk on through the wind, walk on through the rain
Though your dreams be tossed and blown.

Walk on, walk on, with hope in your heart
And you'll never walk alone!

Ten storey love song

Für sie hatte er das Fußballspielen im Park sausen lassen, und jetzt lag er in ihrem Bett. Sie hatte ihren Kopf auf seine Brust gelegt, und ihre kullernden Tränen worden von seinem T-Shirt aufgesogen. Sie bebte nicht mehr so wie zu Beginn und hatte sich beruhigt. Er fragte sich, was er jetzt tun sollte. Seine Stollenschuhe hatte er sich gerade zugeschnürt gehabt, da hatte das Telefon geklingelt. Susi war es gewesen, völlig aufgelöst. Ob er denn Zeit hätte, sie bräuchte jetzt jemanden, und nur er wäre ihr eingefallen.

Für ihn stand es außer Frage, dass er für sie seine Kumpels alleine kicken lassen würde, zumal es ihr nun wirklich nicht gut ging. Ihr Freund war von seinem Auslandsaufenthalt zurückgekehrt, und als erstes hatte er mit ihr Schluß gemacht. Sicher, sie hatte Matt gegenüber erwähnt, dass die Beziehung nicht mehr so ganz das Gelbe vom Ei war, doch durch die Trennung auf Zeit hatte sie sich einen Neuanfang versprochen. Besonders schlimm war es für sie, dass es ihm nicht schwer fiel, die Sache zu beenden. „So ein Schwein. Ruft mich vom Flughafen aus an, und sagt, dass ich ihn nicht abholen muss. Er nimmt den Zug, weil es ja eh' aus ist. Aus. Auf einmal. Und immer, wenn wir telefoniert haben, hat er gesagt, dass wir es noch mal probieren, wenn er wieder zurück ist. Und dann ist er wieder hier, und hat sich's anders überlegt!"

Als Tanja mit Jan Schluß gemacht hatte, kam sich Matt nicht so hilflos vor. Da war einfach ein Saufabend mit derben Sprüchen angesagt gewesen. Aber jetzt? Er schwieg und hielt Susi weiter fest.

„Mir sei doch auch klar gewesen, dass es nichts auf Dauer sei! Doch der allergrößte Hammer: Ich bin im nicht weiblich genug. Das fällt dem Herrn reichlich früh ein!"

Das mit dem nicht weiblich genug konnte Matt nachvollziehen, doch er betrachtete das aus seiner Sicht als Vorteil: Susi war viel umgänglicher als die meisten Frauen, konnte Skat und Doppelkopf spielen, brauchte keine Ewigkeiten im Bad und war beileibe nicht auf den Mund gefallen, wenn es darum ging, mit prahlenden Männern mitzuhalten. Auch wenn sie es jetzt gerne gehört hätte, entkräften konnte er es nicht, wenn er aufrichtig bleiben wollte.

„Hat er denn gesagt, ob da jemand anderes ist?"

„Nein, hat er nicht. Aber das glaube ich nicht. Und wenn, was macht es? Wie würdest du denn Schluß machen?"

„Oh je, was soll ich dazu sagen? Ich war noch nie in der Verlegenheit. Kann man denn überhaupt auf eine richtige Art Schluß machen? Auf alle Fälle würde ich mich auf nichts einlassen, was ich von vorn herein als Zwischenlösung betrachte."

Matt beschloß, ein bißchen aus seinem Nähkästchen zu plaudern. Zum einen, um Susi ein wenig abzulenken, zum anderen, um ihr zu zeigen, dass auch er bereit war, ihr persönliche Dinge anzuvertrauen.

„Das mit der Russin und der Straßenbahnparty hast du ja mitbekommen. Aber wenn es nicht klar gewesen wäre, dass es nur um diese eine Nacht

geht, wäre da bestimmt nichts passiert. Für was Ernstes wäre sie einfach nicht mein Typ, aber was passiert ist, war schön und ok. Und die eine, von der ich mal wirklich was wollte, da hat es nicht geklappt."
„Warum denn?"
„Da fragst du den Richtigen! Ich weiß es nicht. Ich habe sie angerufen, so ein paar Tage, nachdem wir uns kennengelernt haben. Der Abend lief richtig gut, und ich hatte ein super Gefühl. Dass es die Richtige ist, und dass auch ich jemanden bekomme, der zu mir paßt. Am Telefon habe ich dann gestottert und rumgestammelt, weil ich so aufgeregt war."
„Ach Gott! Ich stell mir das aber voll süß vor."
„Sie fand es wohl nicht so süß, leider."
„Schade, ich hätte es dir gegönnt. Beschreib' sie mir doch mal!"
Nun wurde er doch ein wenig wehmütig, obwohl er Heike schon längst verdrängt zu haben glaubte. Und obwohl in seinem Kopf derzeit nur eine einzige Frau, nämlich Nicole, existierte. Aber über die konnte er nicht mit Susi reden, das war ihm zu heikel. Schließlich steckten die beiden seit der Schulzeit miteinander zusammen, und alles, was er jetzt Susi erzählte, so befürchtete er, würde ziemlich schnell bei Nicole landen. Wenn Nicole seine Gefühle schon nicht teilte, wie es allem Anschein nach war, dann wollte er sie wenigstens für sich behalten.
„Heike hieß sie, und sie war so lebendig. Vom Äußeren nicht gerade das, was bei RTL das Wetter moderieren darf, das war einfach ok. Sie hatte ihre kleineren Schönheitsfehler, aber mit ihren Augen, mit ihren Bewegungen, da hat es einfach ein schönes Gesamtbild gegeben. Sie war so mitreißend, das war es, was mich so fasziniert hat. Aber sie wollte mich nicht."
Da dieser Korb schon ein Weilchen zurücklag, mußte Matt die heruntergezogenen Mundwinkel und enttäuschten Augen spielen.
„Weißt du, ich bin sowieso der Ansicht, dass ihr Frauen euch die Männer nach den falschen Kriterien aussucht! Ja, ehrlich! Am meisten lieben euch die, die euch wie die größten Idioten vorkommen. Die, die in eurer Gegenwart keine drei zusammenhängenden Sätze zustande bringen. Nicht, weil sie blöd sind, sondern weil sie so hin und weg sind. Weil sie von ihren Gefühlen überrollt sind. Doch das seht ihr ja nicht. Dann entscheidet ihr euch doch wieder für einen ach so souveränen Typen, dem der Korb nichts ausmachen würde, weil er dann eben zur nächsten geht. Aber eins ist sicher, der wird euch nicht auf Händen tragen. Weil er euch nicht liebt. Der braucht euch höchstens. Und dann wirft euch weg, wenn ihr ihm langweilig geworden seid!"
Natürlich hatte Matt das Mittel der Theatralik angewandt, aber es funktionierte. Susi lächelte, und auch ihre verweinten Augen hatten wieder ein kleines Strahlen wiedergefunden.
„Du bist lieb."

When you're heart is black and broken
And you need a helpin' hand.
When you're so much in love that you just don't understand.

As you're questions go unanswered
And the silence is killing you.
Take my hand baby I'm you're man, I've got lovin' enough for two!

She bangs the drums

„Muss das wirklich sein?"

„Ja."

„Du weißt, was du von mir verlangst?"

Matt war es ziemlich egal, wie viel er von Chris verlangte. Hauptsache, er war dabei.

„Wir könnten jetzt in aller Ruhe vor der Glotze hängen und uns Pulp Fiction ´reinziehen. Statt dessen muss ich mit dir auf Baustellen ´rumschleichen. Und es pißt!"

Das Wetter war in der Tat nicht sehr erbaulich. Es war zwar warm, doch ab und zu peitschten kräftige Windböen durch die Luft, und seit Einbruch der Dunkelheit regnete es unaufhörlich. Fritz-Walter-Wetter, aber vielleicht mußte das so sein. Die beiden hatten gerade eines dieser Baustellengitter aus der Verankerung gehoben und sich durchgezwängt. Links vor ihnen stand das riesige Gerüst.

„Da hoch?"

„Da hoch."

„Du spinnst doch."

„Schiß, oder was?"

„Jetzt hör aber auf! Ich meine, ist es die Kleine überhaupt wert? Sie hat dich doch eh schon abblitzen lassen."

„Jeder macht mal Fehler. Und ich geb' ihr einfach eine zweite Chance! Du kannst mich aber auch gar nicht verstehen. Du kennst sie nicht, und dir rennen ja sowieso alle hinterher. Ich muss mir schon etwas mehr einfallen lassen."

„Alles klar."

Matt befürchtete zwar auch, dass er den Korb nur gegen einen größeren eintauschen würde, doch bis jetzt glaubte er noch nicht an seine Niederlage, vielleicht, weil er sie nicht wahrhaben wollte. Jetzt hatte er ein altes Bettlaken dabei, auf dem er mit Graffitifarben ein Herz gesprüht und dick und fett „Nicole" geschrieben hatte. Das wollte er am Baustellengerüst aufhängen, direkt gegenüber von ihrem Fenster.

Sie liefen die paar Meter ´rüber. Durch die Dunkelheit, an einem Kieshaufen vorbei, Matt stolperte fast über eine Schaufel.

„Ah! Verdammte Scheiße!"

„Mann, nicht so laut! Was ist denn?"

„Ich bin in eine Pfütze gelatscht. Schau dir nur meine Hose an!"

„Ich seh nichts."

„Laß' deine Scherze. Wenn du nicht mein Kumpel wärst, könntest du deinen Scheiß hier alleine machen."

Matt verzichtete, darauf etwas zu sagen. Sie fanden die Leiter und stiefelten auf die erste Plattform, dann auf die zweite. Beide waren zuvor noch nie auf einem Baugerüst, und es war eine äußerst wacklige Angelegenheit. Durch den Regen war das Holz auch noch rutschig geworden.

„Und hier schickt man besoffene Polen hoch! Wie unverantwortlich."

„Die haben das gelernt. Außerdem kriegen die Geld dafür. Und wer soll's sonst machen?"

„Bewirb dich doch. Ab morgen hast du gute Referenzen. Vielleicht kannst du ihr dann wenigstens beim Duschen zuschauen."

Matt schaute sich um, orientierte sich am Haus gegenüber. Nach eingehendem Studium der Klingeltafel hatte er abgeschätzt, wo sie ungefähr wohnen müßte.

„Wir müssen noch mindestens zwei Etagen ´rauf."

Chris widersprach nicht. Er hatte überhaupt keinen Bock auf diese Aktion. Er konnte es auch nicht verstehen, dass man für ein Wesen des anderen Geschlechts so einen Streß schieben mußte. Bei ihm lief es ja immer wie von alleine. Aber Matt hatte seit der Geschichte nach dem Fußballturnier bei ihm was gut, und wenn er sich so revanchieren konnte, sollte es ihm recht sein.

Stock für Stock kämpften sie sich noch oben, Meter für Meter stieg der Respekt vor der Höhe, und sie klammerten sich immer fester an den Stangen fest. Als sie nach Matts Vorstellungen den richtigen Platz erreicht hatten, hielten sie inne und schauten auf die Straße runter. Das Sauwetter konnte nicht alle in den eigenen vier Wänden halten, doch wenigstens schaute des Regens wegen keiner nach oben, alle hetzten mit verstecktem Kopf an den Häuserwänden entlang.

„Halt mal hier fest." Matt drückte Chris ein Ende des Lakens in die Hand, nahm selbst das andere und begann, es an einer Gerüststange festzubinden. Chris machte das gleiche mit seinem Ende, aber gerade als er eines der Schnürchen fassen wollte, erfaßte ein Windstoß das Tuch und es flatterete, nur an einer Ecke hängend wie eine Fahne im Wind.

„Paß' doch auf! Ich hab' nur eins dabei."

„Jetzt reg' dich ab. Es ist noch da."

Chris beugte sich vor, um das Laken wieder einzuholen. Dabei stieß er eine Spachtel nach unten. Sie fiel, schlug an mehreren Stangen an, und die zwei konnten deutlich das Scheppern hören.

„Runter! Wenn uns hier jemand sieht."

Sie legten sich auf die nassen Bretter, Chris hatte das Laken unter sich begraben, und erst als sie sicher waren, dass niemand sie bemerkt hatte, richteten sie sich wieder auf. Chris schaute Matt genervt an, dieser antwortete mit einem Ist-ja-schon-gut-aber-laß-uns-das-zu-Ende-bringen-Gesichtsausdruck.

„Ich bin mehr durchnäßt als du. Du hast dich ja noch auf das Ding gelegt!"

„Das ist auch das mindeste. Die Pfütze war schon mehr als genug."

Kurz darauf hing das Ding, und Matt war zufrieden: Mission completed. Melanchonisch schaute er auf die zumeist dunklen Fenster der gegenüberliegenden Häuserzeile.

„Ab dafür!"

Chris war sichtlich beruhigt, dass sie es endlich hinter sich hatten.

„Jetzt stell dir vor, was sie morgen früh für ein Gesicht machen wird! Die Morgensonne blinzelt durch ihre Fensterläden, sie macht sie auf, und was wird sie als erstes sehen?"

„Einen Stoffetzen, auf dem Farbe verlaufen ist. Und mit Sonne ist morgen auch nicht zu rechnen."

So langsam fühlte sich Chris berechtigt, ein wenig seinem Unmut Luft zu verschaffen.

„Glaubst du, daran habe ich nicht gedacht? Ich habe die wasserfestesten Farben gekauft, die es gibt. Sie wird beeindruckt sein! Wochenende ist auch noch, der erste Arbeiter kommt hier am Montag her, und bis dahin bleibt ihr gar nichts anderes übrig, als es gesehen zu haben."

Es war schwer, Matt die Laune zu verderben. Er war stolz auf das, was er geschafft hatte. Wenn er schon nicht im rechten Augenblick die richtigen Worte finden konnte, wollte er anders überzeugen. Irgendwie hatte er das Gefühl, dass genau das seiner Art entsprach, Taten statt Worte, und all die Typen, die immer nur heiße Luft verbreiten, werden irgendwann im Regen stehen.

Der Abstieg ging recht schnell vonstatten, und sie kümmerten sich immer weniger um ihre Lautstärke.

„He! Was macht ihr denn hier?"

Sie waren wieder ganz unten, etwa zwischen Schaufel und Kieshaufen.

Irgendwo aus der Dunkelheit kam eine Stimme. Cool bleiben! Nicht anmerken lassen, was man gerade getan hatte.

„Das ist mein Revier! Ein Mann in meiner Position mag es gar nicht, wenn man ihn stört."

Der erste Satz hatte sie noch hell aufhorchen lassen, der zweite kam so schwerfällig gelallt über die Lippen, dass sie fast lachen mußten. Ein Penner! Nur ein einfacher, stinkender Stadtstreicher! Glück gehabt. Sie schalteten von cool bleiben auf cool sein um.

„Ah, guten Abend Herr Bankdirektor. So spät noch unterwegs?"

Chris hatte einen ziemlich übertrieben unterwürfigen Ton in seiner Stimme.

„He Junge, du wirst doch einem alten Kumpel wie mich nicht verpfeifen wollen! Bin auch ganz, ganz friedlich. Ehrlich."

Der Penner hatte jetzt das Unterwürfige in seinen Worten, das Besoffene haben, wenn man sie bei einer Schandtat ertappt hatte.

„Muss ich mir noch überlegen. Aber sei lieb zu den Ratten."

„Danke euch vielmals. Aber habt ihr nicht noch ein bißchen Kleingeld für mich? Bin schon seit 14 Jahren auf Wanderschaft."

Der Herr Bankdirektor beugte sich zu den beiden vor, und er stank bestialisch. Es war diese Mischung aus Schnaps, Bier und Rauch, vor allem aber aus Pisse und Scheiße.

Matt war angeekelt, und wußte, wie hartnäckig diese Artgenossen bleiben konnten. Er kramte in seinen Hosentaschen.

„Hier, ein Fünfer, weil ich heute einen guten Tag habe. Aber das muss eine Weile reichen."

Schon sonderbar, dass einer Anfang Zwanzig mit erhobenem Zeigefinger zu einem Fünfzigjährigen sprechen konnte.

„Bin zutiefst dankbar." Der Penner legte seine Hand auf Matts Schulter. Er zuckte zurück.

„Ist schon gut, und jetzt ab ins Bett!"

Der Penner trollte sich.

„Pfui, war der widerlich. Komm Chris, wir gehen einen trinken. Ich geb' noch einen aus."

„Will ich mal schwer hoffen. Nimm doch deinen neuen Freund noch mit."

„So gut kenne ich ihn auch nicht."

„Immerhin war er dir fünf Mark wert."

„Ich war eben nett zu ihm. Außerdem, es könnte ja noch immer Günter Wallraff sein."

„Alles klar. Aber hab ich's dir nicht gesagt: Der Weg zu ihr führt über die Penner."

Have you seen her have you heard
The way she plays there are no words
To describe the way I feel.
How could it ever come to pass
She'll be the first she'll be the last
To describe the way I feel, the way I feel.

Dedicated follower of fashion

Es war Zeit geworden, professionelle Hilfe in Anspruch zu nehmen. Vielleicht war er einfach nicht mehr auf der Höhe der Zeit, schließlich hatte er sich die letzten neuen Klamotten vor mehreren Monaten gekauft. Und vielleicht hatten sich die Zeiten geändert, ohne dass er es mitbekommen hatte. Deshalb hatte er sich dieses Lifestylemagazin gekauft, das versprach, jeden, der es nur aufmerksam lese, auf die Höhe der Zeit zu bringen. Beim ersten Durchblättern hatte er entdeckt, mit welchen Themen sich Menschen hauptsächlich beschäftigten. Guter Sex, wobei wohl jeder mehr hatte als alle anderen, das Bemühen um einen perfekten Körper und einen angemessenen Kleidungsstil, verbunden mit dezenten Accesoires, wie etwa einer Kette oder einem Ring. Was nun kleidungstechnisch angesagt war, wurde zum einen über die Werbeanzeigen vermittelt, zum anderen gab es für schwierige Fälle noch ein paar Seiten Modeguide, in dem vorgeschlagen wurde, welche Kleidungsstücke man miteinander kombinieren konnte und welche nicht. Der Trend ging offenbar zu Hosen mit ganz vielen Taschen und auch weg von den rauhen Stoffen hin zu feinerem Zwirn. Als er dann aber in den Läden diese Sachen anprobiert hatte, kam er sich darin etwas lächerlich vor, was dazu führte, dass es ihm egal war, ob seine Kleidung nun fit für den bald anstehenden Jahrtausendwechsel war. Immerhin hatte er bei einem Flohmarkt einen Ring gefunden, der ihm gefiel. Leider hatte er festgestellt, dass er sich zwar gerne damit schmückte, aber der Ring, obwohl es seine Größe war, doch die meiste Zeit drückte und ihn deshalb behinderte und einschränkte. Deshalb trug er ihn oft in der Hosentasche und holte ihn nur heraus, wenn er wollte, dass man diesen sehen sollte. Wenn der Ring nicht gedrückt hätte, hätte er ihn immer getragen Nach wie vor sollte aber ein schöner Körper Bestandteil eines jeden interessanten Menschen sein. Das Heft sprach diesbezüglich von Muskelaufbau und von vollendeter Körperpflege. Für den Muskelaufbau waren sogar Übungen vorgeschlagen, die man daheim machen konnte. Alles war schön und einfach mit Bildern erklärt, und es sah auch äußerst einfach aus. Die ganzen durchtrainierten Männer, die ihre Crunches machten und dabei lächelten. Als er dann diese Übungen nachmachen wollte, war er aber ziemlich schnell außer Puste und verfluchte diese Typen, die dabei noch genüßlich lächeln konnten. Spätestens, als er das doppelte Programm wie vorgeschlagen (er wollte seinen Trainingsrückstand möglichst schnell aufholen) gemacht und sich einen gehörigen Muskelkater geholt hatte, hatte er aufgegeben, auch einen Waschbrettbauch haben zu wollen. Blieb noch die Körperpflege, das schien das einfachste zu sein. Man brauchte nur irgendwelche tollen Sachen kaufen, anwenden, und schon war man fertig. Das war selbst für ihn nicht zu viel.

Flutsch! Die weißlichgelbe, klebrige Masse hatte sich aus seinem Körper befreit. Das meiste hing am Spiegel, etwas weniger war an seinen Fingern hängengeblieben. In letzter Zeit sorgte er fast täglich für diese Fontänen aus gallertartiger Körperflüssigkeit. Er konnte nicht anders, es mußte einfach sein. Er betrachtete sich im Spiegel, und dann fing er an, an sich rumzuspielen. Unter seiner Gesichtshaut bildeten sich in schöner Regelmäßigkeit diese kleinen Tanks aus Eiter, die er zu zerstören hatte. Dann drückte und kratzte er, bis die Dinger aufgeplatzt waren und er die Materie aus sich heraus hatte. Dann tupfte er, so wie er es gelesen hatte, zum Desinfizieren ein wenig Alkohol auf die offenen Wunden und preßte mehrere Minuten ein Taschentuch an, wegen dem Blut. Seine Pickel drückte er aus ästhetischen Gründen aus, doch prinzipiell ging der Schuß immer nach hinten los. Die Befürchtung, man könne an ihm nur die drei vier kleinen Hubbel, unter denen es weißlich schimmerte, sehen, drängte ihn dazu, sie ausdrücken. Dann fummelte er, und letztendlich hatte er dann statt der Hubbel eine gleiche Anzahl an blutverkrusteten Punkten in seinem Gesicht. Preisfrage: Was ist besser? Die Hubbel oder die Blutwunden? Ihm war bewußt, dass die Hubbel wohl das kleinere Übel sein müßten, doch wenn er sie bearbeitet hatte, hatte er das Gefühl, wenigstens etwas dagegen unternommen zu haben. Außerdem hatte er durch das nette Heft von dieser Abdeckpaste erfahren, die er darüber aufzutragen konnte, also sah man das Blut nicht mehr.

Heute wollte er besonders gut aussehen. Jörg war zu Hause ausgezogen, und seine WG-Einweihungsparty stand auf dem Programm. Matt rechnete fest damit, dort Heike über den Weg zu laufen. Eine Situation, die vielleicht unangenehm werden könnte. Aber wenigstens konnte er sich darauf einstellen. Was würde sie tun, wie würde sie ihn behandeln? Vor allen laut sagen: Schaut her, der wollte mal was von mir, doch ich habe ihn abblitzen lassen? Würde er auf dem Präsentierteller stehen und diesen Eimer Wasser über sein Haupt geschüttet bekommen? Vielleicht nicht ganz so direkt, bestimmt aber würde getuschelt werden. Über ihn. Darüber, dass er sich, wenn auch nur ein wenig, aber deutlich genug, um sie bemüht hatte und sie nicht wollte. Was für ihn, obwohl es nicht wirklich so war, einem Versagen gleichkam. Weil er mehr von ihr als sie von ihm gewollt hatte, kam er sich angreifbar und verwundbar vor.

Also malte er sich aus, was passieren könnte, und was er tun könnte, um es erträglicher zu machen. Auf keinen Fall kneifen und nicht hingehen. Dazu war er zu gut mit Jörg befreundet, außerdem, das Problem wäre nur verschoben. Und heute konnte er sich immerhin vorbereiten. Sein Plan: Freundlich sein, so tun, als ob der Korb spurlos an ihm vorübergegangen war. Er hatte ihn auch tatsächlich schon verwunden, was blieb, war die Ablehnung. Einfach die Tatsache, das er viel von sich preisgegeben hatte, was nicht erwidert wurde. Das damit verbundene Empfinden, ihr, also Heike, ausgeliefert zu sein. Wenn sie wollte, konnte sie sich über ihn lustig machen wie sie nur wollte, das wußte er. Er kannte seinen wunden Punkt, sie bestimmt auch. Würde sie ihn ausnutzen? Zwar hatte er sie schätzen gelernt, doch so ganz konnte er nicht abschätzen, wie sie weiter mit ihm umgehen würde. Würde sie beschließen, dass die Sache ausgestanden war, oder würde sie als Frau es genießen, ihre Macht über ihn als Mann auszunutzen?

Teil zwei im Plan: Wahrscheinlich würde auch Julia, ihre beste Freundin da sein. Sie war schließlich an jenem Abend auch im Oasis zugegen, und Jörg würde wenn, dann wohl beide im Doppelpack einladen. Auch wenn Jörg seine Tiefbauarbeiten schon vor einem Korb eingestellt hatte. Also wollte er sich um sie kümmern. Sie wußte bestimmt über alles Bescheid, wenn sie nicht sogar seinen Brief gezeigt bekommen hatte. Ziel sollte es sein, Heike zu vernachlässigen und Julia zeigen, wie toll er ist. Seinen Charme und Humor versprühen, auf sie eingehen, sie zum Lachen bringen, vielleicht noch ein paar Komplimente, aber alles ohne Hintergedanken. Ohne Hintergedanken bei ihr. Bestimmt würde sie, auch wenn er es nicht mitbekäme, Heike fragen, warum sie sich ihr hatte entgehen lassen. Diesen kleinen Triumph malte er sich aus und den wollte er erreichen. Dazu mußte es nicht einmal tatsächlich so sein, es genügte, wenn er es sich durch geringe Anzeichen begründet mit gutem Gewissen einreden könnte. Dann wäre er zufrieden, und die Schmach erträglicher.

Voraussetzung: Vollendete Körperpflege. Rasieren, duschen, die Haare in ein gepflegtes Chaos bringen, die Hautunreinheiten im Gesicht bearbeiten. Inzwischen hatte er einen stationären Zustand erreicht, er konnte nichts mehr ausdrücken, die Blutungen hatten aufgehört, und die Schorfstellen hatte er auch übertüncht. Coole Kleidung, wenn auch nicht mehr ganz aktuell: Die Jeans mit dem Riß kurz unter der linken Arschbacke, darunter die schwarze Boxershorts. Ebenfalls schwarzes T-Shirt, darüber ein beiges Hemd, so eins wie Liam Gallagher es beim Konzert in Frankfurt getragen hatte, offen. Die Haare korrigierte er, nachdem er sein T-Shirt übergezogen hatte. Skeptischer Blick in den Spiegel, doch im großen und ganze war er mit sich zufrieden, es konnte losgehen. Schuhfrage, Docs.

They seek him here, they seek him there.
His clothes are loud but never square.
It will make or break him so he's got to buy the best
'cos he's a dedicated follower of fashion.

Oh yes he is, oh yes he is!
He thinks he is a flower to be looked at,
and when he pulls frilly nylon panties right up tight
he feels a dedicated follower of fashion.

Alright

Als Gastgeschenk hatte er ein Poster mit einer barbusigen Karibikschönheit ausgewählt, für eine neu eröffnete Junggesellenwohnung bestimmt nichts Verkehrtes.

Auf dem Weg zu Jörg begegnete er Chris, sie klagten sich gegenseitig das Leid wegen der am Wochenende zwei verschenkten Punkte in Bochum, kamen an und klingelten.

„Die Parole!" knisterte es aus der Sprechanlage. Aha, mal wieder die Parolenaktion. Matt kannte sie noch nicht, doch Chris wußte, was Sache war.

„Freiheit für Kuba."

Sie wurden eingelassen. Chris erklärte die Lage.

„Oben hängt neben der Sprechanlage ein Zettel. Jeder, der rein will, wird nach der Parole gefragt, obwohl es keine gibt. Wer nicht cool genug ist, wird nicht reingelassen. Es geht darum, irgend einen Scheiß zu sagen. Dann wird aufgeschrieben, wer was gesagt hat, zur Erheiterung der Gäste. Wer Sachen sagt wie „Laß-mich-rein" oder „Was-soll-der-Scheiß" wird ausgelacht."

Matt war beruhigt, dass er mit Chris gekommen war, alleine wäre er bestimmt aufgelaufen. Im Treppenhaus hing noch ein Zettel, der sich an die Nachbarn richtete und eventuelle Lärmstörungen zu entschuldigen bat.

Sie kamen die Treppe hochgekeucht, Jörg empfing sie an der Tür, nahm das Poster und eine Flasche Wein, die Chris bei sich hatte, in Empfang. Dann erklärte er das Fest. Bier in der Badewanne, notdürftig belegte Schnitten, Erdnüsse und Chips in der Küche. Es waren bereits etwa zwanzig Leute vor ihnen gekommen, die meisten kannten sie schon, daher verzichtete Jörg auf die formelle Vorstellrunde. Vorsichtig suchte Matt nach Heike und Julia, beide nicht da. Beruhigend. Trotz Vorbereitung war es ihm dennoch lieber, auf die eventuelle Extremsituation zu verzichten. Doch eine andere unverrückbare Wahrheit der Weltgeschichte wurde aufs neue bewiesen: Die Welt ist ein Dorf. Nicole! Sein Herz schlug mal wieder schneller. *Sie* war hier. Er hatte mit vielem gerechnet, nur nicht mit ihr. Auf Heike hatte er sich vorbereitet, nicht jedoch auf sie. Welche Verbindung hatte Nicole zu Jörg? Keine. Wie kam sie her? Egal, sie war hier. Seine Hände wurden feucht. Da saß sie am Küchentisch, mit dem Rücken zu ihm. Alle seine Vorbereitungen waren zunichte. Timeout. In Gedanken knickte er den Schokoriegel. Sammeln, Gedanken ordnen, sich auf die neuen Umstände einstellen. Wie sollte er mit ihr umgehen? Sie hatte ihn versetzt, er hatte das Plakat aufgehängt. Sollte er sauer, böse, oder beleidigt sein? Schmollen oder sich freuen? Alle Gefühle hatte er in sich drin und konnte noch entscheiden, welche er nach außen kehren konnte. Er beschloß, abzuwarten, sich leicht trotzig zu geben und auf Schritte von ihrer Seite zu warten. Sie hatte ihn versetzt, den Korb gegeben, er hatte das Plakat aufgehängt. Sie war dran. Auch wenn sie nicht viel für ihn empfand, so mußte sie doch wenigstens neugierig genug sein, um herausfinden zu wollen, ob er der heimliche Verehrer war. Im Bad holte er sich ein kaltes Bier und stellt sich mit Chris an die Sprechanlage und spielte Pförtner. Parole abfragen, Leute zappeln lassen, reinlassen, aufschreiben. Die Top 5:

„Hausdurchsuchung, Drogenpolizei."

„Ich möchte den Geschäftsführer sprechen."

„Wo ist denn bitte der Bühneneingang?"

„Pizzadienst."

„Fußball, ficken, Alkohol."

Für Beschäftigung war gesorgt. Nach und nach füllte sich die Bude, Jörg wurde mit Geschenken und Weinflaschen überhäuft, mit Sprüchen aufgezogen. Ob er jetzt endlich in seinem Zimmer rauchen dürfe. Ob er wüßte, dass der Hausgeist, der Teller spült und Wäsche bügelt, von nun an fehlen werde. Heike und Julia waren allerdings nicht gekommen, aus welchen Gründen auch immer. Matt konnte sich also ganz auf Nicole konzentrieren. Dann trat das ein, was früher oder später kommen sollte. Sie kam an ihm vorbei.

„Hi."

Ihr Gesicht, ihre Augen hatten nichts von ihrem magischen Charakter verloren, auch wenn sie nur „Hi" sagte.

„Hallo, wie kommst du denn hier her?"

Er versuchte, seine Begeisterung für sie hinter der Überraschtheit, sie hier zu sehen zu verstecken und beschloß, die Unterhaltung auf sicherem Terrain zu halten. Sie erzählte, dass einer aus ihrem Semester mit Jörg auf der Schule war und auf diesem Weg auf die Party geraten war. So war das also! Als sie weiterging, atmete er tief ein, um möglichst viel von ihrem angenehmen Geruch in sich aufzunehmen. Wenn sie schon nicht mit ihm Kaffee trinken gehen wollte, so wollte er doch so viel von ihr haben wie er nur bekommen konnte. Was ihn stolz machte, war, dass sie bei dieser kurzen Begegnung darauf zu warten schien, dass er etwas sagte. Jedoch war er fest entschlossen, die Plakataktion für sich zu behalten. Selbst wenn sie ihn offen darauf anspräche, er würde alles vehement abstreiten. Vielleicht energischer abstreiten als es nötig wäre, um sie noch mehr im Unklaren zu lassen. Ihren abwartenden, vielleicht sogar fragenden Blick hatte er erfolgreich ignoriert.

Als sie außer Hörweite war, weihte er Chris ein.

„Das ist sie. Die, von der ich dir erzählt habe."

„Du hast mir das Ohr abgelabert."

„Aber schau sie dir an, es ist doch mehr als nur berechtigt."

Chris konnte nicht widersprechen. Matt war beruhigt, dass er endlich die ominöse Schönheit, von der er dauernd erzählte, zeigen konnte.

„Sie ist die Frau, an die ich denke, wenn ich eine Sternschnuppe sehe."

Chris blieb nichts anderes übrig, als zuzuhören.

„Ich glaube immer noch, dass ich eine Riesengelegenheit hatte und einfach nur zu dumm war. Sie hat mich damals regelrecht ausgefragt, und wußte so viel über mich, mehr, als es dass es normal sein könnte. Hab ich sie mir damals ein für alle mal wie Wasser durch die Finger rinnen lassen? Oh Mann, sie ist so klasse!"

Matt durfte zu Ende schwärmen, später setzten sie sich in die Küche, futterten Nudelsalat, Nicole steckte in einem der Zimmer. Er hatte seine Nervosität im Griff, hielt sich von ihr fern, ab und zu begegneten sie sich im Flur oder an der Badewanne, außer zwei, drei Sätzen geschah aber rein gar nichts. Dafür tauschten sie ab und an über mehrere Meter und Schultern hinweg interessierte Blicke aus. Er schaute so oft es ging in ihre Richtung, nur um dann auf den Boden zu schauen, wenn sie ihn anschaute. Sehr kindisch zu denken, dass es ihr nicht auffiel.

Dann setzte sie sich, ebenfalls mit Nudelsalat, an den Tisch. Sehr heikel für ihn. Er wollte partout vermeiden, dass seine Zuneigung zu ihr öffentlich wurde. Gut, Chris und Jan hatte er von ihr erzählt, doch bei ihnen war sein Geheimnis in verantwortungsbewußten Händen. Das, was er bei Heike vermeiden wollte, war auch hier angebracht. So ehrlich und ehrbar seine Gefühle auch waren, er wollte vermeiden, dass sie bekannt wurden, bevor er nicht wußte, ob sie auf Gegenseitigkeit beruhten. Er malte sich die Grundschulhänseleien aus: „Matt ist verliebt. Verliebt. Verliebt!" Schlimmster Fall: Alle wissen es, und er hat keine Chance bei ihr: „Du kriegst sie nicht, du kriegst sie nicht!" Nach dem Stand der Dinge sah es auch danach aus. Auch darum hatte er beschlossen, nicht so vorzupreschen wie er es bei Heike getan hatte. Bisher hatte seine Politik der kleinen Schritte jedoch noch nichts zählbares erbracht. Nun war sie keine zwei Meter von ihm entfernt, praktisch zum Greifen nahe. Statt dessen tauschten sie Belanglosigkeiten aus. Chris konnte es sich nicht verkneifen zu fragen, woher sich die beiden kannten. Nicole nahm Matt die Antwort ab.

„Wir sind sozusagen Nachbarn."

Nachbarn. Jetzt schien er wohl endgültig zu wissen, woran er bei ihr war. Nachbarn. Sie hätte auch etwas anderes sagen können, etwa Bekannte. Die konnte man sich im Gegensatz zu Nachbarn immerhin aussuchen. Hatte er bei ihr wirklich nur den Grad einer Person, die man zwangsläufig kennen mußte? Die Hoffnung, dass es anders war, hatte er noch nicht aufgegeben. Zu sehr hatte sie ihn angelächelt, damals im Babylon. Zu oft hatte er sie bei ihren kurzen Begegnungen zum Lachen bringen können. Für heute Abend war er aber vorerst vollends verstimmt. Nachbarn. Tss.

Das Gespräch am Tisch hatte sich in eine Richtung entwickelt, der er nicht mehr sonderlich folgen konnte. Mit zwei Typen, die mit ihr auf der Kunstakademie zu sein schienen, unterhielt sie sich zwischen den kleinen Gäbelchen Nudelsalat über Kunst. Ihre Professoren, ihre Projekte. Irgendwie sehr elitär. Danke! Dann wurde das Gespräch wieder mainstreamfähig.

„Nein, ich hab wirklich keinen Bock auf die Paul Klee Ausstellung. Mag er noch so einen Namen haben, er interessiert mich einen Scheißdreck."

„Oh Mann, finde ich denn keinen, der mit mir in diese Ausstellung geht?"

Nicole war sichtlich wild darauf, dieses Gepinsel zu sehen, nur schien keiner mit ihr mitkommen zu wollen. Waren ihre Kommilitonen total verblödet? Wann wurde man schon einmal gefragt, mit einem so bezauberndem Wesen etwas unternehmen zu dürfen?

„Mich hast du ja nicht gefragt!"

Matt legte eine übertriebene Beleidigtkeit in seine Worte. So sehr übertrieben, dass alle am Tisch es als lustig empfanden, wie er agierte. Alle, außer vielleicht ihr. Es war vielleicht der beste Weg, die vorhandenen Gefühle so zu verstärken, dass sie keiner für ernst nehmen konnte. Denn wer würde schon so offensichtlich zu Werke gehen? Seine Worte unterstützte er, indem er die Arme verschränkte, die Augenbrauen zusammenzog und grimmig auf seinen Teller starrte. Das hielt er ganze drei Sekunden lang durch, dann mußte er lachen.

„Nein, ich meine es ernst, ich will da bei Gelegenheit auch hin."

„Wirklich? So habe ich dich gar nicht eingeschätzt."

Er sich auch nicht. Nur war ihm jedes Mittel recht und billig, an sie heranzukommen.

„Ich verstehe nicht viel von Malerei, aber ich habe gehört, dass für diese Ausstellung viele Museen und private Kunstliebhaber ihre Besitztümer zur Verfügung gestellt haben. Und wenn so was schon mal in Karlsruhe ist, sollte man schon mal hingehen."

Zum Glück hatte er am Nachmittag während der Arbeit die Zeitung durchgeblättert. Dank der Langeweile, es gab sehr wenig Kundenanrufe, kam er bis auf die Kulturseiten. Vielleicht sollte es sich auszahlen. Seine letzten zwei Sätze schienen stark genug gewesen zu sein, sie zu überzeugen.

„Wann hast du denn gedacht, da hinzugehen?"

„Am Wochenende oder so."

Nur nicht zu sehr nach ihr richten! Das redete er sich ein. Zufällig hatte er einen Punkt erwischt, an dem er ansetzen konnte und sie schien nicht abgeneigt zu sein. Am liebsten wollte er sich bitten lassen. „Lieber Matt, niemand will mit mir diese Bilder sehen, willst nicht vielleicht du..., du würdest mir einen riesigen Gefallen tun..." Machtgelüste überkamen ihn, sie veranlaßten ihn, zurückhaltender zu werden. Sollte doch sie ihm die Worte aus der Nase ziehen.

„Wenn du willst, können wir was ausmachen."

Sie schaute ihn an. Bingo! Sieg auf der ganzen Linie. Er war losgezogen mit der Angst, Heike könnte ihn vorführen, und nun schien er das zu bekommen, was er seit Wochen vergeblich haben wollte: Ein Date mit der Frau, die sich nach und nach immer mehr in sein Herz eingeschlichen und ihren Namen von innen auf seine Stirn tätowiert hatte.

„Mal sehen, ich weiß nicht genau, wann ich Zeit habe."

Er begann zu pokern. Nur nicht zu schnell ja und amen sagen! Sie war dran, redete er sich immer wieder ein. Die Rechnung schien aufzugehen:

„Ich kann dich ja mal anrufen."

„Ja, kannst du."

Obwohl er sich lächerlich vorkam, benutzte er diesen Hollywoodmachoton, wie er ihn etwa bei Rock Hudson oder Jack Nicholson beobachtet hatte. Besser gesagt, bei deren Synchronsprecher. Gutmütig gestattete sie ihr, ihn anrufen zu dürfen.

„Dann brauche ich aber noch die Nummer."

Er spürte, dass er es nicht übertreiben durfte. Wahre Absichten verbergen hin oder her, ein wenig Freundlichkeit sollte dennoch bleiben, wenn man von einer schönen Frau eingeladen wurde.

„Stell dir vor, ich geb' sie dir!"

Er flüchtete sich in überspitzte Komik. Die anderen am Tisch schöpften keinen Verdacht, welche Tragweite diese Gesprächsfetzen für ihn hatten. Ich liebe es, wenn ein Plan funktioniert. Matt dachte an das A-Team. Aktuell fehlte profan gesagt ein Kugelschreiber, um eine Telefonnummer aufzuschreiben.

„Hat jemand was zu schreiben da?"

Das Interesse, dass sie seine Telefonnummer bekäme, wurde öffentlich gemacht. Einer der anderen, so eine Kunstakademietype stand auf und kam kurz darauf wieder in die Küche zurück und präsentierte stolz einen Kugelschreiber.

„Hier."

„Danke."

Wasserträger, dachte Matt.

„Hat auch jemand einen Zettel da?"

Wie ein König seine Untergebenen musterte Matt die Runde. Niemand schien in der Lage zu sein, weiterhelfen zu können, und auch der Kunstakademietype war es zu blöd, noch mal aufzustehen.

„Gib mir deine Hand!"

Aus Rock Hudson wurde James Bond. Bevor er seine Worte zu Ende gesprochen hatte, hielt er ihren Unterarm und malte der Reihe nach sechs Ziffern auf ihre Handfläche. Sie ließ sich das alles gefallen. Sie sprach sogar die einzelnen Ziffern laut und deutlich aus, sobald sie zu erkennen waren. So viel Nähe hatte er sich nicht erträumen lassen. Er durfte sie vollmalen, sie hielt bereitwillig ihren Arm hin und hatte sich dabei auch deutlich zu ihm vorgebeugt. Am liebsten hätte er ihre Hand nie mehr losgelassen.

„Du rufst Ende der Woche an, und dann machen wir was aus!"

Wie hatte er es nur geschafft, die treibende Kraft in ihrem Gespräch zu werden? Er wußte es nicht, es war einfach wie von selbst geschehen. Sein Respekt und seine Ehrfurcht vor ihr waren zurückgewichen und hatten einer leicht befehlenden Bestimmtheit in seiner Stimme Platz gemacht. Auf einmal schien sie erreichbar zu sein.

„Ja, ich freue mich."

Was gab es nun noch Großartiges zu sagen? Matt wußte es nicht. Er hatte es geschafft, dass sie, die Frau seiner Träume, seine Telefonnummer haben wollte. Zwar hatte er sie damals schon auf Band gesprochen, doch tatsächlich schien sie es zu ignorieren, um einer unangenehmen Situation aus dem Weg zu gehen. Er fragte auch nicht weiter nach. Es lief zu gut, um in der Vergangenheit zu kramen. Natürlich wäre er ihr seit dem Zeitpunkt, als er sie von hinten am Küchentisch sitzen sah, um den Hals gefallen, aber das wäre wohl ein wenig zu direkt gewesen. Ohnehin hatte er sich damit begnügt, kleinere Brötchen zu backen, und letztendlich hatte er heute mehr erreicht, als er zu hoffen gewagt hatte.

Später kam er noch mal einen Schritt weiter. Einer von Jörgs Mitbewohnern paßte derzeit auf die Karnickel seiner Schwester auf, es stand also ein Kleintierkäfig in einem der Zimmer. In dem, wo Nicole sich auch vorhin schon so lange aufgehalten hatte. Dort war sie auch später wieder, kauerte allein vor dem Stall und steckte ihre Finger durch das Gitter, in der Hoffnung, eines der Tierchen könnte ihr Zutrauen schenken. Matt kniete sich neben ihr hin.

„Ich finde die so süß!"

Für ihn waren es schlichtweg Hasen.

„Ja. Vor allem der eine hier, mit der weißen Schnauze."

„Aber die laufen immer weg, wenn ich den Finger durchstecke."

„Wenn du die streicheln willst, mußt du sie direkt nehmen und dir auf den Arm setzen. So."

Er hatte den Käfig aufgemacht und sich den mit der weißen Schnauze geschnappt und ihr so schnell auf den Arm gesetzt, dass weder sie noch Hase eine andere Wahl hatten. Etwas unbeholfen faßte sie das Tier, dann hatte sie es aber raus, wie man es halten sollte. Er nahm sich selbst den anderen raus und beobachtete sie, wie sie den lebenden Pelz an sich drückte, streichelte und weiche Worte ins Ohr flüsterte. Wie gerne hätte er mit dem Hasen getauscht! Um gleich zu ziehen, verwöhnte auch er den auf seinem Arm sitzenden Hasen. So saßen sie da nebeneinander und tauschten Zärtlichkeiten aus, und am liebsten hätte Matt auf die Rammler zwischen ihnen verzichtet. Aber die waren ja so süß.

Nicole nahm dann irgendwann die letzte Straßenbahn. Er hätte mitfahren können, und niemandem wäre etwas ungewöhnliches aufgefallen, schließlich waren sie ja, wie sie treffend bemerkte, Nachbarn. Allerdings hätte er nicht gewußt, was er in diesen zehn Minuten Bahnfahrt hätte sagen sollen. Schließlich hatte er die berechtigte Hoffnung, dass sie sich bei ihm melden würde. Außerdem, das Plakat hing noch immer, die Bauarbeiter schienen sich daran gewöhnt zu haben, und er wollte es vermeiden, es mit ihr gemeinsam sehen zu müssen. Falls er denn ganz als Gentleman sie zu so vorgerückter Stunde noch bis zu ihrer Tür gebracht hätte. Also blieb er, mit Chris konnte er über den Erfolg reden, darauf anstoßen und den Hasen neidische Blicke zuwerfen. Chris war geduldig genug, wie schon oft zuvor im Oasis, hörte Matts Schwärmereien und Phantasien zu. Letztendlich schliefen beide auf einem Sperrmüllsofa friedlich neben einander ein. Noch bevor das Bier ausging und die ganz harten Laufgemeinschaften zur Tankstelle bildeten, waren sie betrunken genug, um trotz der anderen Leute und der Musik wegzutreten.

We are young, we run free, keep our teeth, nice and clean.
See our friends, see the sights, we feel alright.

Are we like you, oh I can't be sure
But we see, as she turns, we are strange, in our worlds, but we are alright!

142

You and I will be

Matt hatte kein gutes Gefühl bei der Sache. Nicole mit ins Stadion nehmen! Er wußte ja, was Frauen von Fußball hielten und noch mehr, was sie davon verstanden. Er glaubte es jedenfalls zu wissen. Mit Grauen dachte er über die drei schlimmsten unqualifizierten Kommentare aus dem Mund einer Frau über König Fußball nach. Erstens: Er wurde gefragt, wo denn auf dem Platz der Elfmeterkreis sei. Zweitens: Während einer Liveübertragung fragte eine, wer denn der Abseits sei, der würde so oft genannt werden. Drittens: Der Klassiker, die Frau, die mal das Sportstudio moderierte und Schalke 05 sagte. Sogar der Spiegel sprach danach von der „Sendung mit der Maus".

Nun gut, irgendwie war es doch soweit gekommen. Nicole rief wie ausgemacht Ende der Woche an und fragte, ob er nicht Lust hätte, am Samstagnachmittag mit ihr in die Paul Klee Ausstellung im Stadtmuseum zu gehen. Wanderausstellung und hochinteressant waren die Zauberworte, mit der sie ihn für diese Aktion ködern wollte. Zumal er ihr auch sooo von seiner Vorliebe für deutsche Maler der Jahrhundertwende erzählt hatte. Und neulich bei Jörg hätten sie es ja schließlich fast schon fest ausgemacht.

Der Schuß, sie mit vorgetäuschtem Interesse zu beeindrucken, machte sich gerade daran, nach hinten loszugehen. Zwar hatte er in einem Lexikon auch einmal etwas über irgendwelche Pressionisten nachgelesen, um etwas Bildung vortäuschen zu können, doch er hatte nie damit gerechnet, dass er leibhaftig mit ihr durch irgendwelche Museumsgänge dackeln sollte.

Es gibt Entscheidungen, die eigentlich keine sind, aber dennoch schwerfallen. So verlockend das Angebot auch war, alleine mit Nicole ins Museum zu gehen und vielleicht den entscheidenden Schritt weiterzukommen, konnte er nur ablehnen.

„Nein" sagte er, „ich habe da schon was vor. Ich habe meinen Freunden versprochen, mit ins Stadion zu gehen. Es kommen immerhin die Stuttgarter, da geht es dann immer hoch her. Und es geht gegen den Abstieg! Aber wir könnten doch am Sonntag..." versuchte er das Date zu retten.

„Fußball! Ah ja!" schnitt sie ihm das Wort ab, „dann komme ich da mit!"

Überrumpelt wie er war, ließ er sich darauf ein und bot an, ihr eine Karte zu besorgen. Es sei sehr schwierig, so kurzfristig noch eine zu bekommen, meinte er. Aber er wisse schon, an wen er sich wenden könnte.

Nachdem das Gespräch beendet war, durchzog ein Gefühl der Leichtigkeit seinen Körper. Obwohl sie nichts Persönliches miteinander geredet hatten. Obwohl er es wieder versäumt hatte, ihr etwas Besonderes zu sagen. Und ihm nach dem Auflegen wieder tausend Dinge eingefallen waren. Kleine nette Dinge, die er ihr hätte sagen können, über die sie sich bestimmt gefreut hätte. Aber er hatte sich ihr gegenüber als Fußballfan geoutet. Doch immerhin hatte sie sich bei *ihm* gemeldet und er hatte, was er schon immer wollte: Eine Verabredung. Zwar nicht unter vier Augen, wie es ihm am liebsten gewesen wäre, aber immerhin. War sie für ihn bereit, sich einen

Nachmittag 30.000 gröhlenden Proleten auszuliefern? War es ein naives Ja, weil sie nicht wußte, was sie erwarten würde? Oder würde sie es sich noch anders überlegen? Und wieso eigentlich war sie jetzt auf *ihn* zugekommen? Hatte er sich nicht zuvor mehrmals erfolglos um sie bemüht? Sie hätte doch nur zum Kaffee trinken ja sagen müssen, und er hätte sie auf Händen getragen. Aber nein, Madame wollte nicht, statt dessen war sie jetzt auf ihn zugekommen. Frauen kamen ihm manchmal wie ein Glücksspielautomat vor. Eine Blackbox, bei der es keinen offensichtlichen Zusammenhang zwischen Input und Output gibt. Manche gewinnen Unsummen, wenn sie nebenbei 30 Pfennige reinschmeißen, andere stecken reihenweise die Fünfmarkstücke in die Maschine und verlieren andauernd. Nur ab und zu bekommen sie ein paar Sonderspiele zugesprochen, damit sie nicht den Mut verlieren, bei der Sache bleiben und den nächsten Heiermann springen lassen. Zwischendurch heitern sie die blinkenden Lichter auf, und am Ende kommt dann doch die Game-over-Melodie. Er hatte noch mal das Fünfmarkstück investiert, aber sich vom Automaten abgewandt, bevor es aufgebraucht war. Und nun blinkten die Lichter heller den je, waren die Melodien abwechslungsreicher und fröhlicher als je zuvor.

Bei allem, was er an den nächsten Tagen tat, begleiteten ihn diese und noch viele andere Fragen. Die Karte zu besorgen! Konnte sie sich überhaupt vorstellen, welch enormen Aufwand dies bedeutete? Gegen den VfB. Seit drei Wochen ausverkauft! Schwarzmarkt. Wucherpreise ohne Studentenermäßigung!

Als erstes rief er der Reihe nach seine Kumpels an. Ob noch jemand eine Karte übrig hätte. Oder zumindest jemanden wüßte, der eine übrig haben könnte. Fehlanzeige! Statt dessen neugierige Fragen, wozu er denn eine noch eine bräuchte. Er hätte doch schließlich eine Dauerkarte.

Als zweites schaute er diverse Anzeigenblättchen durch. Hier annoncierten diejenigen, die sich beim Kartenkauf vertan hatten. Meist aber fand dort die erste Stufe des Schwarzmarktes statt. Ohne ihn. Falscher Block oder falsches Auftreten der Verkäufer. Er haßte die Typen, die von ihm den zehnfachen Preis verlangten. Noch mehr haßte er es, jetzt eventuell auf sie angewiesen zu sein.

So begab es sich, dass er am Vormittag des Spieltages zwei Stunden vor der ausgemachten Zeit immer noch keine Karte für Nicole hatte. Inzwischen war er bereit, jeden Preis zu bezahlen und alle schmierigen Hände und Füße zu küssen.

Weder sie noch seine Kumpels sollten mitbekommen, dass er sich übers Ohr hauen ließ. Aber das war es ihm wert. Sie hatten das Oasis als Treffpunkt ausgemacht, und er machte den Umweg über das Stadion. Eigentlich Unsinn, erst dort hinzulaufen, die anderen zu treffen und dann noch mal herzukommen. Stolz und Eitelkeit waren schuld. Langer Rede, kurze Sinn, er bekam, was er wollte, und der Schwarzhändler bekam auch den Preis, den er wollte. 50 Mark geradeaus, bar auf die Hand, und er hatte eine Karte für sie, die normalerweise 9 Mark kostete.

Dann ging er zum Oasis, Jörg und Fred waren schon da und schwenkten ihre Fahnen. Jan und Mark trudelten auch bald blau-weiß ausstaffiert ein, und alle gingen davon aus, nur noch auf Chris zu warten. Matt mußte erklären, dass sein Fantrikot ausnahmsweise in der Wäsche sei. Heute verzichtete er auf seine komplette Uniform, um sich von den anderen Fußballfans zu unterscheiden. Um auszustrahlen, daß Fußball für ihn zwar die schönste Nebensache, aber eben nur eine Nebensache war, hatte er sich nur einen Schal um das linke Handgelenk gebunden.

Nicole kam um die Ecke gebogen, und seine Mundwinkel gingen nach oben. Er stellte sie den anderen vor, als Nachbarin, so, wie sie sich auch auf der Party bezeichnet hatte.

Vollzählig marschierten sie zum Stadion, nachdem auch Chris endlich da war. Das Gesprächsthema war schnell gefunden, die tiefe Wunde der sportlichen Auseinandersetzungen mit dem VfB. Diese Wunde war tiefer als die der Engländer, Elfmeterschießen und Niederlagen seit 1966 gegen Deutschland betreffend.

„Ich bin nur einmal nach Stuttgart gefahren. In der ersten Häßler-Saison. Wir haben besser gespielt, klar dominiert, aber 4:0 verloren. Das war eine Farce! Ich würde mich für so viel Glück schämen, aber die Schwaben waren so dumm und arrogant, grundlos."

„Es geht doch gar nicht ums Ergebnis, wenn man nach Stuttgart fährt. Vor zwei Jahren war es klasse. Wir waren zu zehnt. Einer hatte vom Malerbetrieb seines Onkels so weiße Overalls besorgt. Die haben wir angezogen und noch mit blauer Farbe besprüht. Ausgesehen hat es dann wie diese Kinderfiguren, die wir in England gesehen haben. Chris, du weißt, was ich meine?"

„Teletubbies?"

„Ja, ich glaube, so hießen die. Jedenfalls waren wir zwei Wochenendtickets voll Leute und hatte zwei Kisten Bier dabei. Was glaubst du, wie schnell wir das Großraumabteil für uns allein gehabt haben? Schon ein komisches Gefühl, wenn auf einmal alle Welt Angst vor dir hat, nur weil du Bier trinkend und singend im Zug sitzt."

Alle redeten durcheinander, jeder hatte zu diesem Thema etwas zu sagen.

„Immerhin haben wir die unanständigen Strophen des Badenerliedes und „Wir machen eure Stadt kaputt" gesungen!"

„Und je näher wir nach Stuttgart kamen, desto mehr Schwaben sind eingestiegen, aber alle waren sie ruhig, keiner von denen hat den Mund aufgekriegt."

„Ja, und am Bahnhof haben uns die Bullen abgeholt."

„Aber nicht, weil wir so schrecklich gefährlich sind, sondern um uns vor den Stuttgarter Assis zu beschützen!"

„Sauschwaben!"

„Du sagst es."

„Dann wurden wir in verschiedene U-Bahnen segregiert und zum Stadion gebracht. Was das den deutschen Staat wohl gekostet hat."

„Bevor wir dann rein sind, hat doch noch so ein anderer seine Pfandflaschen kaputt gemacht, weil er den Schwaben kein Pfand schenken wollte."

„Dann kam der Bulle mit seinem Reiterhelm und hat ihn streng angeschaut, und der Typ sammelt artig die Scherben auf, ohne dass der groß was sagen brauchte!"

„Und wir im Pulk daneben, Paule Schokemühle feiernd!"

Das Patriarchat reagierte, die illustre Runde marschierte durch den Schloßgarten, und Matt übersetzte für Nicole. Woher die Abneigung zwischen Schaben und Baden käme, dass es für sie allerdings nur Spaß sei, weil es lustig war, einer unbedeutenden Sache Bedeutung zu geben. Dass er im Prinzip der Ansicht war, dass viele Badener eine grundlose Schwabenphobie hegten, aber er das Spiel mit den Klischees genoß. Dass er die Sache durchschaute und intelligent genug war, über den Dingen zu stehen.

Am Einlaß wurden sie stärker als üblich kontrolliert. Nicht alle standen nämlich so über den Dingen wie Matt und seine Freunde. Stolz erzählte er, dass er gegen Bremen mal einen Fisch mitgenommen hatte und diesen aufs Spielfeld geworfen hatte. Ein wenig kindisch und verwegen durfte er schon auch noch sein.

Mit dem nötigen Gerstenproviant für die erste Halbzeit drängten sie sich in den Block, ausverkauft und mächtig was los. Die Stimmung war schon vor dem Anpfiff super, das Badenerlied wurde lauthals mitgesungen, dann das KSC-Lied, die Gladiatoren liefen ein. Nicole stand schräg und unterhalb von Matt, er konnte sich prima vorbeugen und ihr ins Ohr flüstern. Er war aber unfähig etwas zu sagen, weil er rundum glücklich war. Die Frau, die er begehrte, war so nah bei ihm, dass er sie fühlen konnte. Fast kam es ihm so vor, dass sie sich absichtlich ein wenig an ihn nach hinten lehnte. Und sein KSC dominierte die Anfangsphase. Der VfB kam überhaupt nicht zur Entfaltung, die Spieler griffen frühzeitig an, liefen füreinander, sie wollten gewinnen, das war deutlich zu spüren, es ging doch noch! Jeder im weiten Rund war überzeugt, wenn die Jungs in der Saison nur halb so engagiert wie heute zu Werke gegangen wären, sie hätten nicht um den Klassenerhalt zittern müssen. Dann marschierten noch die Cheerleaders ein, minderjährige Mädchen, die an der Außenlinie rumtanzten, und sich, wenn das Spiel schlecht war, aus dem Fanblock sexuell anpöbeln lassen mußten. Jetzt nahm sie kaum einer war. Die VfB-Abwehr stand mächtig unter Druck, und sogar das Schwabenurgestein Guido Buchwald stieg äußerst hart in die Eisen. Fredi Bobic schied verletzt aus, es war keine Viertel Stunde gespielt, und es stand 1:0. Ein herrlicher 20-Meterschuß von Thomas Hengen, nach einer Vorlage von Thomas Häßler, keine Chance für den Keeper. So sollte es sein: Keine Chance lassen, zeigen, wer Herr im Haus war. Der Wildpark stand Kopf, wildfremde lagen sich in den Armen, Matt mittendrin. Als er alle seine Kumpels gedrückt hatte, hob er Nicole gegenüber die Hand zum Abklatschen. Umarmen, das wollte er richtig machen. Hier wäre es möglich gewesen, aber nicht auf der Ebene, auf der er es wollte. Also hielt er sich damit zurück.

Nach wie vor machte das Spiel Freude wie schon lange nicht mehr. Er überlegte, wann es das letzte Mal so genial gewesen war. Das 3:0 gegen Rom? Der Pokalsieg gegen die Bayern? Das 5:0 gegen Dortmund? Den Valenciavergleich zog er nicht heran, der war heilig. Der KSC drückte weiter, die Mannschaft war geil auf weitere Tore, und aus der Gästekurve war kaum noch etwas zu hören. Dann war Halbzeit, zwei der Jungs gingen neues Bier holen.

„Wie gefällt es dir? Wußtest du, was dich erwartet?"

Matt wollte sich nach Nicoles Wohlbefinden erkundigen, schließlich waren es keine Jahrhundertwendebilder, die sie sich zusammen anschauten.

„So ungefähr schon. Früher hat mich mein Vater daheim auch mit zum Fußball genommen. Es ist nicht so schlimm für mich wie du vielleicht denkst."

In der Tat machte sie keinen unglücklichen Eindruck.

„Wenn du willst, können wir auch über Einkaufen reden."

Sie verstand die Anspielung auf Trainspotting, lachte kurz, und sie hatten ein wunderbares Gesprächsthema für die Halbzeit. Selbstverständlich sprach keiner von ihnen die Sache mit dem Theater an, oder was dabei schiefgelaufen war. Sie nannten sich gegenseitig ihre Lieblingsszenen, plapperten sich diese gegenseitig vor und amüsierten sich köstlich. Dabei verrannten sie sich in einen Uneinigkeit, wer denn nun das Buch geschrieben hatte, und wer der Hauptdarsteller war. Zu Anfang hatte sich Matt nur versprochen, weil er Ewen McGregor mit Irvine Welsh durcheinander gebracht hatte, aber als sie sich darüber so erstaunt gezeigt hatte, wollte er weiter streiten.

„Wir können wetten: Ewan McGregor war der Schauspieler, Welsh hat das Buch geschrieben!"

Sie hatte ihr Hand zum Einschlagen bereit ausgetreckt, ihre Augen waren eneregisch. Er wußte, dass sie recht hatte.

„Ok, um was? Mark ist Schiedsrichter, der hat den Film auf Video, der weiß das bestimmt genau."

„Der Verlierer muss den anderen zum Essen einladen."

„Gut."

Er schlug ein, wohl wissend, dass er verlieren würde, wohl wissend, dass sie sich demnächst von ihm zum Essen einladen lassen müßte. Mark kam mit Bierbechern bepackt zurück.

„Mark, wer hat bei Trainspotting das Buch geschrieben?"

Matt hatte die Frage gestellt, beide blickten Mark gespannt an.

„Irvine Welsh. Wieso, weißt du das nicht?"

Verständnislos, solche elementaren Dinge nicht wissen zu können, schüttelte Mark den Kopf und wandte sich den anderen zu.

„Gewonnen! Siehst du, ich hab' recht gehabt."

Nicole war kurz aus den Knien nach oben geschnellt, aber ohne richtig zu hüpfen.

Ich habe auch gewonnen, dachte sich Matt. Er legte großmütige Enttäuschung an den Tag.

„Gut, dann muss ich dich wohl zum Essen einladen."

Auch der zwischenzeitliche Ausgleich konnte den KSC nicht aus der Erfolgsspur bringen, und am Ende fiel der Sieg mit 4:2 sowieso noch viel zu niedrig aus. Mit dem Schlußpfiff drückten sich noch mal alle, diesmal auch Matt und Nicole, seine Mundwinkel hatten endgültig die Ohren erreicht. Die Mannschaft bedankte sich erschöpft und mit stolzer Brust bei den Fans, und die Gesellschaft trudelte nach ausgiebigem „Niemals 2. Liga!"-Singen im Oasis ein. Der Laden platzte aus allen Nähten, der komplette Fanblock schien hier zu sein, um in „ran" noch einmal die Tore zu sehen. Den Gewaltschuß von Thomas Hengen, die erneute Führung von David Regis, den von Thomas Häßler abgeschlossenen Konter und den Volleytreffer von Gunter Metz. Die Glotze lief ohne Ton, Tom versorgte das Publikum mit allen möglichen Fußballsongs, alle gröhlten mit und tanzten. Nur Matt nicht. Von Glück gelähmt saß er an der Seite und schaute zu. Sie fragte besorgt, was mit ihm los sei, ob er sich nicht auch freute, und warum er nicht mitmachte.

Es fiel ihm schwer, ihr zu erklären, dass mit ihm alles in Ordnung, er aber nun ein wenig müde war. Ob es stimmte, wußte er nicht, doch sie ging, weil sich für den Abend ihre Eltern zu Besuch angekündigt hatten. Bevor sie ging, machten sie noch aus, dass er am kommenden Dienstag seine Wettschulden begleichen durfte. Ob sie Pizza möge, das könne er ganz gut.

Als sie gegangen war, blickte er noch einige Minuten zufrieden in Richtung Tür. Dann war auch er bereit, mitzusingen und mitzutanzen, bis er sturzbetrunken war (Tom hatte einige Flaschen Ramazzotti rausgemacht) und heimgehen wollte. Interessiert fragte der eine oder andere seiner Kumpels, was denn da mit der Kleinen laufe Sie sei wirklich sehr süß, und ob er nicht einen Tipp hätte, wo man so was kennen lernen könnte.

Schon wieder bekam er die Bestätigung von außen, dass da etwas ein könnte. Dann mußte er noch seinen Deckel bezahlen.

„23,80."

Moni war unerbittlich, aber Matt war eh nicht mehr fähig, richtig hinzuhören. Er hatte irgend etwas mit 29 verstanden.

„30!"

Er hielt einen 50-er hin. Gerade so bemerkte er den skeptischen Blick der Bedienung. Sie wiederholte.

„23,80."

„Und? Ist das zu viel Trinkgeld?"

Natürlich war es zu viel, denn sonst bekamen die Bedienungen solche Trinkgelder nur von Typen, die sie plump angebaggert hatten und sie kaufen wollten. Matt wollte allerdings nicht zugeben, dass er sich peinlich verhört hatte. Sie akzeptierte.

Tanzend und singend lief er durch die dunklen Straßen nach Hause, begegnete ab und zu anderen betrunkenen KSC-Fans, und er dachte an sie. Er sprach ihren Namen wie ein Stoßgebet gen Himmel und reimte dazu: Nicole, toll. Nicole, die Kurzform davon ist doch Nicki. Nicole toll, Nicki,...

Auch nicht schlecht.

Life, life goes on!
You're, you're the one!
You, you make me believe,
I, I will receive,
What, what I deserve,
Here, here on my earth.

But sometimes I cry for the wasted time.
Some time that I wanted to spend with you.

I, I feel I can fly!
Don't, don't ask me why!
See, see what we,
two, together can be.
Yes, yesterday,
Is, is far away!

But sometimes I cry for the waste time.
Some time that I wanted to spend with you!

See me, feel me

Alles mußte perfekt sein. Nichts sollte dem Zufall überlassen werden, wenn die Frau seiner Träume und schlaflosen Nächte zu ihm käme. Aber es durfte auf keinen Fall erkennbar sein, welchen Aufwand er betrieben hatte. Jan hatte er die Brisanz des Unternehmens erklärt, gebeten, zu Fred oder sonstwohin zu gehen, und von ihm sogar noch ein paar Tipps bekommen. Manche davon waren brauchbar, manche waren aus der Reihe Stammtischsprüche. Es half Matt klar zu werden, was er alles zu beachten hatte.

Beleuchtung. Sie hatten acht Uhr ausgemacht, da war es noch hell. Jan empfahl ihm, Kerzen und Öllampe bereits anzumachen, so lange es noch hell war. So würde es automatisch dunkler und romantischer werden, ohne dass er in eine von zwei unangenehmen Situationen käme. Wenn es duster wird, müßte er entweder Licht anmachen, was viel zu hell wäre und dem Date einen zu sterilen Touch verleihen würde. Würde er Kerzen in ihrer Gegenwart anmachen oder gar von elektrischem Licht umsteigen, könnte es ein zu deutliches, zu schnelles oder der Stimmung unangemessenes Signal sein. Schließlich war sie keine von denen, die schon im Taxi ihre Hände nicht mehr bei sich behalten konnten. Also von Anfang an Kerzen und den Abend ins Candlelight hineingleiten lassen.

Ordnungszustand von Zimmer, Küche und dem Rest. Klar, einigermaßen sauber sollte es schon sein. Vor allem Waschbecken, Eßtisch und Klo. Die gute Frau sollte sich nicht ekeln. Dennoch durfte der leicht chaotische studentische Hauch nicht fehlen. Staubwischen konnte er also beruhigt ausfallen lassen. Er ging so vor, dass er zuerst pikobello aufgeräumt hatte und dann bewußt etwas Unordnung schuf. Er konnte entscheiden, welche Chaosfacetten sie sehen sollte. In seinem Zimmer legte er in einer Ecke seine Fußballbekleidung auf einen Haufen, als ob er gerade eben vom Sport gekommen war und die Sachen erschöpft einfach auf den Boden gedonnert hätte. Sie würde schon nicht allzu nahe herantreten und den kalten Schweiß riechen, der sich in einer Woche Wäschekorb gebildet hatte. Aber es zeigte, er war sportlich.

Seinen Schreibtisch gestaltete er als große Ablagefläche. Ganz unten ein paar Uniunterlagen, irgendwo darüber den Spiegel und ein altes Q-Magazine, Englischwörterbuch, High Fidelity im englischen Original (er bezweifelte zwar, dass sie diesen Meilenstein der modernen Literatur kannte, doch fremdsprachige Bücher - davon war er überzeugt - mußten einfach Eindruck schinden) und einen Gary Larson Abreißkalender, der das Datum von vor sechs Tagen anzeigte. Dazu arrangierte er ein paar Stifte, ein Tintenfaß, Notizzettel, Schere, Locher und Tesafilm. Gewünschte Botschaft: Viele Interessen und kein pedantischer Ordnungsfanatiker, aktiv und beschäftigt.

Weitere Nuancen: Vor seiner Gitarre legte er die Noten von ein paar Lenny Kravitz Songs hin, weil er wußte, dass sie ihn mochte. Immerhin hatte sie auf Jörgs Party dazu mitgesummt. Dank Internet war es kein Problem, kostenlos an diese ranzukommen. In seinem Bücherschrank baute er noch zwei Kunstbände auf. Nur nicht zu weit vorne! Wenn sie sich bewußt seine Bücher anschauen würde, würde sie auch die vorne beiseite schieben um die zweitrangig plazierten zu sehen. So konnte sie selbst herausfinden, welch tolle Gemeinsamkeiten sie hatten. Gut, er hatte bei diesem Thema schon dick aufgetragen, doch von den Kunstbänden nichts erzählt. Ok, vorhandener positiver Eindruck wird verstärkt, zumal, wenn die Pinselschinken ganz hinten waren, schien es, als ob er sie vor Ewigkeiten schon gehabt hätte. Schwierig war nur, die Signaturaufkleber von der Stadtbibliothek so wegzubekommen, dass er sie später wieder anbringen konnte. Um seine Stereoanlage herum legte er ein paar CDs aus, welche, die sie bestimmt mögen würde (U2, Garbage, Pearl Jam, Cardigans), andere, die sie bestimmt nicht kannte, aber neugierig machen würden (Small Faces, Stone Roses, Smiths, die erste von The Verve). Auch die Videosammlung hatte er frisiert. Jan gab ihm ein paar von den Schnulzen, die er mit Tanja angeschaut und noch nicht wieder überspielt hatte, des weiteren den aktuellen Kult in Form von „From dusk till dawn". Dann noch die zwei Fünfkilohanteln unter die Sportklamotten stecken und halb hervorschauen lassen. Perfekt.

Sein Bett. Jan meinte, er solle ein Kondom aufs Kopfkissen legen und die Decke ein wenig einschlagen. Matt entschied sich für die dezente Tagesdecke. Kondome waren eh griffbereit unter dem Radiowecker.

In der Küche wütete er weitaus weniger. Der Tisch bekam eine saubere Decke, das war alles.

Die Vorbereitungen fürs Essen waren inflationär. Jedenfalls, wenn man beachtete, was er wirklich tat, und vor ihr zuzugeben bereit sein würde. Pizza hatten sie ausgemacht. Champignons und Brokkoli hatte er nachmittags zurechtgeschnitten, in Butter angedünstet und in kleinen Schälchen zum Belegen untergebracht. Knoblauch und Zwiebeln hatte er ebenfalls vorbereitet, und statt einfach Tomatenmark auf den Teig zu schmieren zog er es vor, eine wohlgewürzte Soße zuzubereiten. Oh, der Teig! Damit steht und fällt der Erfolg bei Pizza. Trotz den lieb gemeinten Angeboten aus den Supermärkten an Fertigteig, den man nur noch auszurollen brauchte, beschloß er, auch diesen selbst zu machen. Geheimtipp: Ein Ei in den Teig einarbeiten.

Der ganze Aufwand! Um dann nachher aufkommende Komplimente generös beschwichtigen zu können. Mühe gemacht? Wie sie nur auf so was käme! Nebenbei, so mit links. Dann kommt das hier raus! Sie sollte erst mal sehen, was passierte, wenn er sich wirklich Mühe machen würde. Zweite Runde im Bescheidenheitsspiel. Die erste hatte er ja bestritten, als er kurz vor knapp doch noch eine Stadionkarte für sie besorgen konnte, und ihr die Schwarzmarktdifferenz verschwiegen hatte. Wie viel es ihm wert gewesen war, dass sie mitgekommen war, sollte für immer sein Geheimnis bleiben.

Sie kam. Pünktlich. Bevor er ihr die Tür öffnete, trug er noch Jans großen Ficus in sein Zimmer, schließlich verschönern Pflanzen jeden Raum, schaute kurz in den Spiegel und wünschte sich viel Glück.

„Ich dachte, du läßt mich mindestens zwanzig Minuten warten, um meine Geduld zu testen."

Sie lachte und fragte, ob sie ihre Schuhe ausziehen solle.

„Wie es dir lieber ist."

Es war ihr lieber, ihre Füßchen aus den schwarzen Sommerschuhchen zu befreien. Dann zeigte er ihr die Wohnung, also die Küche mit Dusche, ihr Blick fiel auf die vielen vorbereiteten Schüsseln.

„Wow, da hast du dir aber ordentlich Mühe gegeben!"

„Geht so, es macht mir auch Spaß!"

Die erste Lüge, und er würde sie noch öfter anlügen, das hatte er fest vor. Sie gingen weiter in sein Zimmer.

„Schön hast du's hier!"

„Ja. Bin aber leider nicht mehr zum Aufräumen zu kommen."

Die zweite Lüge. Sie schaute sich weiter um.

„Du spielst Gitarre? Das hast du gar nicht erzählt."

„Ich spiel auch nicht besonders gut. Nur so ab und zu, für mich."

Das stimmte. Alles lief nach Plan. Sie beugte sich zu den ausgedruckten Noten herab, die durcheinander vor seiner akustischen Yamaha lagen.

„Oh, Lenny Kravitz! Wußtest du, dass das mein Lieblingssänger ist?"

„Nein, aber es ist ziemlich cool, wenn man seine Intros kann."

Die dritte Lüge. Sie sollte von selbst feststellen, dass er für sie geschaffen war.

„Spielst du mir was vor?"

„Ich möchte doch, dass du bleibst!"

Humor war schon immer seine Stärke.

„Ach, komm!"

„Später vielleicht. Du bist ja gekommen, dass ich meine Wettschulden einlösen kann."

Er bewegte sich Richtung Küche, sie folgte ihm, musterte allerdings noch den Blumentopf.

„Ist das deiner?"

„Ja, den hab' ich schon eine Ewigkeit."

Er bemühte sich, diesen Satz so beiläufig und selbstverständlich wie möglich daher zu sagen.

„Ich hatte auch mal einen, aber der mochte mich nicht. Wie kriegst du es hin, dass er die Blätter behält und so prächtig gedeiht?"

„Ich weiß es nicht. Ich gieße ihn ab und zu, und zweimal hab ich ihn umgetopft, das war alles."

Die vierte Lüge, allesamt erlaubte Notlügen, von Pflanzen hatte er überhaupt keine Ahnung, aber gute Freunde helfen sich wo sie nur können. Sie kamen wieder in die Küche, er bot ihr an, sich zu setzen, er mache schon alles. Tat sie auch, frecherweise zog sie die bereits angedünsteten und wieder erkalteten Champignons zu sich her und begann zu futtern. Demonstrativ fürsorglich stellte er ihr noch die Oliven, den Brokkoli , den Schinken, die geschnittenen Zwiebeln, den gehäckselten Knoblauch und den Mozzarella vor die Nase, stemmte seine Arme in die Hüfte.

„Sag doch gleich, dass du mit dem kalten Buffet zufrieden bist."
Er beobachtete sie genau. Nach der letzten Bemerkung durfte er sie
anstarren, bis sie etwas sagte. Und damit ließ sie sich verdammt viel Zeit.
Beide Ellenbogen hatte sie auf den Tisch gelegt, die Hand eines Armes
stützte das Kinn, und in den Fingern der anderen Hand hatte sie ein
ordentliches Stück Pilz, das schon zur Hälfte äußerst attraktiv in ihrem
Mund lag: Lächelnd hatte sie ihn geöffnet, und genießerisch berührte ihre
Zunge den Nahrungshappen. In dieser Pose, begleitet von einem
provokativen Blick und einem leicht nach hinten geneigten Kopf, verharrte
sie. Wie ein aufmüpfiges, kleines Kind, das austesten will, wie viel es sich
erlauben darf. Ohne Probleme wäre es ihr möglich gewesen, ihm auf der
Nase rumzutanzen. Er hätte alles mit sich machen lassen, wenn sie dadurch
überhaupt etwas mit ihm machte. Noch konnte er dem Blick standhalten,
auch wenn die Knie unter der Tischkante zitterten und der Magen wieder
den Hubschrauber starten lies. Hoffnungslos unterlegen, entwaffnet und
verzaubert fühlte er sich. Was machte sie daraus? Der Gedanke, dass sie
bestimmt nicht gekommen war, ihn über die Klinge springen zu lassen, gab
ihm die Kraft, ihrem Blick immer noch Stand zu halten. Aber er wollte
etwas sagen, um die Situation für sich zu entschärfen.
„Eigentlich werden alle diese leckeren Sachen auf Teig gelegt und in den
Ofen geschoben und gebacken. Glaub mir, das schmeckt auch ganz gut.
Sollen wir das mal ausprobieren?"
Wenn sie sich als kleines Kind gebar, dann behandelte er sie auch
entsprechend. Und sie ließ sich auf seinen Vorschlag ein. Sie schien
bemerkt zu haben, dass er leicht überfordert war und sie schraubte ihre
Provokationen ein wenig zurück. Fast schon in aller Ruhe konnte er vor
ihren Augen den Teig ausrollen, die Soße aufbringen und belegen. Bevor er
sein Kunstwerk in den Ofen schob, schickte er sie in sein Zimmer, sie solle
sich die Musik aussuchen. Das gab ihm die Zeit, die Kerzen anzuzünden (es
war draußen noch ziemlich hell) und den italienischen Rotwein zu öffnen.
Er überlegte, was sie sich aussuchen würde. Cardigans? Pearl Jam? Oder
doch U2, weil man von denen so viele Lieder kennt? Als sie wieder in die
Küche kam, erklangen die ersten Töne der „Coming Up" von Suede. Damit
hatte er zwar nicht gerechnet, aber er war zufrieden. Er reichte ihr ein halb
volles Glas Wein.
„Auf Ewan McGregor!"
„Auf Irvine Welsh!"
„Auf Irvine Welsh!"
Na gut, sie bestand darauf.
Während des Essens redeten sie über unverfängliche Dinge wie Urlaub,
andere Länder und wo sie schon einmal waren und so. Er hatte festen Boden
unter seinen Füßen und war nicht mehr so nervös wie zu Beginn des Dates.
Als sie sich satt und zufrieden zurücklehnte, und wirklich nichts mehr
haben wollte, versuchte er es ihr schmackhaft zu machen, noch zu bleiben.
Letztendlich gelang es ihm, sie für eines der Videos zu begeistern. Die
Gesellschaft verließ das Schlachtfeld Küche und zog mit dem Rotwein in

sein Zimmer.

Sie lagen nebeneinander auf seinem Bett, schon recht lange. Er hatte aus Kopfkissen, Zu- und Tagesdecke einen Haufen gemacht und diesen an die Wand gedrückt, so dass sie beide bequem liegen und den Film schauen konnten. Nicht „Jenseits von Afrika", nicht „Schlaflos in Seattle", weder „Casablanca" noch „Der englische Patient", sondern „From dusk till dawn" zogen sie sich rein. Diesen adrenalinpushenden Tarantinothriller, der irgendwann in einen für Matt zu thrashigen Splatterfilm mutiert. Sei's drum, es ging um sie. Und sie hatte sich den Film ausgesucht. Noch nie gesehen und schon so viel von gehört! Ihre Worte klangen immer wieder in seinen Ohren. Ein Engel wollte einen teuflischen Film sehen! Böses wird geschehen, wollte er sagen. Ich muss dich davor beschützen! Der Film ist nicht gut für dich, da werden Menschen sterben. Und erst dieser perverse Bastard! Sein Beschützerinstinkt versuchte ihn zu zwingen, einzuschreiten. Nein zu sagen, das ist nichts für dich, komm, wir schauen uns „Schneewittchen" an! Wie würde sie reagieren, wenn die Szene mit dem Muschilecken kam? Pikiert sein, erschrecken, sich entrüsten? Höchstwahrscheinlich keine Reaktion zeigen, vielleicht lachen, weil es ein Film war. Er würde mit Sicherheit verlegen werden.

Als die Filmprotagonisten das Wohnmobil der Pfaffenfamilie gekapert hatten, lagen sie immer noch wie zwei Fische in der Dose nebeneinander. Ihre Schultern berührten sich leicht, er hatte seine Hände in seinem Schoß verschränkt und seine Füße leicht von ihr abgewendet. Er lag genauso angespannt in seinem Bett wie in all den Nächten, in denen er keinen Schlaf finden konnte, der Grund dafür lag neben ihm. Er war überzeugt, der nächste Schritt müsse von ihr kommen. Oder war doch er an der Reihe? Wo war der Startknopf? In seinen Träumen war alles perfekt, entweder fielen sie dort hemmungslos übereinander her, oder sie kuschelten sich eng an sich. Plug and play, wo war der richtige Knopf? Heutzutage konnte man jedes noch so komplizierte elektronische Gerät kaufen, auspacken und sofort bedienen. Aber das, was es schon seit Urzeiten gibt, sollte ihm so schwerfallen? Was sollte er tun? Was erwartete sie von ihm? Sollte er eine traditionelle Liebeserklärung abliefern und um ihre Hand anhalten? Oder ihr tief in die Augen schauen, ihre Hand nehmen und auf sein bebendes Herz zu legen, in der Hoffnung, sie wüßte dann schon Bescheid? Sie erschien ihm wie eine Katze, die zufrieden daliegt, und die man streicheln möchte, ohne dass man weiß, ob sie es gerne hätte oder gleich fauchen oder kratzen würde. Wo war die Gebrauchsanweisung? Er tat das, was man beim Schach als Wartezug bezeichnet. Etwas, das die Sache selbst nicht voran bringt, aber die Gegenseite nach und nach in die Position drängt, in der Entscheidungen getroffen werden müssen.

„Willst du noch Wein?"

„Meinst du, das ist alles, was eine Frau von einem Mann erwartet?"

Was für ein Satz! Er kam ihm wie ein K.o.-Schlag vor. Wenn er nicht halb liegend an die Wand gelehnt gestützt wäre, er wäre getaumelt. Sämtliche

154

Streßhormone durchfluteten seine Adern, in alle Zellen hinein. Was wollte sie ihm damit sagen? Es konnte alles heißen, ja, nein, und vielleicht. Sie konnte es wirklich spannend machen. Vielleicht zu spannend, als dass er ihr gewachsen wäre? Tja Junge, ich sehe schon, du hast dir sämtliche Mühe gegeben, aber es reicht nicht, um mich glücklich zu machen? Dein Wein ist mir egal? Hatte er verloren, weil sie mehr von ihm erwartete als er bieten konnte? Alle diese Gedanken hatte sein Gehirn nicht ausformuliert, aber es war das, was er fühlte. Showdown! Noch lag sie neben ihm, für seine Hände in greifbarer Nähe, aber für sein Herz? Er war perplex, heillos überfordert. Noch war die Pause seit der letzten Silbe, die sie gesprochen hatte, nicht zu groß.

Vorsichtig drehte er seinen Kopf. Er mußte ein wenig zu ihr hinabschauen. Die Strähne hatte sich wieder über ihr Gesicht gelegt. Warum mußte er sich beim Anblick ihrer Schönheit nur so unbedeutend vorkommen! Diese Augen, diese leuchtenden Bäckchen, ihre enorm warmen Gesichtszüge. Ihre Augen hatten wieder etwas forderndes, wie damals, im Babylon. Sie konnte dem Augenkontakt standhalten, er nicht. Ihm war, als hätte er ein kurzes Zucken auf ihren Lippen bemerkt. Er senkte seinen Kopf, wich ihrem Blick aus, begann, seine Hand zu bewegen. Hoffentlich bemerkt sie mein Zittern nicht, dachte er. Er kam sich wie auf einem Dreimeterbrett vor, bevor man in das Becken springt, aber nicht weiß, ob da unten nun Wasser ist oder nicht. Dann tat er etwas, was ihm immer gefallen hatte, wenn sie es gemacht hatte. So zärtlich es mit seinen weichen Knien und dem Parkinsonarm ging, schnappte er sich die Strähne und schob sie langsam hinter ihr Ohr. Dort krümmte er die Finger, in einer Bewegung streichelte er ihren Kopf und ließ seine Hand weiter rutschen, ohne nachzudenken landete sie auf ihrem Nacken, auf einmal waren ihre Lippen auf seinen. Das hatte schon einmal funktioniert, und wieder war das Wasser da. Er glitt hinein, es war warm und weich.

Jetzt noch ein Punkt in Rostock, und alles wird gut.

See me, feel me, touch me, heal me.
See me, feel me, touch me, heal me.

Listening to you I get the music
Gazing at you I get the heat
Following you I climb the mountain
I get excitement at your feet!
Right behind you I see the millions
On you I see the glory
From you I get opinions
From you I get the story.

Soundtrack: Songs in order of appearance

Who feels love	oasis
Breaking into heaven	the stone roses
Baba O'Riley	the who
I'm one	the who
Water	the who
The world has turned and left me here	weezer
Doctor Jimmy	the who
Alabama song	the doors
Standing there	the stone roses
Waterfall	the stone roses
Hello	oasis
Let it flow	ash
No milk today	hermann's hermits
Good as gold	the beautiful south
The death of a party	blur
Why does it always rain on me?	travis
It's getting better (man!!)	oasis
Sit down	james
Hello I love you	the doors
So young	suede
Suzannah's still alive	the kinks
Sally Cinnamon	the stone roses
I can't reach you	the who
Digsy's Dinner	oasis
There she goes	the la's
I am the resurrection	the stone roses
Three lions	lightening seeds
Acquiesce	oasis
Ten storey love song	the stone roses
You'll never wlk alone	gerry & the pacemakers
She bangs the drums	the stone roses
Dedicated follower of fashion	the kinks
Alright	supergrass
You and I will be	the cutes
See me, feel me	the who